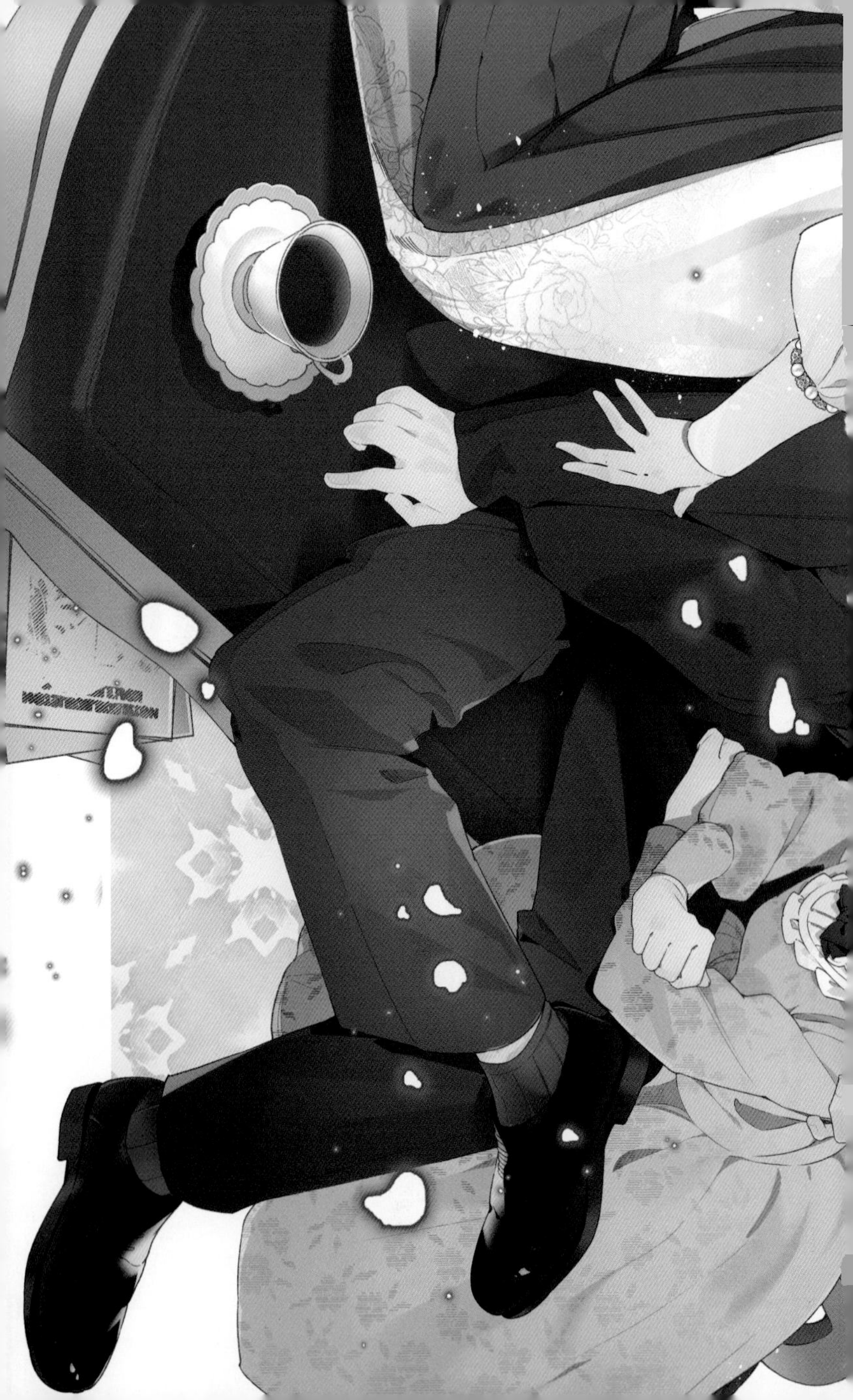

モブ同然の悪役令嬢は男装して攻略対象の座を狙う

4

著　岡崎マサムネ
イラスト　早瀬ジュン

TOブックス

Mob douzen no akuyaku reijou ha dansou shite kouryaku taishou no za wo nerau

CONTENTS

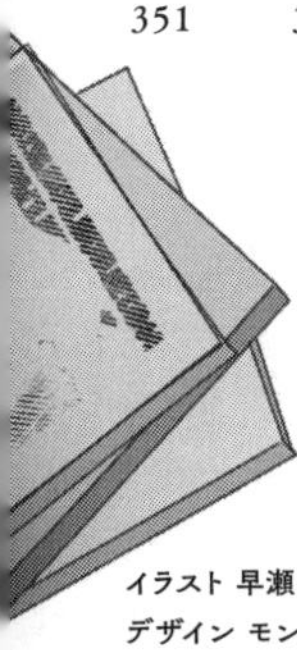

イラスト 早瀬ジュン

デザイン モンマ蚕（ムシカゴグラフィクス）

CHARACTERS
登場人物&関係図

エリザベス・バートン
平凡な公爵令嬢だったが、前世の記憶を思い出したことをきっかけに悪役令嬢としての運命を脱すべく、男装して攻略対象になると決めた。今や立派な最モテ軟派騎士。

次期公爵に求婚?

お兄様は渡さない!

西の国の王女

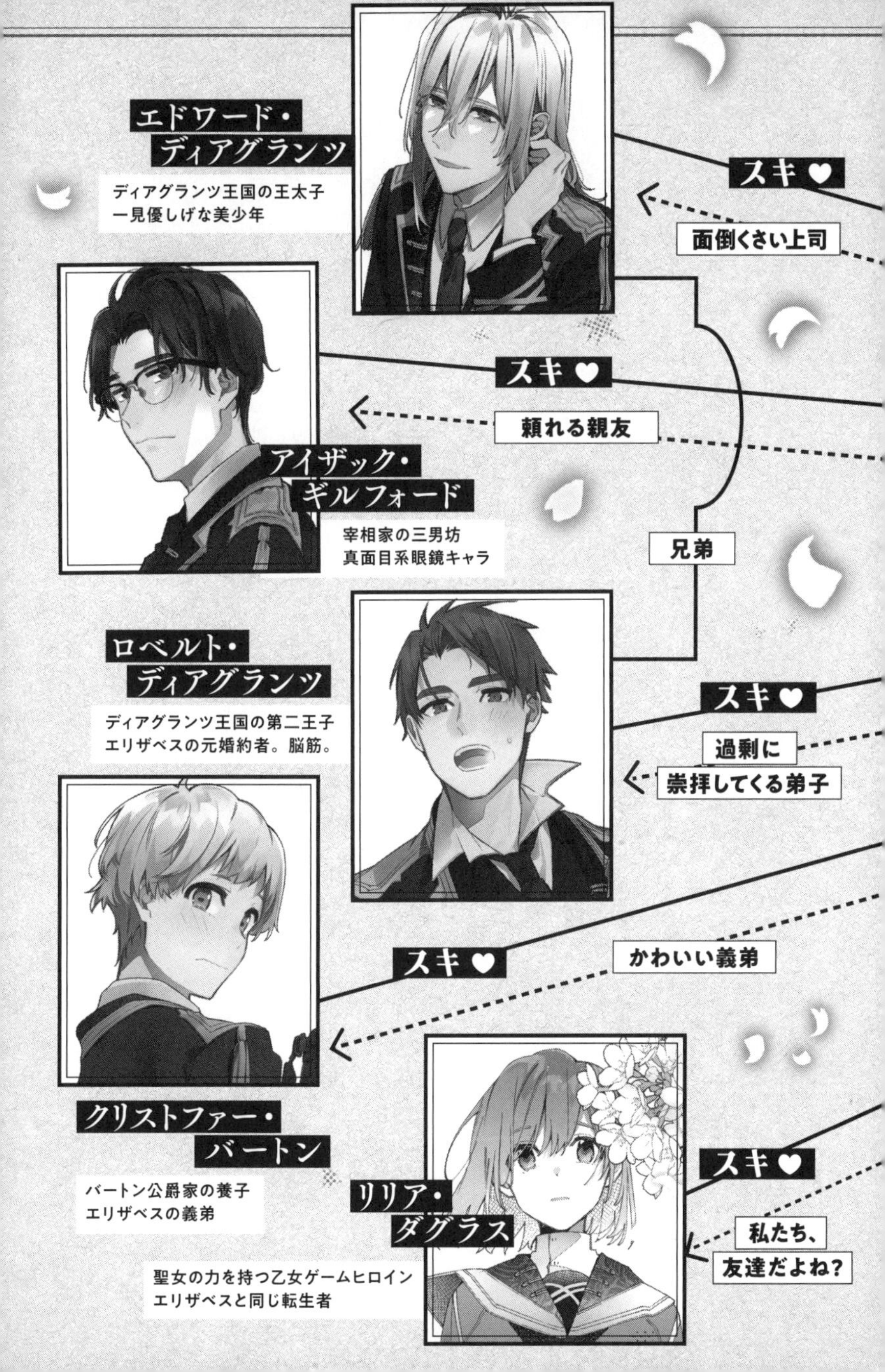

エドワード・ディアグランツ
ディアグランツ王国の王太子
一見優しげな美少年
スキ♥
面倒くさい上司
アイザック・ギルフォード
宰相家の三男坊
真面目系眼鏡キャラ
スキ♥
頼れる親友
兄弟
ロベルト・ディアグランツ
ディアグランツ王国の第二王子
エリザベスの元婚約者。脳筋。
スキ♥
過剰に崇拝してくる弟子
クリストファー・バートン
バートン公爵家の養子
エリザベスの義弟
スキ♥
かわいい義弟
リリア・ダグラス
聖女の力を持つ乙女ゲームヒロイン
エリザベスと同じ転生者
スキ♥
私たち、友達だよね？

プロローグ

お兄様と二人、テーブルを囲んでお茶を飲む。

久しぶりにお兄様とゆっくり話が出来て、非常に充実した時間を過ごしていた。

乙女ゲームの期間も無事に終わり、私は学園の三年生になった。特に代わり映えのない、当たり前の日常を謳歌している。

私を攻略した主人公《ヒロイン》が、友情エンドでは満足してくれていないらしいことを除けば……私の生活は実に穏やかなものだった。

朝起きて、ランニングと筋トレをする。シャワーを浴びてメイクを整え、学園で勉強に勤しむ。友の会のご令嬢やクラスメイトと話して、放課後は気が向いたらバイト先である騎士団候補生の訓練場に顔を出す。

帰ってきてランニングをして、家族と夕食を食べる。筋トレをしてシャワーを浴びて、就寝。

休日は訓練場に行くか、警邏《けいら》のバイトをして過ごす。時折我儘《わがまま》な王族や聖女に付き合わされて出掛けたりする。

その繰り返しだ。

いたって平凡だ。平凡な高校生の日常だ。

だがこの平凡で穏やかな日々も、努力によって勝ち取ったものだと思うと感慨深い。

つまるところ、私は平穏を謳歌していたのだ。

「そういえば。少し留守にするかも」

お兄様の言葉に、ふと手を止めて問いかける。

「領地ですか？」

「ううん。西の国」

「……視察でしょうか？」

「それが……向こうの王女様が、僕と結婚したいって言ってるみたいなんだ」

ぽとりと、手に持っていたかじりかけのクッキーを取り落とした。

「でも、僕は跡継ぎだし、そういうわけにはいかないってエドや陛下が断ってくれているみたいなんだけど……向こうの国王様がかなり強引らしくて。正式にお断りするためにも、一度僕本人があちらに行くことに……」

「やだ」

咄嗟《とっさ》に声が出た。

もはや脊髄反射だった。

「り、リジー？」

「ぜっっっったいに嫌だ!!」

その日――私とお兄様は、記憶にある限り初めての大喧嘩をした。

だって、お兄様が謝らないから

私がただのエリザベス・バートンだった頃の記憶まで遡ってみても、覚えている限りお兄様と喧嘩をしたことはなかった。

年も離れているし、私はともかくお兄様は争いごとを好まない穏やかな性格をしている。

基本的には、仲の良い兄妹だった。

仮にお兄様が怒ったとしたら、たいていの場合は私が悪い。それはもう十割十分私が悪い。

だからお兄様に怒られたら私は謝るしかないし、お兄様もそれを分かっているので喧嘩と言うより「叱る」「叱られる」の関係にしかならなかった。

だが、今回は違う。

勝手に怒る私も悪いだろうが、お兄様にも悪いところがある。

そもそも何故お兄様がわざわざ断りを入れに足を運ぶ必要があるのか。そこからして私は納得がいかない。

もし先方がそれを要求しているとすれば、そんなもの断りに来たお兄様を返さないつもりに決まっているではないか。

それくらいお兄様だって分かっているはずなのに、わざわざ赴《おもむ》くというところが輪をかけて気に

入らない。

極論自己犠牲だとして、そんなものは美しくも尊くもない。

自身を犠牲にするということはその実、自身を大切に思っている他者を犠牲にしているのと同じだ。蔑《ないがし》ろにしているのと同じだ。

私はお兄様のことが大切だ。しかしそれは、自分自身の次に、だ。

私は私に危害が及ぶなら……私にとって許しがたいことを行うとすれば、たとえお兄様のすることとて、断固拒否する。

だいたい、いつもいつも私やクリストファーのことを心配するくせに、自分は心配すらさせてくれないというのは不公平である。

誰にでも分け隔てなく平等に、接する相手の求めに応じて欲しい言葉をくれる、人望の公爵様らしからぬ言動だ。

私は怒っていた。お兄様と違って、私は元来気が短いのだ。

その怒りの矛先はもちろんお兄様自身に向けられたものであったが、それを止めない我が父にも腹を立てていたし、問題を解決できない王家に文句を言いたい気分もあった。

普通問題が起きたら責任を取るのは上司の仕事だ。謝りに行くのだって上司の仕事だ。

部下本人をわざわざ矢面に立たせるなんてろくな会社ではない。

王族同士で解決出来ていない時点で無能のレッテルを貼られても文句の言えない状況である。

何のために綺麗なおべべを着せて豪華な椅子に座らせてやっていると思っているのだ。仕事をしろ。

お兄様もお父様も何故そう言わない。間違っていることは間違っていると教えてやるのが忠義ではないのか。

もし責任を取ろうとせずのうのうと豪華な椅子にふんぞり返っているだけならば……そんな王族、必要か？

他の家族は知らないが、私には特段の愛国心も忠誠心もない。

国なんてただの箱だ。王族なんてただの飾りだ。動物園の客寄せパンダだ。

愛着があるとすればそれは私の家族や私が生まれ育った場所に対してであって、国に対するものではない。

私はたまたま都合が良いからそこにいるだけだ。

もしお兄様すら守れないなら、そんな箱に、そんなパンダに、価値はない。

少なくとも私にとって、必要がない。

「エリザベス様」

侍女長の声に、はっと我に返る。

目の前の彼女は、どこか心配そうな顔で私を見上げていた。

「ああ、ごめん。ちょっとぼーっとしてた」

「どうか、早まったことはなさいませぬように」

縋《すが》るように言う彼女に、首を捻る。

早まる？　何が？

もし私に言っているとしたら、見込み違いだ。

私は怒っているが……冷静だ。そうでなければ今頃、とっくにお兄様を拉致監禁している。まだ行動を起こさずにここに立っている時点で、早まっていない。ゆったり構えていると言っていいくらいだ。

冷静に次にすべきことを脳内で組み立てながら、私はジャケットを手に取った。


見慣れた建物の屋根に着地する。

上から入ったのは初めてだが、正面からは何度も入っているので、部屋の位置は把握している。

壁を伝って下り、手の甲で窓を軽くノックした。

やや間があって、窓の内側でカーテンが開く。部屋の中に目当ての人物がいるのを発見した。

時間帯は深夜だ、本人以外と出くわすのは避けたかったので好都合だ。

しかし、しばらく待っても窓が開かない。窓の上方に待機しているせいか、こちらに気づいていないようだった。仕方がないので、実力行使に出る。窓枠を掴んで、壁から引き剥がした。

「え？」

戸惑うような声をBGMに、ぽっかり開いた穴から部屋の中に侵入する。

部屋の主、リリアがぺたんと尻餅をついていた。外した窓を適当に部屋の中に置いて、彼女に向き直る。

驚きに目を見開いている彼女に、右手を差し出す。

「リリア、ちょっと一緒に来てくれ」

「えええええ!?」

リリアが悲鳴を上げたかと思えば、尻餅をついたまま器用に後ずさりしていった。

大きな声を出さないでほしい。男爵家の人間に気取《けど》られたら面倒だ。

壁際までずりずり移動していったリリアは、驚きを通り越して怯えの滲んだ顔をして、口をはくはくと開け閉めしている。

しばらく呼吸の音しか聞こえなかったが、やがて彼女はまた悲鳴のように叫んだ。

「ま、窓から好きな人が入ってくる展開でホラーなことあります!?」

だから声が大きい。それこそ乙女ゲームや少女漫画にはありがちなパターンだと思うので、主人公《ヒロイン》らしく喜んでくれてもいいくらいだろうに。

座り込んだまま動かないリリアに、再度手を差し出す。

「いいから、行くよ」

「いや、あの、説明」

「私、気は短い方だけれど。ここまでトサカに来たのは久しぶりなんだ。気を抜くと冷静さを欠いてしまう。私が実力行使しないうちに、早く」

「冷静な人は深夜に他人の家に窓から侵入しませんよ!?」

そう叫んだのを皮切りに、ごちゃごちゃと文句を言い始めるリリア。

黙っていたのが嘘のように、やれ「何階だと思っているのか」だの「窓を壊すな」だのあれやこれやとぶちぶち言っている。

何階かなど住んでいる本人が一番よく分かっているだろうに、何故そんなことを聞くのだろう。

こちらは、急いでいるというのに。

「リリア」

彼女の瞳を見て、名前を呼ぶ。

リリアがうるさかった口を閉じた瞬間、代わりに「ヒュッ」と息を呑む音がした。

「来い」

「ふぁい♡」

短く言えば、リリアが途端にうっとりと瞳を蕩《とろ》かせて返事をした。

目の中にハートマークが見える、気がする。「強引なエリ様もしゅてき……♡」とか呟いていた。

先ほどまでの怯えた顔はどうしたのだろう。情緒はどうなっているんだ。

とりあえず大人しくなったリリアを抱き上げて、先ほどまで窓だった壁の穴に足を掛ける。

飛び移る先の算段を付けて目で距離を測りながら、リリアに言う。

「とりあえず、着いたらお父様に自動復活《オートリヴァイヴ》を頼む」

「ふぇ？」

ぽやぽやと魂をお花畑に旅立たせていたリリアの意識が、こちらに戻ってきたようだ。

最近使えるようになったと豪語していた「自動復活《オートリヴァイヴ》」、聞いた時には胡散臭《うさんくさ》いというか、それは「死なない」じゃなくて「死ねない」になるんじゃないかと懸念していたが……、背に腹は代えられないからな。

「さすがに『親殺し』の業は背負いたくない」

「ぶ、物騒がすぎる！！！！！」

またリリアが大きな声を出した。

このまま男爵家の中で騒がれてはダグラス家の皆さんのご迷惑である。さっさと出かけた方がよさそうだ。

「わたし、何に駆り出されてるんですか!? 怖い！ 怖いんですけど！」

リリアの悲鳴を引きずりながら、夜の空に向けて跳躍した。


リリアを小脇に抱えたまま、ノックと同時に父の書斎のドアを開けた。

「お父様」

「エリザベス、殿下の御前だ。後にしなさい」

「殿下？」

渋い顔で応じたお父様に首を傾げる。

視線を巡らせると、銀糸の美青年——王太子殿下が余所行きの笑顔でソファに腰掛けていた。

顔を合わせるのは卒業式ぶりだ。

例の「お戯《たわむ》れ」に振り回された記憶が蘇りかけたのを、軽く頭を振ってかき消す。

リリアをそのへんに置いて、騎士の礼を執った。背後でリリアも淑女の礼をする。

許可を得て、立ち上がった。

「やあ、リジー」

「殿下。何か事件でも？」

私の問いに、殿下とお父様が意味深な視線を交わす。

王太子が大した用もなく家臣の家を訪ねるには、常識的な時間とは言えない。

部屋の隅に控える彼付きの近衛騎士からも、普段よりピリついた空気を感じる……気がする。

何か厄介ごとでも起きたと考えるのが妥当だろう。

「うん。どうも早めに動いておかないと、まずいことになりそうだったから」

持って回った言い方をしながら、殿下が足を組み替える。長い脚を見せびらかすような所作だ。

見せびらかさずとも殿下の脚の長さ――もとい、座高の低さはよく知っている。

「急遽、西の国に視察に行くことになったんだ」

西の国、という単語に、私は眉を跳ね上げる。先に一通り事情を聞いていたらしいお父様は、静かに殿下の言葉に耳を傾けていた。

「それで、護衛が必要なんだけれど……何分急なことだから、人手の確保が間に合っていなくて。きみに同行してもらえると都合が良いと思ってね。まずは公爵に確認しようと、ここに来たんだ」

「護衛？」

「ああ、もちろん女性であるきみが私の護衛というのは些《いささ》か外聞が悪いから……そうだな。きみには、お兄さん《フレデリック》のフリをして同行してもらえるとありがたいんだけど」

殿下がやけにお兄様の名前を強調しながら、私に向かって目配せをした。

なるほど。委細《いさい》承知だ。

お兄様は殿下の補佐役である。これから王になる殿下を傍で支えていくための人材として教育を受けて、現在も立派にその勤めを果たしている。殿下としてもお兄様を失うことは避けたいはずだ。

殿下は、私がお兄様を西の国にやることに反対していると踏んでここに来たのだ。

西の国からの要望に応えた形を取りつつ、お兄様があちらに奪われることを阻止するために協力しろと。

つまりはそういうことだろう。

願ってもないことだ。お兄様のふりをして敵陣に乗り込めるのであれば、いくらでもやりようがある。私がこの手で、縁談を潰してしまえばよいのだ。

そして何より王太子殿下の勅命《ちょくめい》である。私のような下々の貴族が逆らえるはずがない。お父様も私の西の国行きを認めざるを得ないだろう。

そもそもお父様だって、大切な跡継ぎであるお兄様をみすみす他国に渡したくはないはずだ。

そういう意味で、今この場にいる人間の利害は、実のところ全員一致しているのである。

私はお父様と一瞬視線を交わす。

そして殿下に向かって、頷いた。

「王太子殿下のご命令とあらば、謹んで」

ただ一人事情を理解していないリリアが、背景に宇宙を背負った猫の顔をしているのがちらりと視界の隅に過ぎったが、黙殺した。

「殿下」

馬車に戻る殿下を呼び止め、駆け寄った。

馬車の入り口に控えた王太子付きの騎士が、迷惑そうに僅かに眉をひそめる。

先日殿下の呼び出しを断るのに少々手荒な真似をしたので、その恨みがこもっているのかもしれなかった。

「ありがとうございました」

「いや、私は……」

「貴方が我が国の王太子で、本当に良かった」

「え」

跪いて、彼の手を取る。指先にそっと口づけを落とした。

本当に、彼が王太子でなければハグどころか胴上げしているところだ。

殿下の機転のおかげで事を荒立てず、西の国行きの許可を得ることが出来た。しかも私がお兄様に成りすますという都合のいいオマケつきで、だ。

最悪の場合は実力行使も視野に入れてお父様を説得し、単身西の国に乗り込んで——場合によってはこちらも実力行使を含めて——交渉するつもりだったが、それよりもずいぶんと良い状況になったことは間違いない。

恩を売っておいた甲斐があるというものだ。

まぁ、彼は私への恩義で行動したわけでもなければ、私のためだというつもりもないだろうが。お兄様を西の国にやらないために私を利用してやった、ぐらいの認識だろう。私としても、今回は利用されてやってもいい。

どういうつもりであれ、彼の行動が私にとって僥倖《ぎょうこう》であったことは事実である。先日の卒業式の件も水に流してやろうではないか。

何か言いたげな顔で口をぱくぱくしている殿下に、私はにこりと機嫌よく笑う。

言われずとも、殿下の思惑は理解している。しかし少々、意外ではあった。

「誰も特別扱いしませんよ」という顔をしている殿下すら動かす力を持っているとは、さすがお兄様、人望の公爵はスケールが違う。

「まさか殿下がお兄様のために、ここまでしてくださるとは」

「え？　いや、」

「もちろんお兄様はこの国にとって必要な人材でしょう。殿下の補佐としても有用であることは間違いありません。ですが、殿下がこれほどまでに友情に厚い方だとは、寡聞《かぶん》にして存じ上げませんでした。認識を改めなくてはなりませんね」

「…………」

殿下は黙ってこちらを見ていた。じとりとどこか睨むような目つきになっているのが気になるが、照れ隠しとして受け取っておこう。

笑顔をキープしたまま、私は続ける。

「今私と貴方様は、お兄様を西の国に渡さないという同じ目的を持つもの。言わば共犯者です。何かあればおっしゃってください。力になります」

「力に？　きみが？」

意外そうな声を出されてしまった。意外を通り越して、何か裏があるのではと疑っているような声音ですらある。

人がせっかく親切で言っているというのに、失礼なことだ。嫌々お使いを請け負うことはあれど、私から進んで「力になる」などと申し出ることはほとんどなかったので、当然かもしれないが。

「……ちょうどよかった。なら、頼まれてほしいのだけど」

「は。何なりと」

わざと恭《うやうや》しく返事をすると、殿下はいつもの余裕ぶった王太子スマイルでもって、命じる。

「私に嫁いできたいと言っている向こうの第二王女、どうにかしてもらえないかな？」

◇　◇　◇

「というわけだから、君にも一緒に来てほしいんだ」

「どういうわけでしょうか」

先日深夜に無理矢理連れ出したお詫びにと誘ったお茶会で、私はリリアに向かって微笑みかけた。

リリアは頬をふくらませて、つんとそっぽを向いている。

突然連れ出された挙句に置いてけぼりで話が進み、そのまま何をするでもなくリリースされたので、すっかり機嫌を損ねたらしかった。

それでも誘いに行けばこうしてホイホイついてくるので、さほど怒っているわけでもないのだろう。

私はお兄様を西の国にはやりたくない。

だが、私が成りすましてお兄様の評判を過度に下げるようなやり方をするのも、公爵家の今後を思えば得策とは言えない。

お兄様の政治的な評判はできるだけ落とさず、向こう様から「やっぱりこの話はなかったことに……」と断ってもらうのが一番丸く収まるのだ。

そのための手段として、私が思いついたのは一つだけだった。

「お兄様に成りすますにあたって、超絶女たらしという設定で行こうと思うんだ」

「超絶女たらし」

「考えてもみたまえ。王女様が『この国の女はだいたい抱いた』みたいな顔をしたやつと結婚したがると思うか？」

「それは、したがらないと思いますけど」

リリアの言葉に、そうだろうと鷹揚《おうよう》に頷く。

一夫多妻の国もあるが、女の子というのは結局一番になりたいものである。

一番がたくさんいる男を嫌厭《けんえん》する女子は多い。

お兄様の素晴らしさに気づくような相手だ。顔面至上主義のこの国の女性たちよりもまともな感性をしているに違いない。

そんな人物であればきっと「結婚相手にこういう男の人はちょっと」と思ってくれることだろう。

しかし女性がそう思ったとして、男からすれば「女たらし」というのは勲章でしかない。

酒の席での武勇伝にはなるだろうし、多少は妬む者もいるかもしれないが……その程度だ。

未だ男性しか爵位を継げないこの中世ヨーロッパ的世界観において、政治の表舞台に立つのは常に男性である。

この方法を取った場合のお兄様の今後への影響は、結果として「超絶女たらし」という大それた言葉から想像するよりも、ずっと小さなものになるはずだ。

そうと決めたら、全力で行く。

中途半端では意味がない。

「もう王女様以外の西の国の女性を全員落とすぐらいの心持ちで行こうと思う」

「あの、エリ様？　わたしひとり落とすためにあれだけ全方位イケメンやってたのに、本気でそっちに舵取りしちゃったらまずいと思いますよ？　刺されますよ、いよいよ」

「さしあたって、可愛い女の子を伴って行くのが最高に第一印象が悪いと思うから一緒に来てほしいんだ」

「それはわたしが刺されるやつでは？」

「自動復活をかけておけば問題ないよ」

「刺されるやつだ！」

ぎゃあぎゃあ叫ぶリリアを無視して、紅茶を啜る。

刺されたところでそう簡単に死ぬわけでなし、すぐに自分で治せるのだから特段騒ぐ必要もないと思うのだが。

「わたし以外を口説くエリ様、解釈違いです!!」

「本人と解釈違いを起こされても」

「地雷です！！！」

「もはや勝手に爆発するタイプの当たり屋だよ、それは」

ばんばんと机を叩くリリア。サロンの隅に控えている侍女長の目が光ったのが視界の端に映る。

やれやれ、後でお小言を食らっても知らないぞ。

普段私の世話は執事見習い《フットマン》が焼いてくれることも多いのだが、リリアが来る時は別である。

うっかり魅了《チャーム》にかかると目がハートになって使い物にならなくなるので、必然的に侍女長が控えることが多くなった。

侍女長は侍女長で、リリアのご令嬢らしからぬ振る舞いに思うところがあるらしく、時折「失礼ですが」「僭越《せんえつ》ながら」を枕詞にお小言をくれたりマナー講座の真似事が始まったりする。

リリアは不思議と嫌がっている様子ではないので、私も黙って見守っていた。そもそも何か言ったとて私の公爵家内の発言権は植木以下である。

下手に口を挟んでも止まらないどころか私までお小言をもらう羽目になるのが目に見えていた。

そこまで考えてふと、リリアは魅了《チャーム》が使えるということを思い出した。

「そうだ。私は女性を落とすから、リリアは男性を頼む。最悪の場合は二人で一緒に国を落とそう」

「なんか無茶苦茶言い出してますけど⁉」

「大丈夫。二人ならやれるさ。どんな困難だって乗り越えられるよ」

「それもっと別の時に聞きたいやつ！　今じゃないやつ！」

また机を叩いて、そのままの勢いで崩れ落ちた。侍女長が聞こえよがしに咳払いをする。

リリアがすっくと立ちあがって椅子に座りなおした。賢明な判断だ。

そして独り言のように、零す。

「わたし、どうしてエリ様がそんな感じに仕上がっちゃったのか、分かりました。誰も止めなかったからなんですね」

「男装は止められたよ」

「訂正します。止められなかったんですね」

リリアがどこか遠くを見るような目をしていた。

まぁ、私としては誰かに「これからこうしようと思う」という相談をすること自体が稀であったように思うので、事前に止められなかったのは誰の責任でもないだろう。

もちろん私の責任でもない。

頭で考えるよりも行動する方が向いているのだ。

今までもそうしてきたし、きっとこれからもそうして生きていく。

後悔は、文字通り後からすればよい。

「冗談はさておき。お兄様がいなくなってみろ。傾くのはこの国の方だぞ」

「それはエリ様が傾けてませんか？」

リリアが胡乱《うろん》げな目で私を睨んでいた。

否定も肯定もせずに、私は一つため息をつく。

仕方ない。予行演習だとでも思って、一発かましておこう。

テーブルの上の彼女の手に、そっと自分の手を重ねる。

「ねぇ、リリア。一緒に来てよ」

「ウッ」

「国外旅行だよ？　滅多にあることじゃないし……君が来てくれたら、きっと楽しいと思うんだ」

彼女の瞳を覗き込むようにしながら、するりと指を絡める。

見る見るうちにリリアの顔が赤くなっていく。つむじから湯気でも出そうな有様だ。

攻め手を緩めず、ご令嬢から評判の軽薄な微笑を添えた「お願いの表情」をして、小首を傾げて見せた。

「ダグラス男爵には私からも頼んであげるから。ね？　お願い」

「ずっっっっる…………」

リリアが長いため息とともに、そんな言葉を漏らす。

ずるいと言われる筋合いはない。この肉体も顔面も私がたゆまぬ努力で磨き上げたものである。

使えるものを使って何が悪いのか。

「そんな……えぇ……ずっる……何この人……ずっるいわぁ……えぇ……顔良……」

「全部口から出てるよ」

あっさり陥落した彼女に、こらえきれずに噴き出した。

相変わらずロベルトのことをとやかく言えないチョロさである。

「ほら。一緒に来てくれたら、好きなものを何でも買ってあげるよ」

「……そこは、『何でもしてあげるよ』じゃないんですか？」

「そんな恐ろしいこと言えるわけないだろう」

軽く肩を竦めて見せると、リリアが舌打ちした。

何をさせるつもりだったのか聞くのも恐ろしい。

彼女はしばらく頬を膨らませていたが、やがてぽつりと呟いた。

「……ドレス」

「うん？」

「ドレス買ってくれるなら、一緒に行ってあげてもいいです」

「……それ、大丈夫かな？　私、ダグラス男爵に刺されるんじゃないだろうか」

「エリ様が脱がせたいって思うドレスを贈ってください！」

「贈りにくくなることを言うんじゃない」

せめて言わずにねだってくれ。

リリアの買収に成功し——これで万が一私が何かしでかしたときにも怪我の心配をしなくて良くなった。無論、相手の怪我の心配である——、西の国への殴り込み、もとい視察の予定について話し合った。

といっても、出発は二週間後に迫っている。悠長に構えていられるようなものではない。

殿下側の都合に合わせた結果、先日の一件から実に一か月足らずで西の国に乗り込むという強行スケジュールとなったのだ。

普通の旅行であれば余裕のある日程かもしれないが、王太子の視察としては相当な早業である。

「あの……正直言いづらいんですけど……エリ様、大きくなってますよね……？」

「ああ」

リリアの指摘を首肯する。

乙女ゲームの期間が終わり、女の子ウケを考えなくて良いと思った瞬間から、解き放たれてしまったのだ。

筋トレ制限から。

特に春休み期間は暇を持て余してしまい、山に行っては羆《ひぐま》と相撲を取るという日本昔ばなしのような生活を送っていたせいで、バルクアップが著しい。

ゴリゴリとまではいかないが、細マッチョの範疇《はんちゅう》からは片足はみ出しているような状況である。

「全盛期に戻す」

「全盛期」

「君を落とした頃に戻す」

あの頃の私は女性ウケという意味ではまさしく全盛期だっただろう。

一か月足らずでどこまで戻せるかは不明だが、涙を呑んで日々の筋トレを控え、訓練場通いをセーブし、タンパク質中心だった食事制限も解除している。

聞くところによると、トレーニングをやめて三週間程度で筋肉中の水分とグリコーゲンが失われ、見た目上は筋肉が落ちたように見えるらしい。

あと二週間で効果が出ることを祈るばかりだ。

「髪も伸ばそうかなと思ったけど。さすがにそれは間に合いそうにない」

「普通逆なんですよ、エリ様。男装の必要性がなくなったら髪は伸ばすんですよ、一般的には」

「キャラ被りを気にしなくて良くなったからね」

自分の前髪をつまんで、光に透かす。

乙女ゲームの期間が終わってからというもの、髪を切るたびに「もう少し短くてもいいか」を繰り返していたので、今は学園入学時くらいの長さまで戻ってきていた。

何せセットの手間がかからないのだ。しかも短ければ、セットしていなくても「顔面が十八禁」だのなんだのという不名誉な誹《そし》りを受けることがない。

それが分かってから、もう私を止めるものは何もなかった。

我ながら似合っていると思う。すぐに乾くし、洗うのも楽だ。デメリットが存在しないのである。

強いて言うなら、ロベルトとお揃いはちょっと——いや、だいぶ嫌なので、まだしっくりくる髪型を模索中ではあるが。

「姉上！」

サロンの入り口から、クリストファーが転がり込んできた。

走ってきたようで、肩で息をしている。

「クリストファー？　どうしたの？」

「西の国、ぼくも一緒に行くことになりましたから」

ふんふんと鼻息も荒く宣言された。

我が家からお目付け役がついてくることは想定していたが、てっきり執事見習いの誰かだと思っていた。それか、対抗で侍女長。

クリストファーがついてくるのは予想外だ。

彼も学園を休まなくてはならなくなるので、お父様あたりは反対しそうなものだが。

「姉上を一人で行かせたら、何が起きるか分かったものじゃありません。兄上の代わりにぼくがしっかり見張るようにと、父上からも言いつけられました」

読まれている。

私が何を考えているかなど、家族には筒抜けのようだ。それでは確かに、執事見習いには荷が重いだろう。

今回はお父様とも利害は一致しているはずなのだが、娘の愚行はそれとは別問題らしかった。

私とクリストファーのやり取りを眺めていたリリアが、ふと独り言のように零す。

「じゃあ、お兄様はお家でお留守番ですか」

「……うん。まぁ」

首の後ろに手を回しながら、答えた。

わずかに言い淀んだのを聞きとがめて、リリアが私の顔を覗き込む。

「仲直り、してないんですか?」

「……してない」

視線を逸らしながら、呟くように答える。

「ていうか私が西の国に行くことになってから悪化した」

そう。お父様が許可した私の西の国行きに、お兄様が猛烈に反対したのである。

自分のためにそんなことはさせられないとか、危険だから僕も一緒に行くだとか、勉強についていけなくなって留年するとか。

今回はお父様も珍しく——本当に、天変地異と言っていいレベルで珍しく——私の味方なので、お兄様の訴えは退けられたが、お兄様の言い分を聞いて私はますます機嫌を損ねた。

勝手なことを言う。

まずもって、お兄様のためではなく私のためだし、私が危険だというならお兄様が行くのだって危険なはずだ。むしろ物理的な危険への対処能力で言えば、私の方が断然高い。

リスクを減らすことを目的にするなら、私が行く方がよいに決まっている。

最後の心配は、まぁ、……留年したとて死ぬわけではない。

アイザックにも匙を投げられたら、最悪クリストファーと一緒に卒業しよう。

私の様子を横目に見て、クリストファーが苦笑した。

「いつも兄上が怒ると姉上が慌てて折れるのに。今回は意地になってるみたいで」

「だって、お兄様が謝らないから」

「この調子なんですよ」

肩を竦められた。

お兄様の真似をしているのか、いつまで経っても「手のかかる姉」扱いをされている気がしてならない。

だが、こうして西の国への同行を取り付けるあたり、彼も私と同罪のはずだ。

お兄様は、弟妹揃ってなんと手がかかることかと思っていることだろう。

「君だってお兄様を西の国になんてやりたくないだろ」

「それはそうですけど」

頷いて、クリストファーが私の隣の椅子を引く。

腰かけながら、私の瞳を覗き込んだ。

「ぼくは、姉上のことも心配なんです」

「心配しなくても、平和的な解決を目指す予定だよ」

「そうじゃなくて」

クリストファーが、じっと私を見つめていた。

はちみつ色の瞳を伏せると、非常に長い睫毛《まつげ》が際立って見える。一本一本が長いだけでは飽き足らず、上向きにカールしている。羨ましい限りだ。

「姉上が向こうの王女様に気に入られて、帰してもらえなくなるかもしれません」

「いや、そんなことは」

「の、脳内再生余裕すぎる……」

「こら、リリア」

同意したリリアを窘《たしな》めながら、ため息をつく。

そもそも会ったこともない王女様をどうやって再生しているのか。もしかして黒い人影のような姿で再生しているのだろうか。それは犯人なのでは。

やれやれ。二人とも私の目的を何だと思っているのだろう。

「私が気に入られるってことは、お兄様が気に入られるってことだろう。そうならないために行くんだよ」

私の言葉に、クリストファーもリリアもじとりとした目で沈黙するばかりだ。

何故だ。何故そんな目をする。

負けじと二人を睨み返していて、ふと思いついた。

虚ろな目をしていてもそれを補って余りあるほど、二人とも非常に愛らしい外見をしている。

庇護欲をそそる見た目という意味では、乙女ゲーム的な事情で見目麗しい人材の宝庫である我が学園でも、この二人が間違いなく一位二位を独占するだろう。

相手の王女様がどんな人物かは知らないが、この二人を侍らせている相手に対して「外見」をアピールポイントとして売り込もうとは思うまい。ぽんと手を打って、思いつくまま提案する。

「そうだ。妹を連れてくるシスコンの方が、ご令嬢ウケが悪いんじゃないか？」

「え？」

「クリスティーン……いや、クリスティーナでどうだろう？」

きょとんとしていたクリストファーだったが、一拍遅れて私の意図を汲み取ったようだ。

がたんと椅子を鳴らして立ち上がる。

「絶対嫌です！！！」

いつもおとなしい義弟が急に大きな声を出すものだから、驚いて目を見開く。

クリストファーがぶんぶんと首を横に振った。

「女装なんて絶対嫌です」

「大丈夫だよ、絶対に男だなんてバレないから。私が保証する」

「なおさら嫌です」

「ほら、姉上が可愛いドレスを見立ててあげるよ」

「い・や・で・す」

断固拒否された。

彼は顔を赤くして、握った手を震わせている。

こんなにも拒否されるとは思わなかった。

去年のダンスパーティーでは嬉々として女装をしていたというのに、どういう心境の変化があったのだろうか。

そこではたと気が付いた。

もしかしてリリアの前だから、余計に恥ずかしがっているのかもしれない。

「姉の友達」とか、憧れるには非常にちょうどいい間柄だしな。何とは言わないが。

いやはや、義弟も思春期である。

いいアイデアだと思ったのだが——リリアも同伴させようとしている以上、残念ながら彼の協力は得られそうにない。

まぁ、最悪男装している妹ということにしてしまおう。

実際お兄様には男装している妹がいるわけだし、リアリティは十分だ。

何だったら私よりもクリストファーの方が「男装しているけど女の子なんですよ」と言われた時に納得できる気がする。

「姉上、何か企んでますね？」

「いいや？　気のせいだよ」

じっとこちらを睨むクリストファーに、私は素知らぬ顔で笑って応じた。

護衛の仕事をするだけです

いよいよ出立《しゅったつ》の日になった。

途中の街で休憩を挟みつつ、一週間から十日ほどかけて西の国に行く旅程だ。向こうには長くて二か月ほどの滞在となる。

前世とは違い、馬車での移動、しかも要人連れともなると移動だけで大ごとだ。

天候にも左右されるので、予定通りに進むとも限らない。定刻通りに通過する新幹線の有難みをひしひしと感じる。

ちなみに大きな荷物はそうもいかないが、郵便であれば片道三日程度で届くらしい。

途中の駅で馬を入れ替えながら本気で飛ばせばそのくらいの距離、ということだろう。

この視察の間学園には通えないわけだが、それは「公務」ということで許されるそうだ。

帰った後に補習を受けなければならないものの、それにしたっておおらかな制度である。

出席日数など、王太子命令の前では関係ないらしかった。

馬車の窓から外を眺める私を、リリアが首を傾げて見つめている。

「エリ様、何か拗ねてません？」

「兄上が今日の見送りにも出て来なかったので」

「ええ……理由がカワイイ……」

「拗ねてない。怒ってるんだ」

ふいとまた視線を窓の外に逃がす。

馬車が動き始めた。私の隣にクリストファーが座り、向かいにリリアが座るという配置だ。

公爵家を出発してリリアを拾いに行ったのだが、隣に座りたいから詰めろと言いだして辟易《へきえき》した。

何が悲しくて三人ぎゅうぎゅう詰めで座らなくてはならないのか。

すし詰めでの長旅は控えめに言って地獄である。

私が梃子《てこ》でも動かず、そしてクリストファーも動かなかったので——「進行方向を向いていないと乗り物酔いしちゃうんです」とのことだ——、最終的にはリリアが諦めてこの配置となった。

流れる景色を眺めながら、ぼんやりと思考する。

まさか見送りにも来ないとは予想外だった。お兄様も存外大人げない、と思う。

いつもだったらとっくに「僕も、ごめんね」と言ってくれてもおかしくない頃合いだというのに。

一体全体、何を意地になっているのだろうか。

もしかしてお兄様は西の国に行きたかったのだろうか、と邪推をしてしまうくらいだ。

王女様の結婚相手ということは、すなわち国王である。

お兄様が野心のあるタイプなら、逆玉の輿だと喜ぶことも考えられたが……そこは人望の公爵様、野心とは無縁のはず。

お相手がよほど美人なのかと思ったが、ほとんど会ったこともなく、せいぜいお互い遠目に見かけた程度だという。それに何より、お兄様は人を見た目で判断しない人だ。

だが話したことがなければ、内面のことなど分かるはずもない。

逆説、それはお相手の王女様が何故お兄様を見初めたか、という疑問にも繋がってくる。

お兄様だって疑問に思ったはずだ。お兄様はそれを——どう考えていたのだろう。

そのあたり、もっとしっかり話を聞いていれば、こんなことには。

喧嘩別れのように出てくることには、ならなかったのだろうか。

「エリ様って、どうしてそんなにお兄様のことが好きなんですか？」

「は？」

突如として意味の分からない質問を投げかけられて、完全に素で反応してしまった。

何を言っているのだろうか。

誰だって自分にやさしくしてくれる人間のことは好きに決まっているだろう。

お兄様は私にやさしいし、私を尊重してくれる。私のためと思った行動を迷わず取ってくれる。

悪いことをしたら諭してくれるし、良いことをしたら喜んでくれる。

お兄様が私を大切にして愛情を注いでくれたからこそ、乗り越えられたことが数えきれないほどある。

単純なことだ。

「お兄様が、私を好きでいてくれるからだよ」

「……ブラコン」

「本当に」

きっぱり答えた私に、リリアが胡乱げな目をする。

隣に座るクリストファーまで呆れたような顔をしていた。

どうしてだ。君はこちら側のはずだろう。

何やら二人でタッグを組んで私をブラコン扱いしてくる気配を察知したので、弁明を試みる。

「いや、リリア。こう見えてクリストファーもなかなかのブラコンなんだ。もしお兄様を悪く言う人間が現れたら、クリストファーだってきっと激怒するよ」

「もう、姉上」

クリストファーが、私を窘めるように苦笑いする。

「兄上を悪く言う人間なんて、この世にいるわけないじゃないですか」

「……それもそうか」

「お二人ともバートン伯関連ではポンコツになるということがよく分かりました」

リリアがふぅと聞こえよがしにため息をついた。


旅路は順調だった。

天候にも恵まれ、特段のトラブルもない。

一応野営の心得はあるが、そこはお貴族様の道行である。きちんと無理のない距離ごとに宿場町を利用する計画が立てられていて、豪華な宿が取ってあった。

問題といえば馬車の中がすこぶる退屈だという程度で、それ以外は予定通りに進んでいる。

そう、すこぶる退屈だという以外は。

リリアとクリストファーがどうかは知らないが、元来じっとしているのが苦手な私は二日目にはすでに飽きがきていた。

馬車の中というのはこんなにもすることがなかったのか、とげっそりする。

今まであれば筋トレでもして時間を潰せたのだが、厳しい筋トレ制限中の身ではそれすらままならない。

せめて馬を貸してくれと駄々を捏ねてみたものの、公爵家の愛馬、お嬢さん以外の馬——というか動物全般——に蛇蝎《だかつ》のごとく嫌われているため、乗せてもらえなかった。

馬車を介しているときは良いのだが、直接乗ろうとして目が合うと、それはもう大袈裟なほどに馬が逃げたり暴れたりするのだ。

リリアと一緒なら乗せてもらえるのだろうが、長い旅路だ。二人乗りは馬が疲れるからと許可が下りなかった。

クリストファーが持ってきた持ち運び式のチェス盤やら、リリアが持ってきたトランプやらで時間を潰すのにも限界がある。

ちなみにチェスは私が弱すぎてお話にならなかった。ほとんどやったことがないと言っていたリリアにも三回目から負ける始末だ。

ポーカーや大富豪はそこそこ楽しめた。やはり運要素が絡むゲームの方が、飽きがこない。

もう今日は馬車の外を並走しようかと考えていた三日目、王太子殿下御一行が旅路に合流した。

辺境伯の領地で別の公務があったらしい殿下は、私たちとは別のルートを辿り、ほぼノンストップで馬車を走らせ続けてこの合流地点の街までやってきたそうだ。

さすがはワーカホリック、相変わらずの激務っぷりである。

馬にしてみればとんだブラック労働だ、と思ったが、馬は途中で入れ替えている。

となるとブラック労働を強いられたのは御者だろう。深夜手当とかあるのだろうか。

出迎えた私たちに対応した殿下はといえば、いつもの王太子スマイルだった。特段くたびれた風もない。

まぁ、馬車に一人では寝る以外にすることもないだろうから、当然かもしれなかった。

簡単に挨拶を終えて公爵家の馬車に戻ろうとする私を、殿下が呼び止める。

「三人では狭いんじゃない？　リジーはこちらの馬車に乗ったら？」

「いえ、お気遣いなく」

「私の護衛、でしょう？」

にっこり微笑まれて、抵抗の術がなくなってしまった。

共同戦線とはいえ、やはりこちらは連れてきてもらった身だ。立場が弱い。

仕方なく殿下と一緒の馬車に乗り込む。

わざわざ呼び出すくらいだ。何か西の国に着いてからの段取りについて、事前に相談すべきことがあるのかもしれない。

馬車が動き出した。だんだんとスピードを上げて流れていく景色をぼんやりと眺める。

やがて、殿下が口を開いた。

「国外に出るのは初めて？」

「はい」

「西の国もいい所だったよ。王都にも緑が多くて、大きな水路が通っていたりして。気候が穏やかだから、保養地や新婚旅行先としても人気があるんだって」

「そうですか」

どうもアイスブレイクというか、世間話らしい。

本題に入るまでは聞き流してよいだろうと判断して、適当な相槌を打っておく。

「リジー？　聞いてる？」

「ああ、はい」

「……何か、考え事？」

殿下が、遠慮がちに問いかけてきた。

特段何も考えていなかったと言ったら怒られるのが目に見えているので、曖昧に濁しながら肯定する。

「まぁ、そんなところです」

「フレデリックのこと？」

そう言われて、目を瞬いた。

確かに今に限らず、暇を持て余しているとついお兄様のことを考えてしまっていた。

というかこの旅自体、お兄様を西の国に渡さないためのものだ。考えるなという方が無理な話である。

やれやれ、またリリアにブラコンだと言われてしまうな。

苦笑いしながら、答える。

「……結局お兄様とは、喧嘩別れのように出てきてしまいましたので」

私を見て、殿下は目を丸くしている。

彼が頭を動かすと、銀色の髪がさらりと一筋垂れた。それだけのことでも顔の良さが際立ってしまうのだから、美形というのはつくづく得である。

「きみがそんな顔をしているの、初めて見たよ」

「どんな顔でしょう」

「迷子の子どもみたいな顔」

言われて、自分の頬に手を当てる。

具体的にどんな顔だ、それは。

――あまり褒められた顔ではなさそうなことは確かだが。

向かいに座った殿下が身を乗り出して、私の手を握る。

紫紺の瞳が、まっすぐに私を捉えていた。

「安心して。彼を無理矢理婿入りさせるようなことは、私が絶対にさせないから」

真剣な殿下の眼差しを見て、お兄様の人望をひしひしと感じる。

さすがは次期人望の公爵様だ。王太子殿下の……次期国王の覚えめでたいお兄様がいれば、我が家は安泰である。

やはり何としてでも、この縁談は阻止しなくてはなるまい。

決意を新たに、私は表情を引き締める。

「殿下。私に何かあったら、クリストファーとリリアをお願いします」

「は？」

「殿下が一緒にいてくだされば、不当な扱いを受けることもありますまい」

「待って。きみ、向こうで何をするつもり？」

殿下の問いかけに、私は素知らぬ顔で応じる。

「もちろん平和的な解決を目指しますよ。まずは」

「まずは」に込められた意図は、正しく殿下に伝わったらしい。

彼は眉間を押さえてため息をついた。

そして私に向き直ると、言い聞かせるような口調で告げる。

「……いい？　私は公爵ときみの兄さんから、きみの身柄を預かってきているんだ。いわばきみの保護者だ」

「ほごしゃ」

「二人から『くれぐれもよろしく頼む』と再三、きみが想像する回数の五倍は言われている」

「………」

そんなにか？

再三というくらいだからと三回程度を想定していたが、その五倍だと十五回ということになってしまう。

それは五回目くらいで「もう分かったから」と言うべきではないか。大人しく聞いている方にも問題があると思うのだが。

私と殿下では一つしか年が違わないのに、片や保護者、片や子ども扱いである。この差は何なのだろうか。お父様とお兄様からの信頼の差だろうか。

だとしたら、私への信頼度が地を這っている。

「勝手な行動はしないで。何かあったら私に相談すること」

「はぁ」

「きちんと返事をしなさい」

「はい」

怒られたので、渋々頷いた。

だが、一番良いのは「殿下に相談しなければならないようなことが何も起こらない」ことだろう。

何故なら相談した時点で反対されるか怒られるかのどちらかになることが目に見えているからだ。

殿下に気づかれないうちに、全てを完了できることが望ましい。

そもそもリリアとクリストファーには伝えた「女たらし作戦」すら殿下には話していないのだ。

下手なことを言って強制送還されても敵わないからな。話すのは向こうに着いてからでいいだろう。

「ご心配なさらずとも、向こう様の聞き分けさえ良ければ私は何も致しませんよ」

「聞き分けが良くなかった場合の話をしているんだ」

私は沈黙で返した。

そのあたりはまぁ、臨機応変に対応するつもりではある。

私の返答は殿下の望むものではなかったらしく、彼は大きくため息をついて、窓の外に視線を送った。

「紐でもくくっておいた方がいいのかな」

家臣を犬扱いとは。次期国王がこれでは国の未来が思いやられる。

出来たら有能でやさしい王様になってもらいたいところなのだが。嘆かわしいことだ。

私の視線に気づいたのか、殿下が咳払いをした。

「きみの家族から、最終的には首に縄を付けてでも連れて帰ってきてくれと頼まれているんだよ」

どうも殿下ではなく家族に犬扱いされているらしい。

もはや暴れ牛《ロデオ》のように扱われている気すらする。

「あまり心配をかけないで」

「心得ております」

「どうだか。一人でも西の国に乗り込みかねない様子だったと聞いたけれど？」

「……あの時は少々頭に血が上っておりまして」

気まずさに視線を泳がせた。

自覚はなかったが、侍女長にも指摘されたくらいだ。よほど先走った行動をしそうに見えたのだろう。

誰が殿下に告げ口をしたかは知らないが——お父様にもお兄様にも、それが伝わってしまっていたのかもしれない。

誤魔化すように、肩を竦めて見せる。

「殿下がこうしてご助力くださらなければ、クーデターでも起こしていたかもしれません」

「聞かなかったことにするから二度と言わないように」

「ええ。申しませんとも」


馬車の中で殿下の実演を交えた編み物談義を右から左に受け流していると、ふと何かの気配を感じた。

集中して、周囲の気配を探る。

春休み中の山通いの成果として、気配を探ることのできる範囲が広くなっていた。

人の少ないところであればより遠くの物音や気配を拾えるようになったし、何より動物の発する音や気配と、人間のそれとを上手く区別できるようになった。

というより、山で出会う多くの動物たちの気配を覚えたので、それ以外を人間のものとして判別しやすくなったという方が正しいかもしれない。

空気はおいしいし手合わせの相手にも事欠かないしで、あの山は非常に良いところだ。

いつも相撲を取っている例の羆は雌だったようで、この間など生まれたばかりの子熊を触らせてくれた。

ふわふわころころしていてたいへん罪深い愛らしさであった。

動物に嫌われる質《たち》なので、たとえ獰猛《どうもう》な羆であっても円滑にコミュニケーションが取れる存在は貴重だ。

馬車で移動中というのもあって精度に自信はないが、どうもこの馬車と似た速度でずっと並走している気配がある。

しかも街道を外れるくらいに、距離を置いて。

ただの偶然と断じるのは容易いが、昨日までは――殿下と合流するまでは感じなかった気配だ。

少々きな臭い。

万が一に備えて、様子を見てきた方が良いだろう。

「殿下。護衛の騎士と話がしたいのですが……マーティンは？」

「置いてきた」

「はい？」

殿下の言葉に、私は窓の外に向けていた意識をぐるりと馬車の内側に反転させた。

置いてきた？

近衛の若きエースであり、王太子付きの騎士である彼を？

このクソ大事な時に、少数精鋭で敵陣に乗り込もうとする時に、置いてきただと？

思わずクソなどと言ってしまうのもやむを得まい。

師団長と副師団長は別格として、遊んでもらった近衛の騎士たちと比べても、マーティンの実力は上から数えたほうが早いくらいだ。

特に隠密行動や偵察にかけては私よりも上手《うわて》だろう。

その人材を、置いてきた？

殿下は西の国に何をしに行くつもりなのだろうか。

いや、私と違って国を落とそうとは考えていないだろうが……最悪の場合でも、実力行使は視野に入れていないということか？

「彼を伴っていては『護衛が足りない』という言い訳が通用しないから。別の仕事を頼んである」

「別の仕事」

「バートン公爵家の警護」

そう言われて、浮かせかけた腰を下ろした。それでは仕方がない。

食ってかかる気をすっかり削がれてしまった。

私が不在にすることで、目下守りが最も薄くなっているのは間違いなくバートン公爵家だ。

今回のお兄様への無理のある縁談そのものが、我が家に害をなそうとする者の計画の一端である可能性も考えられる。

つい先日も、この国への侵略ついでに公爵家に仇なそうとした某東の国の連中が、リリアを誘拐したり廃屋を爆破したりの乱痴気騒ぎを起こしたばかりだ。

この一件を片付けてお兄様に謝ってもらうまで、お兄様には無事でいてもらわなければならない。警戒にあたるに越したことはないだろう。

顎に手を当てて思案する私の様子に、殿下が訝しむような視線を投げてよこす。

「何？　そんなにレンブラント卿と一緒が良かった？」

「いえ。万が一に備えて人員を確認したいと思いまして」

何故か不機嫌そうだった殿下が、私の台詞ですっと表情を引き締めた。

編み図がどうとか針の太さがどうとか言っている時とは全く違う——そして人当たりのよい王太子スマイルとも違う、ひどく真面目な顔つきになる。

ああ、これは為政者の顔だ、と思った。

彼の父である国王陛下と、よく似ている。

まぁ陛下と近くで話したことはほとんどないので、ほぼ雰囲気の話だが。お父様もたまに、こういう顔をしている気がする。

「この一団についている護衛の人数は？」

「十二人」

「私と同じくらい戦えるのは？」

「騎士団全体を見回しても数えるほどしかいないと思うけれど」

殿下の言葉に、思考を巡らせる。

私たちが公爵家から連れてきた護衛は二人。だが彼らは護衛というより世話係の意味合いが強い。いざというときに戦闘要員として数えられるのは、殿下の連れてきた十二人のみと考えた方がいいだろう。

それに対して馬車は四台。

護衛が警戒にあたりつつ交代で休むための馬車、私と殿下が乗った馬車、リリアとクリストファーが乗った馬車、そして荷物と侍女が乗った馬車という並びだ。

馬車の台数を考えれば——護衛用の馬車は捨てておくとしても——奇襲や強盗など有事の際には、御者や侍女などの非戦闘員を守るだけで正直ギリギリの人数だろう。

急場凌ぎとはいえ、仮にも王太子がいる道行がこれでいいのか、と我が国の国防に対して不安が過ぎる。

護衛が足りないというのはあながち方便ではないのかもしれない。

今後この国で暮らしていくにあたって、国防の強化は必須になりそうだ。せいぜい訓練場で騎士団候補生たちの教育に力を入れるとしよう。

問題はあいつらがきちんと騎士団に就職してくれるかというところだが。いつまでも訓練場に居着いていられても困る。

「次の休憩の予定は」

「もうすぐ国境を越えるから、その前に一度休憩をして……その後、完全に日が落ちる前に宿を取った街に向かう予定だ」

並走している気配がもしこちらを襲うつもりなら、次の街に着く直前を狙うだろう。夕闇に紛れるのが一番都合が良い。

そして街が近づけば、自然とこちらの気も緩む。狙うならこれ以上ないタイミングだ。

だが、相手が仕掛けるタイミングさえ分かっていれば、いくらでも対応のしようがある。

準備を整えて奇襲に備え、返り討ちにするのが定石だろうが……それには幾分人数が心許ない。

先に叩いておくほうが対応しやすいだろう。

デメリットはこちらの勘違いだった場合に問題になる恐れがあるくらいか。

その場合は王太子殿下の威光を存分に借りさせていただこう。

こちらから仕掛けるならば、タイミングは次の休憩の時だ。

相手もこちらも動きが止まるので気配がより鮮明に読みとれるし、別行動もしやすい。

非戦闘員をひと所にまとめ、私以外の人員を全て守りに充てれば、討ち漏らし程度は問題なく捌けるだろう。

「リジー。どうするつもり?」

殿下の問いかけに、私はふっと口角を上げて、笑ってみせる。

ちょうど馬車の中にも、殿下のご高説にも飽き飽きしていたところだ。

筋トレ制限中の身ではあるが、皆に危険が迫っているならやむを得まい。

そう、決して私が身体を動かしたいからではない。

自分に言い訳をしながらも、溜まりに溜まったフラストレーションをぶつける矛先を見つけて、私は内心ほくそ笑んでいた。

「護衛の仕事をするだけです」

◇　◇　◇

「姉上！」

休憩のために馬車を降りるや否や、クリストファーが慌てた様子で駆け寄ってきた。

「大丈夫でしたか？　何もされませんでした？」

「『何も』って？」

「だってあの人、卒業式の時、幼気《いたいけ》な姉上の、く、唇を」

「幼気な姉上」

謎の単語を口走る義弟に、それから先の言葉が頭に入ってこない。

ちょっとパワーワードすぎやしないだろうか、幼気な姉上。そこまで私に似合わない形容動詞もそうないと思う。

少なくともクリストファーより幼気であるつもりはない。

どうにも我が義弟、お兄様の真似をして私を子ども扱いすることがあるので少々困っている。

以前も「姉上に恋愛はまだ早い」とか言われた気がする。

実年齢も見た目年齢も私の方が上であるし、精神年齢で言えば人生一回分私の方が上のはずなのだが。

「クリスくん、あんまり言うとエリ様が逆に思い出しちゃいますよ」

クリストファーの後から馬車を降りてきたリリアが、宥《なだ》めるように言う。

……うん？

何だか違和感があるような。

はて、何だろう。

「変に意識されるより、忘却の彼方に追いやってもらったほうが都合いいじゃないですか」

「それは、そうかもしれませんけど……ていうかリリアさんだって同じことしましたよね⁉」

「悲しいことに、それも忘却の彼方っぽいんですよね……」

がっくり肩を落とすリリア。

そこではたと違和感の正体に気が付いた。

リリアとクリストファーの仲が良くなっている。

人見知りでコミュニケーション能力に少々難のあるリリアが、クリストファーとスムーズに会話をしているのだ。

そう気づいて思い返せば、「クリスくん」とか呼んでいたような。

今まで「クリストファー様」だったのに、どういう風の吹き回しだろうか。

私が馬車を移動してからのほんの半日で、何が起きたのか。

「リリア、どうしたの？　馬車で転んで頭でも打った？」

「いきなり失礼なこと言うのやめてもらえます⁉」

「いや、急に仲が良くなったみたいだから」

私の言葉に、リリアが勢いよく顔を上げる。

妙にギンギンと見開かれた目に、無意識のうちに踵《かかと》が後ずさる。

「まさかエリ様、ヤキモチですか⁉」

「違います」

「そんなに照れなくてもぉ」

「照れてません」

リリアがぐいぐいと詰め寄ってくるのでそっと距離を取った。

他の誰かと仲が良くなっただけでヤキモチを妬く男というのはどうなのだ。少々嫉妬深すぎるのではないか。

そもそも嫉妬をされて嬉しいのか、という問いへの答えとしては、リリアが目をぎらつかせているのを見るに嬉しいのだろう。

だがお互い頭がお花畑のうちは良くても、少し時間が経った頃に同じことをされたら絶対に煩わしく思う時がくる。

だからといって嫉妬深い人間が煩わしく思われない程度に加減をした嫉妬をできるとも思えない。

結果としてあまり良い人間関係が築けているとは言い難いのではないだろうか。

白けた顔をしている私に、リリアは何故か自慢げに胸を張った。

「共通の敵がいると絆は深まるものなんですよ、エリ様」

「共通の敵が、何だって？」

後ろから降りてきた殿下が口を挟んできた。

先ほどとは打って変わって、いつもの貼り付けたような王太子スマイルだ。

リリアは一瞬殿下と視線を交差させたものの、殿下の問いかけには応じず、クリストファーと顔を見合わせて「ねー」と微笑み合っている。

共通の敵、と言われて納得した。

確かにこの旅路を共にする以上、西の国――ないしはその王女様という、共通の敵がいるということになる。

リリアもクリストファーも学園があるし、早く用事が済むに越したことはないだろう。

みんなで仲良く共同戦線、ということだな。それならば私も歓迎するところだ。

むしろこのままリリアとクリストファーが仲良くなってくれても私は一向に構わない。

リリアが義妹はちょっと、と思わないではないが、義姉よりはずいぶんマシだ。

問題は殿下もリリアに気があるらしいというところだが……そこは乙女ゲームの主人公なのだから、うまくやってくれとしか言いようがない。

この類の話をするとリリアに怒られるので言わないが。

どうも面白半分で言っていると思われているらしい。

確かに面白半分ではあるが、もう半分は「早く私を解放してくれ」という切実な気持ちなので、決して不真面目なわけではないのだが。

「リジー、どう？」

「やはり尾けられていますね。殺意までは感じませんが……悪意はあるようです」

「え？　あ、あの、それはどういう」

私と殿下の会話に、リリアがおどおどしながら口を挟んだ。

リリアとクリストファーにも簡単に現状を説明した。そして、今後の作戦についても話しておく。

「とりあえず私が一人で行って様子を見てくる。皆は念のために馬車の中で」

「ぼ、ぼくも行きます！」

「わ、わたしも！」

「私も行く」

いや全員来てどうする。

ダチ●ウ倶楽部じゃないんだぞ。

この後近衛の誰かが「じゃあ俺が」と言ったところで「どうぞどうぞ」とでも言う気なのか。

だが、王太子殿下の台詞の後に乗っかってジャパニーズトラディショナルジョークを引き受ける気概のある者はいないらしかった。

むしろ私に向かって「助けて」という視線を送ってきている。

ため息をついて頭を振った。

「護衛対象を連れて行けるわけがないでしょう」

「私だってそれなりに腕は立つつもりだけれど」

「それなりでは足手まといです」

「そ、そうだそうだぁ～！」

「いや君もだから」

王太子と聖女、騎士調べ国内の守るべき対象ランキングTOP5に入るであろう二人を連れて敵陣に乗りこむなど、正気の沙汰ではない。

的を増やしてどうする。

何故わざわざ余分なハンデを背負わなくてはならないのか。いくら余裕綽々《よゆうしゃくしゃく》でクリアできるゲームであっても、縛りプレイをするつもりはない。

「じゃあ、ぼくはついていっても良いですか？」

「危ないから待っていなさい」

「足手まといにならないようにしますから」

服の袖を掴んでうるうると潤んだはちみつ色の瞳で見上げられると、頭を殴られるよりもよほど衝撃が脳天に来る。脳に直に衝撃を与える可愛らしさというのはもはや凶器ではないか。

さすがは末っ子だけあって、弟力《おとうとぢから》の使い所をよく理解している。

やはり女装させて連れてくるべきだった、と後悔した。この庇護欲を掻き立てる上目遣いは絶対に使い所があったはずだ。

下手をすると出力調整の効かないどこぞの聖女様の魅了《チャーム》よりも便利だったかもしれない。

そっと肩に手を置いて、義弟を宥めにかかる。

「訓練場のメニューだってついてくるのがやっとなんだから、実戦には連れて行けないよ」

「どうしても……ダメ?」

「どうしてもダメ」

きっぱりと言い切ると、クリストファーがしゅんとしょげかえって俯いてしまう。

見ていてかわいそうになるくらいの有様だが、ここは心を鬼にしなくてはならない。

クリストファーを危険な目に遭わせたことがバレたら、両親とお兄様からそれはもうめちゃくちゃに怒られるからである。私が。

「それなら、仕方ありません」

どうやら分かってくれたようでよかった。これなら怒られずに済みそうだ。我が義弟、たまに強情だが、基本的には聞き分けの良い子なのである。

胸を撫で下ろしたのも束の間、クリストファーが懐から何かを取り出して、私に向き直った。

「連れて行ってくれないなら、これを使います」

彼の手元を見る。

白い封筒が握られていた。……手紙だろうか。

「それは?」

「兄上から預かった手紙です。姉上がどうにも制御不能になったときにはこれを使うようにと」

「エリ様は妖怪か何かなんですか……?」

リリアの言葉をスルーして、クリストファーが手紙の封を開けた。

中に入っていた便箋を広げる。

私はやれやれという、呆れにも似た気分でそれを眺めていた。

お兄様の手紙ということは、やれ無茶をするなとか、やれ殿下やクリストファーを困らせるなとか、そういうことが書いてあるのだろう。

確かに普段の私には効果がある。お兄様が言うならと考え直すこともあったかもしれない。

だが今の私は、お兄様と絶賛大好評喧嘩中だ。

私が制御不能だというなら、むしろ逆効果ですらある。お兄様が何を言おうと、構うものか。

そもそもお兄様だって私に怒っているはずで、そのお兄様がわざわざ手紙を書くというのはどうなのだろう。いささか信憑性《しんぴょうせい》に疑問がある。

もしかしたら、クリストファーが仕込んだブラフということも考えられるのではないか。

もともといたずらっ子という設定だからか、可愛い顔をして巧妙なところのある我が義弟だ。そのくらいの細工はしていてもおかしくない。

と、考えていたのだが。

「『僕の可愛いリジーへ』」

クリストファーが手紙の最初の一文を読み上げた瞬間、ブラフの可能性は雲散霧消《うんさんむしょう》した。

私への手紙をそんな書き出しで始めるのは、お兄様以外にいない。

「幼気な」の次に似合わない枕詞だ。

「麗しの」とか「愛しの」はご令嬢からの手紙でよく見かけるが、私としては普通に「親愛なる」

で始めてもらいたい。

というかそれがアリなら「肉体美でお馴染みの」とか「大腿筋《だいたいきん》がキレている」とか書いてあった方が私は喜ぶのに。

「『君が西の国で無茶をするんじゃないかと心配で、クリストファーに頼んで手紙を持って行ってもらうことにしました。僕のせいで君やクリストファーに何かあったらと思うと、ご飯も喉を通りません。本当は、今にすぐにでも引き返してほしいくらいです。せめて、危険なことだけはしないでいて』」

クリストファーが読み上げる手紙の内容が、お兄様の声で脳内再生される。

予想通りの中身に、ふんと小さく鼻を鳴らした。

心配だとか、危険なことはするなとか。いかにもお兄様の言いそうなことだ。

構うものか、と思う。

「『でも、君は僕に怒っているので、僕の言うことを聞いてくれないかもしれない。だから保険として、リジーがお友達に知られたら恥ずかしがりそうな、可愛いエピソードを書いておこうと思います』」

「……は？」


君が西の国で無茶をするんじゃないかと心配で、クリストファーに頼んで手紙を持って行ってもらうことにしました。

僕のせいで君やクリストファーに何かあったらと思うと、ご飯も喉を通りません。

本当は、今すぐにでも引き返してほしいくらいです。せめて、危険なことだけはしないでいて。

でも、君は僕に怒っているので、僕の言うことを聞いてくれないかもしれない。

だから保険として、リジーがお友達に知られたら恥ずかしがりそうな、可愛いエピソードを書いておこうと思います。

あれはリジーが四歳のとき。泣きながら僕の部屋に飛び込んで来たことがありましたね。

いつも毅然としている侍女長がおろおろしていたので、よく覚えています。

どうしたのって聞いたら、お兄様と結婚できないって、本当？　って聞かれて。

よく分からずにうん、って答えてしまったら、君はまたわんわん泣き出してしまって。

侍女長に聞いたら、何かの拍子に兄妹は結婚できないことを知って、泣き出してしまったのだと言われました。

普段君はぜんぜん泣かない子だったから、もう侍女長も慌ててしまって、僕のところに行くという君を止められなかったみたい。

僕も一緒になっておろおろするばかりで、君は全然泣き止まなくて。

最後にはお兄様と結婚できるように、よそのおうちの子になる！　って言い出して。

今思うととっても可愛いけど、そのときは僕もリジーがよその子になってしまうなんて考えられなくて、すごくショックでした。

結婚できなくてもずっと一緒だよって宥めて、何とか君も分かってくれて。

泣き疲れた君は結局、僕にしがみついて寝てしまいましたね。

涙の跡が残った頬で眠る君の寝顔に、どうしてかわからないけれど……ああ、僕はリジーのお兄ちゃんでよかったなぁと胸があったかくなったのを覚えています。

あの頃も、今も、君は僕にとって、世界で一番可愛い妹です。

だからどうか、無茶なことはしないでね。早く帰ってきてくれると嬉しいです。

ごめんね。君はぜったい恥ずかしがるだろうから、本当はこんなことしたくなかったんだけれど
……僕を置いていったこと、僕もちょっと怒っているんだ。

クリストファーには、君が無茶なことをするたびに一通ずつ開けてもらうよう頼んであります。

それを念頭に置いて、行動してください。

まさか弟の荷物を漁るようなことはしないよね？

他の手紙が開封されないことを祈りつつ。

フレデリックより。


「…………」

「…………」

「…………」

三人が黙って私を見ている。私は額を押さえて俯いた。

長く、細く息を吐く。

さすがお兄様。私が嫌がることをよく理解している。

こちらは思春期である。幼少期の微笑ましいエピソードを友達に知られるというのは、恥以外の何物でもない。

世の中には「大きくなったらお兄ちゃんと結婚する〜！」と言って許されるキャラクターと許されないキャラクターがいる。

私は間違いなく後者だ。そういうキャラでは売っていない。

もちろん私がエリザベス・バートンになる前の出来事だが、私の身体には確かにそれが、自身の記憶としてしっかりと刻まれている。

結論、めちゃくちゃ恥ずかしい。

「姉上……」

「忘れて。以上。この話は終わりだ」

何か言おうとしたクリストファーの言葉を食い気味に遮った。

どんな慰めの言葉をかけられても逆効果だ。頼むからそっとしておいてほしい。そして出来たら忘れてほしい。

良い感じに頭を叩いたら忘れてくれないものだろうか。叩くことで狙った記憶を削除できる秘孔《ひこう》を知っていたら間違いなく突いている。

よく漫画とかである首の後ろを手刀で叩いて気絶させるあれはフィクションの産物らしいが、殴られて記憶を喪失させるというのも実際のところ意図的に発生させるのは困難であろう。それは重々承知の上だが、そこをなんとか、という気分だ。

自分で「この話は終わり」と言ったのだから、いつまでも引きずっているわけにはいかない。下手に蒸し返されないためにも、ポーズだけでも「さほど応えていませんよ」という顔をしておかなくては。

……手遅れな気もするが。

何とかしてポーカーフェイスを保ちつつ、顔を上げた。

そして、クリストファーに呼びかける。

「行くよ、クリストファー」

「え?」

「連れて行くから。準備して」

「!　はいっ!」

ぱっと表情を明るくしたクリストファーが、装備を取りに馬車へと走っていった。

クリストファーも騎士団候補生として訓練場には通っているが、その腕前はいたって平均的なものだ。

正直なところ実戦で通用するレベルではない。近衛の騎士と取り換えて、馬車の守りに当たってもらった方がまだ使えるだろう。

だがまぁ、本来貴族の剣の腕など大半がその程度である。最悪足手まといが一人なら背負って走ればいい。

拠点に戻ればリリアもいることだし、どうとでもする。

「……すごい効果だ」

「印籠……」

殿下とリリアの呟きが聞こえてきたが、黙殺した。

クリストファーと連れ立って、街道を外れた。

開けた場所を避けて、雑木林に身を隠す。

人の気配がする。それも一人や二人ではない。

近隣住民の可能性もゼロではないが……肌にねっとりとまとわりつくようなそれは、明らかに悪意だ。悪意があるならたとえ近隣住民だとしても、捨て置けない。

近づくにつれ、はっきりと様子が読めるようになった。十五人といったところだろうか。うまく気配を隠している者もいることを想定すると、二十人に届くかもしれない。

やはりただ事ではなさそうだ。

後ろをついてきていたクリストファーの表情にも、緊張が見て取れる。

さすがにこの距離まで来れば、彼でも人の気配を感じられたらしい。

太い木を見つけて、彼に目配せをした。

二人でその木に登り、気配のする方を窺う。

木々の隙間から、ちらりと人影が見えた。街道の方を窺うように身を潜めている。

夕陽を反射する鎧が見えた。武装しているのは間違いない。

この距離で街道を走る馬車の気配を正確に探ることは困難だろう。他に斥候がいるはずだ。

ここまで運よく鉢合わせしなかったが……下手をすると挟まれる。

クリストファーに木の上で待機するようにジェスチャーで指示する。彼は神妙な面持ちで頷いた。

訓練場に通わせているおかげでハンドサインを理解してくれるのはありがたい。

だが彼は本来争いを好まない質のはずで、騎士を目指しているわけでもない。学園での剣術の授業も二年生までなのだし、そろそろ通うのをやめてもよいのではないか。

乗っていた木の枝を蹴って、隣の木に飛び移る。

そして標的の一団を射程に入れたところで、ぽんと空中に身を躍らせた。

剣を鞘に入れたまま、大きく回転するように薙ぎ払う。

一気に人が舞った。

多段ヒットした感触があった。三人は吹っ飛ばせたようだ。

峰打ちである。いや、両刃の剣なので峰はないのだが。この場合は平打ちというのだったか。

そのまま一歩踏み込む。

近くにいた男の鳩尾《みぞおち》に掌底を一発、足払いを掛けながら屈伸を利用してその隣の男の顎を剣の柄で打ち、振り向きざまにもう一人の頭をめがけて鞘に納めたままの剣を振り下ろす。

これで六人。

「な、」

私の姿を視認して、一人の男が息を呑んだ。

すかさず男の持った剣を蹴り飛ばして無力化、そのまま地面に手をついて、足を男の首に絡めて絞め落とす。

腹筋を利用して体を起こし、倒れゆく男の肩を踏み台に跳躍する。

すとんと着地して、相手を見渡した。

残りは八人。全員武装しているが、人や荷物を守っている様子もない。

守る物がないのに武装して雑木林に潜む理由など、後ろ暗いもの以外には考え付かなかった。

やはり私たちの一団を襲おうとしていたのだろう。王太子目当てか聖女目当てかは分からないが
……まぁ、それは後で吐かせればよい。

「何者だ、お前」

問い掛けには応じない。

お兄様に成りすますという目的のために、今日の私はちょっといいところのお坊ちゃんといった風情の私服である。

いつもの騎士団の制服ではないので、一目で騎士とは分かるまい。

ならば余計な情報をわざわざ与えてやる必要はないだろう。

残りの男たちが武器を構える。ひと際大きな、先端に金属の重りがついた棍棒《こんぼう》を持った大男が目

に入った。

ふむ、あれは使えそうだ。

一足飛びに距離を詰める。相手の懐に潜り込んだところで、気配を消して攪乱《かくらん》を狙いつつ、背後に回る。

木を足場にして駆け上がり、背面跳びの要領で勢いをつけ、大男の頭上から踵を振り下ろす。

ぐらりと倒れゆく大男の手からこぼれた棍棒をキャッチして、大きくスイングした。

ジャストミートだ。

振り回してみて分かったが、この棍棒、見た目で想像したよりもずいぶん重い。

鉄かと思ったが、もう少し質量の大きな金属が使われているのかもしれなかった。

重いというのは単純に、強い。

もちろん当たれば一撃の威力が大きいが、それだけではない。一度勢いをつけてしまえば、薙ぎ払いのスピードは二撃目から、重量に比例して速くなるのだ。

重いものほど速く落下する、とかいうアリストテレスだったかニュートンだったかの仮説は間違っているらしいが、武器に限ればあながち間違いでもない。

それこそ慣性の法則とやらで、動き始めた物体は等速で同じ方向に運動する。

重い武器を持ち上げて力いっぱい振りかぶらなければならない初撃では余計なことに力が分散するが、二撃目からはそれがなくなる。

つまり、相手への打撃に力を集中させられるのが——武器としての真価を発揮できるのが二撃目からという意味で、重い武器の方がだんだんと攻撃が速くなるように感じられるのだ。

だが、重いものは基本的に大きくなる。その分持ち運びが不便であるし、狭いところでは取り回しがきかないなどのデメリットもある。

一長一短、大きければよいというものではない。

武器を敵に奪われたときの対応も考えておかなければ――こういうことになる。

もう一度、体を支点にして大きく回転する。

いっそ清々しいほどに、残りの敵が一掃されていった。

気分は特大ホームランだ。

やはり体を動かすのはいい。気分が晴れ晴れとする。

決して憂さ晴らしでは、ない。

「動くな」

声がして、振り向いた。

見知らぬ男が、クリストファーの首元にナイフを突きつけている。

クリストファーは怯えているというより申し訳なさそうな顔で瞳を潤ませていた。

足手まといにならないと言って無理矢理ついてきた手前、人質に取られたのが気まずいのだろう。

無理もない話だ。

だが、渋々でも何でも、ついてきてよいと言ったのは私だ。

こちらに意識を集中するあまり、クリストファーの方への警戒が疎かになっていた私の失策である。

私は手に持っていた棍棒を地面に落とすと、両手を上げる。

動くな、というからには、クリストファーのことをすぐにどうこうするつもりはないのだろう。

男の様子を注視しながら、気配を探る。

ほかに仲間が潜んでいるような気配はない。少し離れたところに一つ気配があるが……敵意は感じなかった。一旦捨て置いていいだろう。

目の前の男に視線を移す。そこら中に転がっている男たちに比べると、幾分か軽装だ。戻ってきた斥候だろう。

男たちは皆一様に、スカートのような形をした腰布を巻いている。

そういえばうちの国ではあまり見たことがない、かもしれない。西の国か、はたまた他の国の民族衣装か。

何となく北欧っぽい感じがするので、アジアンテイストな東の国ではなさそうだが。

「剣も捨てろ。武器をこちらによこせ」

男が低く唸るように言う。

私に対する警戒心がむき出しであるし、その顎には汗が伝っている。

身なりからして騎士や兵士というよりはごろつきといった風貌だが、どうやらきちんと敵《私》の力量を推し量れる程度には実戦経験があるようだ。

「分かったよ」

男の要求に、私は両手を上げたままで頷いた。

片手を下ろして剣帯を緩め、腰に佩《は》いていた剣を鞘ごと落とすと、男の方に向けて蹴る。

男の足元に、剣が滑っていった。

続けて、足元に落ちている棍棒も蹴る。

ただし強度は指定されていなかったので——目の前の男にめがけて、思いっきり蹴り飛ばした。

「がっ⁉」

レーザービームよろしく放たれた棍棒が男の顔面に直撃し、クリストファーをその場に残して吹っ飛んだ。

よし、ナイスシュート。

クリストファーがぽかんとした顔で私を見て、吹っ飛んだ男に視線を向けて、もう一度私を見る。

そこではたと気づいた。

しまった。一人はすぐに話を聞けるよう、残しておこうと思ったのに。

近寄ると、男は白目を剥いて泡を吹いている。どう見てもすぐには起きそうにない。

「姉上！」

クリストファーが私の胸に飛び込んできた。抱き留めて、落ち着かせるために髪を撫でてやる。

猫っ毛というのだろうか、柔らかで指通りがよい。子熊よりもふわふわしていた。

「ごめんなさい、ぼく……足手まといにならないって、言ったのに」

「大丈夫だよ。私こそ一人にして悪かったね」

「でも、」

「心細かっただろう。もう大丈夫だから」

彼ははちみつ色の瞳を揺らしながら私を見上げていたが、やがて潤んだ瞳を隠すように、再度私の胸元に顔を埋める。

背中をぽんぽんと叩いてやった。

クリストファーを落ち着かせたところで、あたりを見渡す。

死屍累々《ししるいるい》といった情景だが、万一目を覚ましてまた襲ってこられたら迷惑だ。このまま捨て置くわけにもいかない。

何か使えるものはないかと男たちの荷物を適当に漁ったところ、人を拘束するのにおあつらえ向きのロープを発見する。やれやれ、ロープで何をするつもりだったのか。まったく物騒なものだ。

「とりあえず縛っておこう」

「ぼ、ぼくも手伝います！」

ロープを手に取って振り向くと、意気込んだ様子でクリストファーが手を挙げた。

私がすぐ近くで見守っているし、敵は気絶させてある。リスクはそう高くないと判断して、彼にも手伝わせることにした。

意外なことに、クリストファーは非常にてきぱきと男たちを拘束していく。私よりも手際が良いくらいだ。

いや、それは良いのだが。

「クリストファー」

「はい」

「誰も亀甲縛りにしろとは言ってない」

「これは高手小手縛りです」

違う、そうじゃない。

誰だ。私の弟に妙な縛り方を教えたのは。

場合によっては訴訟も辞さない。

「教官たちが『縛りの基本だ』って」

何を教えているんだ、あいつら。どこの世界の基本だ。

頼むからうちのクリストファーに変なことを教えないでほしい。情操教育に良くないにもほどがある。

こんなことがバレたら私が家族から正気を疑われる。訓練場がマゾヒスト養成所だと思われたらどうしてくれるんだ。

弟の将来と私の家庭内での立場が心配になり、賊を縛り上げながら提案する。

「クリストファー、もう訓練場に通う必要はないんじゃないか?」

「でもぼく、姉上に助けてもらってばかりで。今だって」

「もしもの時は、私が守るから。争いが嫌いな君には無理をさせたくないんだ」

思わず真剣に頼んでしまった。

本当に、これ以上変なことを覚える前に通うのをやめてほしい。

基本的には、両親とお兄様の惜しみない愛情によって素直な良い子に育った義弟である。

せっかくねじ曲がらずに育ったのだから、どうかそのまま外圧に負けず、性癖もねじ曲がらないで大きくなってくれ。

クリストファーは一瞬驚いたように目を見開いて一時停止したが、はっと我に返って手元に視線を落とし、男を後手縛りでギチギチに縛り上げていた。

バリエーションが豊富なところに不安しかない。

全員拘束したところで、手をぱんぱんと叩いて立ち上がる。

「これで最後か」

「あ、あと」

クリストファーが、雑木林の方を指さす。私たちが来た方だ。

「あっちに、もう一人いるんです。足を怪我してるので、たぶんまだ逃げてないと思います。最初にぼくに襲い掛かってきて、それはぼくだけで何とかできたんですけど……もう一人に背後を取られちゃって」

彼の言葉に、私はぱちんと指を鳴らした。

そうか。先ほどの離れたところにあった気配はそれか。

しかもクリストファーが一人で何とかしたようだ。

でかしたぞと背中でも叩いてやりたいところだが、ここでちょっとでも褒めようものなら候補生たちから「弟だからって甘やかして」とブーイングされそうな気がするのでやめておく。

自分からついてきたのだから、自分の身ぐらい守るのは本来当然のことだ。

あと力加減を間違えて叩くとクリストファーが吹っ飛ぶ。

「そいつ、起きてる?」

「えと、痛いって呻いてたので、多分……?」

よかった。これで「全員気絶させるとかどういうつもり?」とか詰問されなくて済む。

クリストファーの先導でもう一人の斥候のもとに向かいながら、私はほっと胸を撫で下ろした。


下手人の尋問は近衛騎士たちに一任した。

正直に言えば、尋問の類はあまり得意ではないのだ。

ぶん殴ってはい終わり、ならいいのだが、気絶させないようにと思うと加減が難しい。

やりすぎてしまった場合取り返しがつかなくなることも考えられる。

訓練場のグリード教官などはそのあたりも得意らしいが、同じ騎士とはいえ向き不向きがある。

適材適所だ。

それで言うなら、クリストファーには剣術は向いていない。

窮鼠《きゅうそ》猫を噛むというか結構な泥仕合だったらしく、彼が相手をしたという斥候は何ともひどい有様だった。すぱっといかれるよりもかえって惨たらしい。

具体的な描写は避けるが、切れ味のよい刀で達人が切るのと、切れ味の悪い刀で素人が切るのとではどっちが痛いか、という話が近いのかもしれない。

クリストファーには二度と剣を握らせまいと誓った。

斥候は意識こそあったものの、痛い痛いと喚いてばかりで使い物にならない。早々にその場で話を聞くのを諦めて、拠点まで担いで戻ることにした。

まぁ結果として近衛騎士に丸投げ出来たので、プラマイゼロというところか。

拠点から街が近かったので、そこに駐在している警備兵を呼び寄せ、種々様々な縛り方で拘束した連中をまとめて引っ張っていってもらった。

大半がまだ気絶していたようだが、目が覚めて自分が菱縄縛りされていることに気づいたらどういう反応をするのだろうか。

少々気になるような、気にしたら負けのような、微妙なところだ。

雑木林から次々に運び出される一団を見て、最初は真面目な顔をしていた近衛騎士たちが、だんだんと淀んだ目になっていった。

そしてUMAでも見るように私を見ながら「羆殺し……」「一個師団殲滅……」「爆破……」「SM……」とか何やら物騒なことを囁きあっている。

羆以外は心当たりがない。そもそも羆とだって引き分けだ。尾ひれがつきまくってもはやそちらが本体になっている。

あと縛り方は私の趣味ではない。断じて。

翌朝事情聴取に立ち会った近衛騎士に聞いたところ、最近西の国で増えているという人攫《ひとさら》いとのことだ。

何でも女性を攫っていくと高値で買い取る者が裏にいるらしく、強盗やチンピラがこぞって人攫いにジョブチェンジしているそうだ。

風光明媚《ふうこうめいび》な観光向きの国と聞いていたのだが、ずいぶん治安が悪いではないか。

だが、前世の先進国であっても国境付近は情勢が不安定になることもあった。

況《いわん》や中世ヨーロッパ的世界観のこの国をや、である。

海に囲まれた島国とは、そのあたりの感覚が違うのも無理はないだろう。

西の国に入ったのもあって、これ以降の道行には西の国側からも警護の兵が付くことになった。

どうも最初からその予定になっていたらしい。道理で護衛が少ないと思ったのだ。

人数が増えてからは特にトラブルもなく――私が退屈に辟易した以外は。せっかくなので西の国の兵にも手合わせを頼んでみたが、近衛と大差ない歯ごたえのなさだった――予定通りに西の国の王都へ到着した。

いよいよ敵の本陣に殴り込みである。

件の王女様との面通しの前に、私たちに居住スペースとして貸し与えられる離宮へと案内された。

王城の敷地内にある建物で、公爵家の屋敷と比べても遜色《そんしょく》のない広さだ。

もちろん最上級の賓客《ひんきゃく》にあてがわれる場所だそうで、さすがは王太子様ご一行、VIP待遇である。

まずは殿下がスイートルーム的な部屋へと連れられていき、次にリリアが案内の侍女に呼ばれていった。

最後に私とクリストファーにもお声がかかり、執事に案内されて、館の中を進む。

執事が扉を開けて、私たちを部屋に招き入れた。

「続きの間でご用意いたしました」

「え？」

「ご兄弟仲がたいへんよろしくていらっしゃると伺いましたので。ご一緒の方が何かと安心でしょう」

言われて、室内を見渡す。

なるほど、リビングというか大きな部屋やバスルームあたりが共用で、そこから続く寝室も隣り合っているらしい。

もともと二人で使うことを想定しているのか、広々としたつくりだ。

調度品も豪奢《ごうしゃ》だし、窓からも庭園が見渡せて景色もよい。ここも十分にスイートだ。

おそらく夫婦と小さい子どもなんかの来賓があった際に使うような部屋なのだろうが、良い部屋をと思って割り振ってくれた結果、私たちにあてがわれたようだ。

それはそうだ、他はどの組み合わせも「混ぜるな危険」である。

先日の人攫いを捕まえた一件でクリストファーが怖い思いをしたという話を聞いて、気を遣ってくれたのかもしれない。

まずは一服と執事がお茶を淹れてくれて、そのまま建物やら庭園やら歴史やらのうんちくをひとしきり語り、お茶が飲みやすい温度になったあたりで退出していった。

ドアが閉まり、その足音が遠ざかるのを確認するや否や、クリストファーが私の腕を掴む。

「あ、姉上！　ど、どうしましょう！」

「どうって」

何やら切羽詰まった顔で私を揺さぶるクリストファー。

どうしたのだろう。あまりのＶＩＰ待遇に驚いている……というわけではなさそうだ。

お兄様の補佐として同行することも多い彼は、私よりもよほどこういう「貴族らしい扱い」に慣れているはずである。

何を尋ねられているのか分からないので、とりあえず当て推量で返事をしてみる。

「ジャンケンする？　どっちの寝室を使うか。私は別にどちらでもいいけど」

「部屋割りの話じゃありません！」

やはり違ったらしかった。じゃあもう分からないな。

「け、結婚前の男女が、こんなの、ダメです！　寝室に鍵も掛からないんですよ！」

顔を真っ赤にして首をふるふると振るクリストファー。

何とも思春期男子らしい反応だが、さすがに思春期の弟の部屋にノックもなしで入ったりはしないので安心してもらいたい。

ちゃんとノックをして、返事があってから一呼吸おいてドアを開ける。

私だって気まずい思いをするのは嫌なので、そのくらいの配慮はするつもりだ。

一呼吸の間に、お姉ちゃんに見られて困るものを隠してくれればよい。何をとは言わないが。

ドタバタしているようならきちんと待つし、万が一があってもできる限り見て見ぬふりをする。

あと公爵家にいる時もそうだが、そもそも私は寝室のドアに鍵など掛けたことがない。

そんなものついていたっけなというレベルだ。

極論ドアの本体が木製である以上、鍵なんて無意味だと思うのだが。マスターキーで開けたい放題ではないか。

「ぼ、ぼくが姉上を襲ったらどうするんですか⁉」

「返り討ちだと思うけれど」

「かえりうち」

錯乱した様子のクリストファーにそう返したところで、ふと思いついた。

そうか。彼の寝室がすぐ隣ということは、お兄様の手紙を回収しに忍び込むチャンスだ。

あと何通あるのか知らないが、何が書かれているか分かったものではない。

さっさと回収しておかなければ、またクリストファーの言うことを聞かされる羽目になる。

手紙で弟の荷物を漁ったりしないよね、と釘を刺されたが、それこそそんなもの知るか、である。

私は自分の沽券《こけん》を守るためなら弟の部屋にも侵入するし、荷物も漁る。そういう人間だ。

すまないクリストファー。やはりノックもなしで入るかもしれない。

慌てた様子のクリストファーを適当に宥めつつ、私はいつ忍び込もうかと算段を付け始めた。

いくつも愛を持っているタイプの男

執事が部屋に呼びに来た。いよいよ王女様とご対面である。

城の敷地内を馬車で移動して――敷地内なのに馬車に乗る意味が分からない。確かに庭は広いが歩いた方が健康にもいいだろうに――謁見の間に辿りついた。

私たち三人は殿下の後ろに控えて、王女様の到着を待つ。

大仰な音を立ててご大層な扉が開き、護衛と侍女を引き連れた女性が現れた。

歳の頃は私たちと大して変わらないはずだが、大人びた印象だ。

さらさら艶やかな黒髪ストレートのロングヘア、眩いほどの金色の瞳。長い睫毛にすうっと通った鼻筋、切れ長の瞳。目元の泣きぼくろが何とも悩ましい。

背丈は日本人女性の平均よりも少々高いくらいだろうか。細いウエストに、長い手足。超が付くほどの美人だ。

可愛らしいというよりも綺麗系、美少女というよりも美女と言うべきだろう。

黒髪ロングのストレートとなると結構な確率で「地雷臭」が漂ってしまうものだが、そのあたりさすがは王女様である。清楚を絵に描いたような仕上がりだ。

顔面至上主義は何も我が国だけの話ではなく、この世界の共通言語であるらしい。

だがその麗しい顔面を差し置いても、一際目を引くものがあった。

胸部が非常に――そう、非常に豊かなのである。

胸元がしっかり開いたドレスを着ているのもあってか、歩くとたふんたふんと揺れていて、ついつい視線が吸い寄せられてしまう。

動くものを目で追ってしまうのは狩猟本能によるものだそうだが……果たしてこれもそうなのだろうか。

きちんと顔を見ないと失礼だと思ったのだが、私はそもそも彼女に嫌われるために来ているわけだ。胸部装甲にしか興味のない男だと思わせておいた方が利があるかもしれない。

……いや、さすがにそれはどうなんだ。何かを失う気がする。

そこまで考えたところで、隣にいたリリアに足を踏まれた。ちらりと様子を窺うと、じとっとした目つきで私を見上げている彼女と目が合う。

視線を感じて顔を上げると、殿下もこちらを振り返り、凍えそうなほど冷え冷えとした顔で私を睨んでいた。

二人とも人智を超えた美形なので、怒った顔が一段と怖い。

君たち気が合うな、そこ二人でくっついたら？　とか言ったらリリアのヒールが足の甲を貫通しそうな気がするので、言わないが。

くわばらくわばら。

「エリ様」

リリアが責めるような声音で、私を呼ぶ。

「いや、あれは見てしまうよ、同性でも」

「浮気者！」

小声で弁明したところ、非常に不本意な誹りを受けた。

浮気どころか本気がそもそもないのだが。

私を睨んでいたリリアが、鋭い視線を王女様に向ける。

「あんなの、ちょっと、……いえ、かなり、……わぁ、たふんたふん……」

「ほら」

眉間の皺もどこへやら、リリアが感嘆の声を上げる。目も口もぽかんと開いていた。

むしろ同性だからこそ、己の装甲と比較して心底「すごい」と感動して見入ってしまう気がした。

私だって鍛え上げた立派な大胸筋を差し引いても平均的な装甲だとは思うが、あれはそういう次元ではない。まさに異次元だ。

「……エリ様はダメです」

また「顔面が十八禁」のような謂《いわ》れなき誹謗中傷を受けている。解せない。

「エドワード様。またおいでくださって嬉しいですわ」

「こちらこそ。前回は療養ばかりであまり国を見て回れなかったから、勉強の機会を貰えて嬉しいよ」

お貴族様的挨拶を一通り済ませて、殿下と王女様がにこやかに会話している。王女スマイルと王太子スマイル、目がちかちかしそうな光景だ。

目を細めて眺めていたところで、殿下が私に視線を寄越した。呼ばれているらしい。

王女殿下の前まで行って、騎士の礼を執る。一応護衛――という設定――なのだから、これが正解だろう。

「紹介するよ。彼はバートン公爵家のフレデリック。今回私の護衛を務めてくれたんだ」

「バートン公爵家の……」

王女様がわずかに身じろぎしたのを感じる。許しを得て顔を上げると、困惑した表情の王女様と目が合った。

だが、その表情に驚きや疑いの色はない。

私とお兄様は髪と瞳の色以外はまったく似ていないというのに、彼女はなりすましに気づいた様子がなかったのである。

お兄様からほとんど面識はないと聞いていたが……まさか本当に、自分が呼びつけた男の顔と体型も知らないとは。

「お初にお目にかかります。フレデリック・バートンと申します」

「ダイアナ・ノルマンディアスと申しますわ。どうぞ、よろしく」

作法通りにダイアナ殿下の手を取り、手の甲に口づけを落とした。

王女様だけあってこの程度の挨拶には慣れっこらしく、優雅に微笑んでいる。

これが貴族令嬢の正しい振るまいだぞ、と挨拶の都度大騒ぎする背後の聖女に向けて念を送った。

「私のことはどうぞ、エリックと」

「エリック？」

「親しい者は皆そう呼びますので」

ご令嬢に評判の良い軽薄な微笑を浮かべ、ダイアナ殿下に話しかける。

これは馬車でリリアたちに話してあった作戦の一つだった。というより、リリアのための作戦である。

何度練習させても彼女は私を「フレデリック」と呼べなかったのだ。

一回は頑張れても一瞬で化けの皮が剥がれて、二回目には「エリ様」に戻ってしまう。

意外とそういうことをそつなくこなすクリストファーはきちんと「兄上」と呼ぶことが出来ていたし、正直「兄上」と「姉上」なら万が一ミスをしても聞き間違いで流せる範疇だ。

だが「エリ様」はさすがに誤魔化せない。

前は「バートン様」と呼んでいたんだからそれに戻せと言ったのだが、「今さらそれは逆になんか恥ずかしいんで」と拒否された。

何の逆だ。

ではいっそのこと、名前の方を寄せてしまおうということで思いついたのがこの作戦だ。

外国人のあだ名というか愛称というのは、名前とかすりもしていないことが往々にしてある。

リチャードをディックとか、ウィリアムをビルとか呼んだりするくらいだ。

日本人にはとても理解しがたい変貌を遂げているのだから、フレデリックがエリックだってもういいだろう。言ったもの勝ちだ。

いやどう考えてもフレディーとかだとは思うのだが。

さて。「エリ様」対策も講じたところで、次の作戦に移行する。

「ダイアナ殿下。こちらはリリア。私の学友です」

ひらりと身を翻し、後ろにいたリリアの腰を抱いて引き寄せた。

バランスを崩したリリアが、私の胸に体重を預ける。

彼女は一瞬驚きに目を見開いたが、すぐに頬を赤くして、潤んだ瞳で私を見上げている。

いいぞ、完璧な「ただならぬ関係のご学友」の演技だ。

……問題は、それが演技ではない可能性がある点だけである。

「すぐ人恋しくなってしまう質でして。最近はどこに行くにも彼女と一緒なのです」

甘やかな手つきでリリアの髪を撫でる。やわらかく細い髪から、ふわりと花のような香りがした。

同じ宿に泊まっている以上、同じシャンプーを使って洗髪しているはずなのだが……乙女ゲームの主人公様はそのあたりの出来が違うらしい。

リリアの髪に口づけるような仕草を取りながら、王女様の様子を盗み見る。

どうだ。初対面からいきなり連れて来た女を可愛がる様を見せつけて来る男。嫌だろう。

ぜひ迸《ほとばし》る地雷臭を感じ取っていただきたい。

「まぁ、そうなのですね！　仲が良いのは素敵なことですわ！」

王女様がにっこりと微笑んだ。

好意的な反応に拍子抜けする。

少しくらいは笑みが引き攣《つ》っているかと思いきや……左右対称に口角の上がった、お手本のような笑顔だ。

ちらりと我が国の王族の様子を窺うと、彼もお手本のような笑顔を浮かべている。

……が、その裏からじわじわと怒気が滲んでいるのが感じ取れた。

私とリリアが接触しているといつもこうである。

心配しなくても私はリリアを奪うつもりはないし——いや、以前は確かに奪うつもりで、それが必要以上に成功してしまったきらいはあるが——、何だったら熨斗《のし》をつけてお返ししたいと思っているくらいだ。

ヤキモチを妬くくらいなら、もっとガンガン攻めたらよいのではないか。知らんけど。

殿下のお綺麗な作り笑いに慣れてしまってだんだんとその奥に隠された意図を感じ取れるようになってきたのか、王女様の方が上手なのか、それとも本当にまったく何も感じていないのか。

微妙なところだ。

クリストファーも自己紹介をしたところで、王女様が私に向き直って切り出した。

「フレデリック様。もしよろしければ……明日、二人でお話しする時間をいただけませんか？」

「構いませんが」

答えながらも、王女様の様子を注意深く観察する。

先ほどまでと変わらない、にこやかな表情だ。この誘いにどういう思惑があるのか……それは読み取れそうにない。

だが少なくとも、彼女の私を見る視線の中にご令嬢たちが私に向けるような、熱いものが含まれていないことは理解できた。

お兄様を見初めるだけあって、イケメンにはさして興味がないのかもしれない。

いや、本人も見目麗しい王族ともなると、付き合いのある人間の顔面偏差値が高すぎて見慣れてしまっているのかもしれないが。

何かボロが出ないかと、もう一押ししてみることにした。

隣のリリアに視線を向け、目を細めて愛おしいものを見るような表情を取り繕った。

「彼女も一緒で良いでしょうか？　人数が多い方がきっと楽しいですよ」

「ええと、ですが」

王女様が初めて笑顔を曇らせ、困ったように眉を下げた。

内心でガッツポーズをする。あわよくばそのまま呆れてくれ、と念を送った。

自分と結婚したいと言ってくれている女性とのデートにほかの女を同伴しようとする男などそうはいまい。いたらその男とは縁を切った方がよい。

次に取るべき行動について、思考する。

どういう男だったら嫌だと思うだろうか。それを考えて、行動する。

女性ウケを考えて行動していた時とは真逆のことをしているわけだ。もう女性ウケを重視した行動が骨身に染み渡ってしまっているので、かなり脳のカロリーを使う。

こんなことはこれっきりにしたい。一発で決めてしまうのが互いのためだろう。

「ああ、でも」

獲物を狙うように、眇《すが》めた瞳で王女様を見つめた。

舌なめずりでもしたほうが良かっただろうかと思いつつ、告げる。

「貴女と二人きりでも、楽しめそうですね。いろいろと」

ふっと意味ありげに笑って見せる。

どうだ。連れて来た女に夢中かと思いきや、他の女にも気のある素振りを見せる、いくつも愛を持っているタイプの男。女の子は嫌だろう。

心の中で渾身のドヤ顔をしながら様子を窺うが、王女様はきょとんとした顔で私を見上げていた。

その表情に、違和感を覚える。

まったく響いている感じがしなかったのだ。

暖簾《のれん》に腕押しとでも言うべきか……障子紙どころか、とろろ昆布でも割いているような手応えのなさだ。

「エリック」

あまりの手応えのなさに追撃で顎クイでもしようかと距離を詰めたところで、横合いから割って入って来た殿下が私の耳を抓《つね》った。

痛い。普通に痛い。

何故この人は肉が少ないところを集中的に攻撃してくるのか。どうせなら鍛えているところに攻撃してもらいたい。

殿下は私の耳を引っ張って王女様から引き離すと、やれやれと言いたげにため息をついた。

「失礼。彼は誰に対してもこうなんだ」

「美しい女性に声を掛けないのは却って失礼かと思いまして」

「ほらね」

「ふふ」

殿下がふんと鼻を鳴らすのを見て、王女様が小さく笑みを零した。

お上品に口元を押さえながら、くすくすと笑う。

「殿下とフレデリック様も仲がよろしくていらっしゃるのね。お話に聞いていた通りです」

ちらりと殿下に視線を送る。

素知らぬ顔をしているが、わずかに視線が彷徨ったのを見逃さなかった。

どうもこの王太子、面識のない相手にまでお兄様と仲が良いマウントをして回っているらしい。

もしかして殿下があまりに名前を出すものだから、王女様もお兄様のことが気になってしまったのではないか。

だとすれば、今回の事の発端は殿下のようなものである。きちんと責任を持って収拾を図ってもらいたい。

殿下が王女様に何を言っているのか分からない以上、下手な反応はすべきではないだろう。極力仲が良さそうに振舞うのが得策だ。

わざとらしく肩を竦めながら、本物のお兄様が言いそうな台詞を返しておくことにした。

「まったく。どんな話をしていたんだよ、エド」

てっきり何か返事があるものと思っていたが、殿下は王太子スマイルを貼り付けたまま、何も言わないどころか微動だにしなかった。

自分で振っておいて無視をするな。

◇　◇　◇

「ありがとう。こんな時間にごめんね」

「いえ……そんな」

ドアを開けて、侍女を部屋の外までエスコートする。

リリアの部屋で作戦会議をするために紅茶を運んでもらったのだ。

そろそろ夜も深い。カフェインを入れないと三分もしないで寝落ちする。

「だけど、もう仕事の時間は終わっているんじゃない？」

「い、いえ！　まだ交代までもう少し時間がありますし」

「それなら、終わったらこのまま一緒に話さない？」

「え？」

「初めて会った時から気になっていたんだ。とても素敵な翡翠《ひすい》色の瞳だったから」

にこりと微笑みかけると、目の前の侍女の顔が一瞬で真っ赤に染まる。

恥じらって視線を逸らそうとする彼女の顎に指を添えて、逃がさない。

「いえ、あの。私のような者が、そんな……お連れ様にも申し訳が……」

頬を赤くしている侍女に、自然に口角が上がる。この調子で王女様以外の女性をどんどん誑《たぶら》かして、女たらしとして浮名を轟かせよう。

「じゃあ、お連れ様がいない時ならいいんだ？」

「えっ」

「また今度誘うから。その時は……考えておいてね」

軽薄な微笑でウィンクを投げる。ふらふら浮足立った様子で去っていく侍女を手を振って見送ってから、ドアを閉めた。

「わたし、エリ様は一度刺された方が良いんじゃないかと思うんです」

部屋に戻ると、縁起でもないことを言いながらリリアがクッキーをばりばりと噛み砕いていた。

刺された方が良い人間なんていてたまるか。人間はだいたい刺されない方が良いに決まっている。

あと昔、実際に刺された経験はある。

腹筋のおかげで大して怪我もしなかったが、刺された結果がこの仕上がりなので、何度刺されたところで変わらないと思う。

ソファに身体を預け、私もクッキーを一つ摘まんで口に入れる。

「どう思う？」

「何がです？」

「王女様」

肘掛けに肘を置き、手の甲に顎を乗せる。

「相当なクズを演じたつもりなんだけど。もしかして、足りなかった？」

「いえ、大丈夫ですよ。お手本のような純度の高いクズでした」

「それ褒めてる？」

褒められているかはさておき、かなり女癖の悪そうな男の演技をしたつもりだ。

未来の婚約者のもとに女連れで現れたあげく、その女に一途なわけでもないただの女好き。

世の中には「他人のものが欲しくなる」タイプの人間もいるので、王女様がそのタイプだったときのための予防線も今のうちから張っておいたわけだが……肝心の王女様からは、嫌悪感も何も感じられなかった。

「君もよかったよ、恋に恋して頭がお花畑になってる正主人公《ヒロイン》っぽくて」

「それ褒めてます？」

リリアの言葉を「もちろんだとも」とか何とか、適当に肯定する。

クッキーを嚥下《えんげ》したリリアが、身を乗り出してきた。

「明日、王女様と話すんですよね？　わたし、またその『恋に恋する主人公《ヒロイン》』っぽい感じで行けばいいですか？　ま、わたしは恋じゃなくてエリ様にガッツリフォーリンラブしてるんですけど？」

「明日は一人で行くから、いいよ」

「えっ」

リリアがカップを取り落とした。

床に落ちるより前にカップをキャッチして、机の上に戻す。

リリアはしばらくぽかんとしていたが、突如私の腕を掴んでぶんぶんと揺さぶった。

「ど、どうしたんですエリ様！　もっといちゃいちゃする演技しましょうよぅ！」

そっちが本題になっているじゃないか。

「あの王女様、お兄様を見初めて呼びつけたはずなのに、どうも私に好意がある感じがしないんだ」

王女様の対応を思い出す。

先ほどの侍女やここにいる肉食聖女が私を見つめるその瞳には、「熱」がある。

だが、あの王女様にはそれがない。

そもそも本当にお兄様を見初めていたなら私が偽物だと気づくはずだし、何となく素敵な人だと聞いたから、くらいのフワッとした理由で名前を挙げたなら、この仕上げた外見に何かしらの感情を抱いて……そして女たらしっぷりに失望してくれてもよさそうなものだ。

だが実際は、どちらにも無反応だった。

「『人望の公爵』の人望に興味があるだけの可能性もあるけど、あの王女様は人望に困るタイプには見えなかった。何か他の理由があるような気がする」

理由を聞き出せれば、案外あっさり解決するかもしれない。それが私の立てた仮説だった。

私としても早く帰れるに越したことはないので、そうなれば願ったり叶ったりだ。

「ええと、エリ様？」

リリアが言いにくそうにおずおずと手を挙げた。

「好意がある感じが、しない？」

「うん」

「そんなこと分かるんですか？」

「分かるよ、それは」

宇宙人でも見るような顔で言うリリアに、思わず苦笑いした。

そんなに信じがたい話でもないだろう。

リリアだって、私が彼女を落とそうとしていた時に感じたはずだ。私からの、好意を。

あれほど分かりやすくはなくても、人から自分に向けられている感情というものは大なり小なり、誰でも感じながら暮らしているものだろう。

「前も言っただろ？　そういう他人の機微には聡い方なんだ。好意があるかどうかくらい分かる」

「おまいう」

「だからまずは二人で話して、王女様の真意を探ろうと思う」

信用する気がないらしいリリアを無視してそう言うと、彼女は不満げに頬を膨らませた。

そして唇を尖らせ、拗ねたような口調で言う。

「王女様が美人で巨乳だからそんなこと言うんです！　あーあ、やらしーんだ！」

「もう何から突っ込めばいいんだ、私は」

「エリ様は私のエリ様なのに」

「君は私の何なんだ」

面倒くささが天元突破していた。

ため息をついて、紅茶を啜る。

リリアはしばらくぶつぶつ文句を言いながらクッキーを齧っていたが、ふと思い出したように声を上げた。

「そういえば……似てる気がするんですよね。あの王女様」

「誰に？」

「エリ様読んだことありません？　ロイラバのコミカライズ」

「……あー、あれか。途中で打ち切りになった」

「打ち切りとか縁起の悪いこと言うのやめてください！」

事実を言ったら怒られた。

ゲームはかなりやりこんだが、グッズや漫画までは積極的に集めていなかったので、詳しくは知らない。

そんな私でも打ち切りめいた最後だったことは知っている。

「俺たちの戦いはまだまだこれからだ！」的な終わり方だったとSNSで見かけたからだ。

どんな乙女ゲームだ、それは。

「あれは、戦略的撤退です」

「撤退してるんじゃないか……」

まぁゲームの漫画版なんてたいていファン向けのサービスみたいなものだ。新規顧客の呼び込みをそれほど見込んでいるとも思えない。

　ロイラバの漫画の媒体もゲーム雑誌だった気がする。

「途中でコミカライズオリジナルのキャラが出てきたんですよ。女の子のライバルキャラで、他国の王女の姉妹」

「ふぅん。私、最初の三話くらいしか読んでないなぁ」

「あんなに胸部が豊かではなかった気がしますけども」

　それはそうだろう。女性向けの漫画であの胸部装甲はいただけない。

　ただでさえ漫画やアニメで原作にない「オリジナルキャラクター」が出てくると論争が起こるというのに、あの装甲の厚さでは炎上不可避だ。何らかの忖度《そんたく》があったに違いない。

　こんなに炎上しても世の中からアニメオリジナルキャラクターやオリジナル展開というものがなくならないのは何故なのだろう。

　何か理由があるのだろうが、わざわざ炎上のリスクを冒してまでやらなければならないものなのだろうか。

　よくあるのは「漫画にアニメが追い付いてしまったので、オリジナル展開を挟んで引き延ばさざるを得なくなった」というパターンだろうが……いや、むしろその負のイメージが強いせいで、特に炎上要素がなくとも受け入れがたいものとして扱われてしまっているのかもしれないな。

「妹の方が王太子に惚れてるって設定でグイグイ行ってたの、覚えてます」

「特徴は合致してるね」

妹の方とはまだ会っていないが、殿下から「グイグイ来て困っている（要約）」と聞いている。

おそらくその漫画版に出てきた姉妹というのが、ダイアナ殿下とその妹で間違いないだろう。

「漫画だと、姉の方の王女様はどうなるの？」

「姉の方も、王太子に気がありそうな素振りをしてましたね。コミカライズは王太子ルート準拠だったので」

リリアの言葉を聞いて、頷く。

乙女ゲームが漫画やアニメになる場合、序盤はしばらく複数のキャラクターのルートを混ぜたような展開だが、中盤からは誰か一人のルートをメインに据え、他は添え物程度にするのが一般的だ。

ロイラバの場合、選ばれたのが王太子殿下だったということだろう。

何故多くのプレイヤーが望むと望まざるとにかかわらず、最も多くの数プレイした――正しくは『させられた』――だろうロベルトルートでないのかは……言わぬが花というやつかもしれない。

「ロベルトと違って、エドワードにはお邪魔キャラみたいなの、いなかったじゃないですか。梃子入れでそういうキャラクターが欲しくなったんじゃないですか？」

ありそうな話だな、と思った。

ちなみにロベルトルートのお邪魔キャラとは、もちろん私ことエリザベス・バートンのことである。

そういう意味では、ゲームの展開に都合の良いスパイスとして作用するモブキャラとして、もっと良い扱いをしてもらいたいぐらいだ。フワッと不幸にさせられるのは納得がいかない。

「まぁエドワードはもちろんヒロインとくっつくので、王女姉妹はフラれるわけですが」

ふむ。

ダイアナ殿下の様子を思い出す。面識があるだけあって幾分親しげな様子だったが……そこにもやはり、「熱」のようなものはなかったように思われた。

「姉の方は仄かな恋ごころ、ってくらいの描写しかなくて。結局最後は従者か何かの手近な男と急にいい感じになって終わるんですよ」

「雑な風呂敷の畳み方だなぁ」

これは少年漫画でも少女漫画でもよくある展開だ。

最終回間際にやたらカップルが出来上がる。しかも、残り物同士のあり合わせ感が否めない場合も多い。登場人物を全員カップルにしないと気が済まないのだろうか。

そんな狭い世界で生きなくてもいいのではないか。三十五億とは言わないが、ほかにも人間は山ほどいるはずだ。

別に恋愛などしなくても幸せな人間だっているし、無理にくっつけなくても良いように思う。

誰得なんだ？　その展開。マッチングアプリじゃないんだぞ。

「ハピエン感出るからじゃないですか？　やっぱり」

「ハピエン感の演出のためだけに雑にくっつけられる側は間違いなくハッピーじゃない気がする」

私は思考する。

王太子に仄かな恋情を抱くはずの王女様が、何故お兄様との結婚を望んだのか。

そのあたりの真意を聞き出すのが、明日の私のタスクになりそうだ。

◇　◇　◇

気配を感じて、目を覚ます。

リリアとの作戦会議を終えて部屋に戻った後、あっという間に眠りに落ちていたようだが、時計を見るとまだ深夜といって差し支えない時間だ。

こんな時間に目が覚めることは珍しい。いつもは一度寝たら朝までぐっすり快眠で、それは自宅でも城の仮眠室でも教室でも同じである。枕が変わったくらいで眠れなくなっていては騎士は務まらないからだ。今日も元気におやすみ三秒だった。

普段、部屋の前を通る使用人の気配くらいで目を覚ますことはない。

感じた気配は――もっと、近くだ。

気配の方向へと視線を送る。男が一人、私のベッドの上に乗り上げているところだった。

暗がりの中だが、十分に顔が視認できるほどの距離だ。それほど近づかれるまで気づかなかった。なかなか気配を消すのが上手い。

いきなり瞼を開けた私に驚いたのか、相手も目を丸くしている。

腰に大振りのナイフを携えているのが見えるが、構えてはいなかった。今の時点では明確な殺意はないらしい。

相手の動きが止まっている間に、様子を観察する。

榛《はしばみ》色の髪に、宵闇に光る金色の瞳。

そういえば王女様も金色の目をしていたので、この国には多い色なのかもしれない。

王女様の後ろに控えていた護衛と同じ、軍服のような服装。この国の近衛の制服だろうか。

殿下やクリストファーのような睫毛バサバサ系の美形ではないが、割合整った顔をしている。

コミカライズとはいえ女性向け作品のキャラクターだ。イケメンにしない理由はない。近衛騎士ともなると採用に当たって顔面偏差値の足切りでもあるのだろうか。

そのあたり、コンプライアンスやらルッキズム的なアレへの配慮は大丈夫なのだろうか。

男が動かないのを見て、私はベッドから体を起こした。

「男に夜這いを掛けられるなんて初めてだ」

相手から目を離さないように注意しながら、髪を掻き上げる。

ちなみに男以外になら夜這いをされたことがあるのかといえば、どこぞの肉食系聖女が泊まりで遊びに来た際、きちんと客間を用意したにもかかわらず私の寝室に侵入しようとするという夜這い未遂の事件は発生した。

部屋に入られた時点で首根っこを掴んで強制送還したのでもちろん未遂である。

なお、犯人は「パジャマパーティーがしたかっただけ」などと供述していた。

同意のないパジャマパーティーはただの不法侵入だ。

「……アンタ、何者だ？」

男が静かな声で問いかけながら、私から距離を取る。

正しい判断だ。やはりそれなりに戦闘経験があるらしい。

「普通の貴族がオレの気配を察知できるはずがない。何者だ」

「バートン公爵家が長男、フレデリック。知らずに忍び込んだのかい？」

「何が目的で次期公爵のフリをしている？」

どうも私を偽物と断じているらしいが、半分当たりで半分はずれだ。

次期公爵のフリをしているのは間違いないが、私は歴とした貴族である。

「こちらの台詞だよ」

問いかけを受け流して、私は肩を竦める。

「その服。君は王女様の騎士じゃないのか？　これではまるで暗殺者だ」

「……殺すつもりはない」

男が低く答える。ナイフを構えてもいないし、襲い掛かってくる様子もないところを見るにつけ、
その言葉は真実なのだろう。

だが、殺意がなければ他国から招いた客人の寝屋に忍び込んでも良いというものでもない。

「王女様の命令だとしたら、外交問題だな」

「まさか。オレの独断だよ」

軽く肩を竦めた男は、探るような目で私を見つめている。

今はすっぴんなので、まじまじと見るならフルメイクの状態でお願いしたい。

「忠誠を誓った相手なもんでね。その結婚相手がどんなやつか、見てみたかっただけだ」

その言葉に、ふと今までと違う色を感じた気がした。

単なる主君に向けるものとは、違う。もう少し感情が入ったような言葉だったからだ。

リリアの言葉を思い出す。王女様は従者か何かと、何となく良い感じになるとか、どうとか。

ああ、なるほど。頭の中で手を打った。

「君、ダイアナ殿下に惚れてるんだな」

「はぁ!?」

「隠さなくてもいい、自慢じゃないが私はそういった機微には聡い方なんだ」

「待て、違うって」

手をぶんぶんと振って否定する男を制して、私は自信たっぷりに笑って見せる。

そう慌てなくてもよい。大方私を脅かして「王女に手を出すな」とでも牽制するつもりだったのだろう。そのくらい言われなくても分かる。

「安心したまえ。私はダイアナ殿下とどうこうなるつもりはない。今回だって穏便に婚約を断るために来たんだ」

「……本当か?」

男が訝しげな目で、しかし先ほどよりも少しだけ警戒を解いた様子で私を見る。

ほらな。やはり王女様に気があるということで間違いないようだ。

にこりと微笑んで、胸に手を当てて頷いた。

「本当だとも」

これは本当である。穏便に婚約を白紙に出来るなら、それが一番いい。

そのためには手段を選ばないつもりである、ということは、わざわざ言う必要はないと判断した。

男に向かって手を差し出し、軽薄な微笑を浮かべる。

「私たちは協力できる。違うかな？　ええと……」

「……リチャード」

男が名乗って、私の手を握った。

愛称で原形がなくなるタイプの名前だなと思った。

～完～


翌朝。

日課のランニングに出ると、離宮の前にいたリチャードと鉢合わせした。

昨夜も着ていた制服を着ているので、夜勤だったのだろうか。

いや、昨晩は独断で動いたと言っていた。となると今日は普通に仕事なのだろう。

深夜のサービス残業のあげくに早朝から勤務とは。何とも仕事熱心なことだ。

顔を顰《しか》める彼に、片手を上げて挨拶する。

「やぁ、おはよう」

「……何？　散歩？」

「いや、ランニングでもと思ってね」

ストレッチをして軽く体をほぐす。

軽く走る程度といってもストレッチは重要だ。いくら鍛えていても、ストレッチを怠ると筋を違えたり肉離れを起こしたりなど、思わぬ怪我のリスクがある。

ちなみにランニング前に行うのは「ストレッチ」と言って一般的に想像するような筋を伸ばす静的ストレッチよりも、軽くジャンプしたり身体を動かすような動的ストレッチのほうが適している。

妙な動きが多いように思えるが、ラジオ体操第二は運動前にするストレッチとして意外と理に適っているのでおすすめだ。

準備運動や水分補給・休息の大切さに目を向けず、ただ厳しく鍛えればよいという古臭い根性論はトレーニーの大敵である。

より適切なトレーニングで最大の効果を得るために、栄養バランスや丁寧なウォーミングアップ・クールダウンを怠らないことが大切だ。故障ほど非効率的なものはないからな。

私の様子を見ていたリチャードの顔が、どんどん苦虫を噛み潰したようなものに変わっていく。

やがて、はぁと大きなため息をついた。

「あのさぁ。やっぱアンタ、次期公爵なんて嘘だろ」

「どうしてそう思う？」

「お貴族様は朝日も昇らないうちに、護衛もつけずに走ったりしない」

「君も同じだろう」

周りの気配を探るにつけ、彼も一人でここにいるらしい。

昨日の一件も単独行動だと言っていた。王族の護衛につくくらいだ。それなりの身分の家の者であるはずなのに、一人でいるのは彼だって同じだろう。

見たところ歳は二十代前半といった雰囲気なので、成人はしているのだろうが……騎士団としてチームで行動しているならともかく、一人で深夜や早朝にふらふらしているのは騎士であっても褒められたことではない。


〜完〜

「……いろいろあんの。アンタとは事情が違うんだよ」

「ふぅん」

彼の「事情」とやらに深入りする気のない私は、適当に聞き流した。

軽くその場でジャンプして、手首足首をぷらぷら回す。

「じゃ、お先に」

「え、？」

軽く地面を蹴った。

目的のペースまで、走りながらスピードを上げていく。

他国の敷地ではあるが、案内してくれた執事も庭園の散歩を勧めていたくらいだ。王城の敷地内で、かつ建物にさえ入らなければ、どこを走っても「迷った」で通用する。たいしたお咎めはないだろう。

散策がてら、ぐるりと回ってみるとしよう。

「ちょ、待て！」

後ろから声がした。リチャードが追いかけてきたようだ。

私の隣に並んで走る。

……が。あっという間に息が上がっていた。

「何？　一緒に走る？」

「違う」

「でも君にはこのペース、辛いんじゃないか？」

「うるさい」

そう言いながらも、すでにフォームが乱れている。正しいフォームで走らないと疲労が蓄積しやすくなるし、怪我の元だ。

気配を消すのは上手かったが、持久力はないのかもしれない。体つきもさほど大きいわけではないので、マーティンと同じ斥候タイプだろうか。

「そうだ、昨日のアンタの勘違いを、正してなかった！」

「勘違い？」

「いいか、オレは別に、王女様のことが好きとか、そういうのじゃ、ないからな！」

「ああ、はいはい」

何かと思えば、何だ、照れ隠しか。

こういう場合、「○○じゃないからね！」はもはや「○○だからね！」とほとんど同義だと思うのだが。

「ちゃんと、聞け！」

「聞いてるよ」

「ア、ンタ、な」

リチャードがどさりと地べたに座り込んだ。

何事かとスピードを緩めて、その場で足踏みする。止まると筋肉が冷えてしまう。


〜完〜

筋肉には優しくしなければ。トレーニーは常に筋肉ファーストなのだ。

「おかしいだろ！　そのペースで息が、上がらないとか!!」

はて。ごく普通にランニングをしているつもりだし、このくらいのペースならロベルトはもちろん候補生だってついてきている。

……いや、よく思い出したら候補生たちは半分くらい脱落していたし、教官たちも息くらいは上がっていたかもしれない。

もしかして、私とロベルトがおかしいのか？

「世の中にはいろんな人間がいるんだよ。鍛えている貴族がいたっていいだろう」

「そういう、レベルか!?」

「主人に恋する従者だっているくらいだ。何もおかしなことはないよ」

「だから、違うって！」

一向に立ち上がる様子を見せない彼に、やれやれと私も足を止めた。

ついでなので、昨晩聞き損ねたことを聞いてみることにする。

「それより君、王女様の従者なら何か知らないのか？」

「何かって、何だよ」

「どうして王女様が私と結婚したいと言ったのか」

彼が一瞬目を見開いた。

そして、ふいと拗ねたように視線を逸らす。

「……知るわけないだろ」

「好きなのに？」

「人の話聞けよ」

聞いた結果どう考えても「こいつ王女様が好きなんだろうな」という情報しか出てきていないわけだが。

不満げに眉間に皺を寄せて、リチャードが私を見上げた。

「アンタはなんで結婚したくないわけ？　ウチの王女様じゃ不満なの？」

その言い方は完全に完全なやつだろう、と思った。満貫《マンガン》だ。

白んできた空に目を向ける。王女様とのお茶会までにシャワーを浴びられればいいので、特に時間に制約があるわけでもない。

多少なら彼のお喋りに付き合ってやってもいいだろう。

「そうだな。素敵な女性だとは思うけれど」

私は口角を上げると、彼に向ってウィンクをした。

「私、一人では満足できない質なんだ。王女様には相応しくないよ」

◇　◇　◇

「あの……本当に、申し訳ございません！」

シャワーも浴びてフルメイクを施し、ベストコンディションでお茶会に参戦した私に、王女様は

〜完〜

人払いをして早々に頭を下げた。

「わたくし、別にあなたと結婚したいわけではないのです！」

その言葉に、さほど驚きはしなかった。薄々そんな気がしていたのだ。

そもそも面識がほぼないわけだし、ちらっと見かけただけのお兄様を見初めたにしては違和感のある態度だった。予想の範囲内だ。

「申し訳ございません、せっかく遠いところを来ていただいたのに……」

「いえ。面識もないのにおかしな話だと、私も思っていましたので」

にこりと微笑んで応じる。王女様はまた小さな声で「本当にごめんなさい」と呟いた。

王族ともあろうもの、そう簡単に人に頭を下げるべきではない。

そんなことは私が言うまでもなく百も承知なのだろうが……真面目で誠実そうな彼女の人柄によるものなのかもしれないし、それを押してでも謝らなければならないほどのことをしたという自覚があるのかもしれなかった。

そのくらいの自覚はあってしかるべきだろう。お兄様本人や家族の私たちのみならず、こちらは王太子まで出張っている。事態の大きさで言えばかなりのものだ。

「しかし……どうして私を婿に、などと？」

当然の問いを口にした私に、王女様はしばらく俯いたまま答えなかった。

しかし覚悟を決めたのか、勢いよく顔を上げる。

胸の前――もはや胸の間と言うべきか――でぎゅっと手を握りしめて、こちらに向かって身を乗り出しながら、告げる。

「あの、わたくし、実はまだ恋をしたことがありませんの」

「……恋?」

「正確には、分からないのです。恋というものが一体、どんなものなのか」

思わず怪訝さ百パーセントの声を出してしまった。

ここで突然池を泳ぐカラフルな淡水魚の話をするはずがないので、「こい」の漢字変換は「恋」で間違いないのだろう。

だが、恋。ここで、恋ときたか。

この後の展開が読めてしまった。

恋を知らないお姫様が求めるものなど、昔話の時代から決まっている。

「わ、分かっていますわ。王族たるもの、国のためになる結婚をすべきだということは。父の……陛下の選んだ、夫となる人を心から愛するものだと」

王女様の話を聞きながら、眉間を揉む。

半分耳を傾けながら、もう半分で今後どのように動くべきかを考え始めた。

「ですが、恋というものを知らないままで結婚するなんて、わたくしは嫌なのです!」

考えた結果、天を仰ぎたくなった。

何ということだ。「~完~」じゃないか。

「父に会ったこともない方との結婚を迫られて……つい、ディアグランツ王国の次期公爵様と結婚したいと、嘘を」

「……何故、私の名前を？」

「エドワード様から伺っておりましたの。とてもお優しい方だと。余所の国の、しかも人望の公爵として有名なお方であれば、ディアグランツ側もおいそれと手放さないでしょうし……父も無理に連れてきたりはしないと思いましたので、つい咄嗟にお名前を出してしまって」

王様が強引だったと聞いたが、なるほどそういうことか、と得心する。

要は自分の見込んだ相手と結婚させようと思っていたのに当てが外れ、うちの娘をたぶらかしたのはどこの馬の骨だ、連れてこい！　という経緯だろう。

とばっちりもいいところだ。

我が家を巻き込まずに勝手にやってほしい。本当に。

王女様の話を聞いて感じたのは、やはり人間の心というものへの理解においては、お兄様の方が私よりも何枚も上手だということだった。

王女様がお兄様を婚約者に指名した理由がそれなのだとしたら、お兄様がこちらに来ていたとしても、私が心配していたようなことはもともと起こりえなかったということだ。

私が来なくとも……いや、むしろお兄様が来ていた方が、スムーズに解決したかもしれない。

王女様は私にしたのと同じように事の真相を話したのだろうし、それを聞いたお兄様はきっと「僕が好きになれる人を見つける手伝いをします」とかなんとか、そんなことを言うはずだ。

それで王女様は何やかんやあって、従者に靡《なび》いて「～完～」だ。

大量のお菓子をお土産に帰って来たお兄様が、拗ねている私に謝るエピローグ。

そこまで余裕で見えた。

つまるところ……こうして私がここに来る必要は、なかったということである。

まぁだからといって、同じような場面が訪れたら私はふん縛ってでもお兄様を止めただろうし、喧嘩をしてでも自分が乗り込んだと思うので、そんなものは結果論でしかないのだが。

「以前少しだけお見かけした時には、もう少し、ふっくらされていたかと思いましたけれど」

「痩せました」

必要以上に爽やかに微笑んで即答した。

「ちょうどよかった。私も本当のところは、貴女と結婚するつもりなどなかったのです」

「え？」

「ああ、誤解しないでください。貴女は魅力的な女性ですよ、とても……ね」

悪戯《いたずら》めかして笑いながら、ぱちんとウィンクを投げる。

王女様はきょとんとした顔でぱちくりと瞬きをしていた。

「ですが、私には継ぐべき家があります。帰りを待っている家族もいます。そして祖国を愛しています。ですから、貴女を何とか説得しようと思って、ここに来たのです」

「……それは……申し訳ないことをしました……」

本当に心から申し訳ないと思っている表情で、肩を落とす王女様。

これが演技なのだとしたら大したものだな、と思った。


〜完〜

おそらくそうではないところに、他国のことながら心配になる。

王女様というくらいだから殿下の女性版というか、表面上は優美に微笑んでいるものの腹の中では何を考えているか分からない、貴族の貴族らしいところを煮詰めたような人物を想像していたのだが……こんなに分かりやすくて大丈夫だろうか。

西の国は我が国の最大の貿易相手だ。そこの治安は我が国の……ひいては私の生活の安寧に直結する。

悪い男に引っ掛かったりしないと良いのだが。

王女様の手の上に、そっと自分の手を重ねる。

「いえ。むしろこうして本音を伺えてよかった。私たちの目的は同じようですね」

「同じ、ですか？」

「この一件を出来るだけ穏便に、なかったことにしたいと思っている。そうでしょう？」

私の言葉に、王女様は顔を上げてこちらを見る。

しかし、すぐには頷かなかった。躊躇《ためら》うように、金色の視線が逸らされる。

その理由を推測するのは簡単だった。もし今私が帰ってしまったら、彼女は父親の見繕った相手と見合いをすることになるからだ。「恋をしてみたい」という願いは叶わない。

その願いに対する気持ちと、本来無関係である私を巻き込んだ罪悪感とで揺れ動いているのだろう。

彼女を安心させるように、優しく微笑みかけた。

「私も一ヶ月程度はこちらに滞在するつもりで来ていますから。そのくらいでしたら貴女の初恋探しにお付き合いできます」

「え？」

「そちらの王様には、しばらくうまくいっているフリをしましょう。そして私がこちらに滞在している間に、貴女は初恋のお相手を探す。それでいかがでしょうか？」

私の提案に、彼女は小さく息を呑む。

見開かれた大きな瞳の中にちらりと光が揺れたのを、確かに見た。

だが彼女はそれを振り払うように、首を横に振る。

「で、ですが！　わざわざお越しいただくというご迷惑をかけたのです。そのように協力までしていただく理由がございませんわ」

「理由？」

自分の顎に手を添えて、わざとらしく首を傾げて見せる。

私がこの提案をしたのは、ほんの少しの打算はあれど、大半は「お兄様ならそうするから」という単純な理由だ。もったいつけるほどのことはない。

だがそれは、今この場では言う必要のないことだ。

お兄様なら絶対に言わないであろう台詞を口に上しながら、私は王女様に微笑みかけた。

「私は次期とは言え、人望の公爵ですから。困っている人を放ってはおけないのです。ただ、そういう性分なのですよ」

「フレデリック様……」


〜完〜

王女様の瞳がきらきらと光り輝く。頬には僅かに赤みが差していて……やっと彼女が「私」を見たのが分かった。

これまでは私たちを巻き込んでしまった罪悪感でそれどころではなく、こちらを見る余裕がなかったのだろう。道理で何をしても響かないわけだ。

「エリックで構いませんよ。これから共犯者になるのですから」

「では、わたくしのことも、どうぞ『ディー』と。話し方もどうぞ、楽になさってください」

「ディー」

王女様の申し出に、ありがたく甘えさせてもらうことにする。

自国の王太子にすらあの距離感で接するお兄様のことだ。王女様にそう求められたなら、きっと彼女の望む通りにするのだろう。

目の前の彼女を見つめて、私はふっと口角を上げた。

「見つかると良いね。素敵な初恋が」


その日の夜。

夕食後にサロンで寛ぎながら、私はまたリリアと作戦会議をしていた。

「コミカライズの筋書きでいくなら、従者のリチャードと王女様をくっつけるのが手っ取り早いと思うんだ」

「えーっ、もうそんなのいいから帰りましょうよぉ」

「まだ来たばかりだよ」

唇を尖らせるリリアに、私は苦笑いをする。

ダグラス男爵から西の国行きを許可する条件として、西の国で聖女としての奉仕活動――という名の布教活動――に励むように指示を受けているらしく、それが面倒で仕方ないようだ。

大聖女が聞いて呆れる。

「お兄様の評判を落とさないためにも、一通りは付き合ってやらなくちゃ」

「本音は？」

「待っているお兄様をもう少しやきもきさせないと私の気がおさまらない」

私の言葉に、リリアがはぁあと大きくため息をついた。

兄弟喧嘩に巻き込まれる方はたまったものではないだろうが、最終的についてくるという判断をしたのは彼女だ。私ではなく自分の判断を恨んでほしい。

「噂をすればなんとやらだ」

「え？」

リリアがサロンの出入り口に視線を向ける。三十秒もしないうちに、侍女に案内されたリチャードが入って来た。

リリアが小さく「エスパー……」とか呟いたが、何のことはない、気配を感じただけだ。

こちらに近寄ってくる彼に、リリアがびくりと身を竦める。相変わらず人見知りは直っていないらしい。


～完～

リチャードが私の横まで来て、ややぶっきらぼうな様子で懐から何かを取り出して差し出してきた。大仰な封蝋が施された手紙だ。

「ウチの王女様からアンタに手紙」

「ありがとう」

「一人で読めってよ」

さっそく開けようとしたのだが、リチャードから制止の声が飛んできた。

なるほど、王女様と協力することになった件について書かれているのだろう。

じとりとこちらを睨むリリアにいたずらされないうちに、手紙を内ポケットにしまった。

この必要以上につんけんした態度。そして「ウチの王女様」という言い方からにじみ出る刺々しさを聞くにつけ、リチャードがダイアナ王女に向ける感情にはやはりただの主従関係に収まらない「何か」があることは明白だ。

そのあたり、もう少しつついてみてもいいかもしれない。

「なぁ、リチャード」

「…………」

「リチャード?」

返事がない。

さすがに無視される謂れはないぞと思って顔を上げると、彼は一点を見つめてあんぐりと口を開け放している。

その「一点」というのはリリアが座っている辺りで……そして彼の目は、見事にハートになっていた。

あーあ、と心の中で合掌する。どうやらリリアの魅了《チャーム》が入ってしまったらしい。

リリアも彼の熱視線に気づいたようで、小さく「ヒェッ」と息を呑んでさらに縮こまった。

コミカライズの世界線でも「従者かなんか」程度の扱いだったようだし、私かそれ以上のモブだろう。モブ特攻が効きやすいのも宜《むべ》なるかな、というところだ。

……待てよ。

使い物にならなくなったリチャードの首根っこを掴んで窓から庭へリリースしたところで、ふと脳裏に疑問が過ぎる。

確かリリアの魅了《チャーム》は、心に決めた相手がいると効果がないのではないか。

何故王女様に気があるはずのリチャードに効いてしまうのか。

リチャードが王女様にお熱なのであれば、リリアの魅了は入らないはずだ。

彼が王女様に対してひとかたならぬ感情を抱いていることは間違いない。だが、彼の目はハートマークになっていた。

そこから導き出される答えは、一つ。

リチャードには、まだ王女様が好きだという自覚がない、ということだろう。

それに思い至った私の感想は、一つ。

面倒くさい。

〜完〜

これに尽きる。

自覚がないといえば天然のもののように聞こえるだろうが、実際のところは違う。

自覚したくないのだ。認めたくないのだ。

そういった感情が根底にあるからこそ、端から見たら「絶対に好きだろう」と思うような状況なのに、本人だけがそれを認められないという事態に陥っている。

要するに、素直でないだけだ。

素直でない男というのは二次元において散見されるキャラクタリスティックであるが――ロイラバで言えば、ツンデレポジションのロベルトがその立ち位置であった。今では見る影もない――実際に三次元で対面するとなるともう、面倒くさい以外の何物でもない。

「素直になれよ」とでも言おうものなら逆効果だ。どんどん意固地になって「は⁉　ち、ちっげーよ、バーロー！」とか言うに決まっている。

きっと命の危機にでもならないと素直にならない。そういうものだ。

ここで彼を命の危機に追い込むという手もないではないが、それをやると私がお縄になる可能性もある。最終手段としては検討するが……彼が素直にならなかったときのことを想定して、他の男を見繕う線の両方から攻めるべきだろう。

どんな時でも対の選択肢は用意しておくに限る。

王女様の姿を思い浮かべつつ、おすすめ出来そうな知り合いを考える。

一番に出てきたのは、殿下付きの近衛騎士、マーティンだ。

年頃も王女様と近いし、侯爵家の次男という身分も十分とは言わないが悪くない。

何より、彼女の胸部装甲が彼好みであることは間違いないだろう。

……が、彼は王女様の胸部装甲にしか興味がない可能性が多分にある。

そして非常に残念なことに、彼は乙女心のまったく分からない唐変木だ。理解しようという気もないタイプだ。

一時期狂ったように見合いをさせられていたが、そのどれもが不発に終わっているほどである。

恋に恋する王女様とぶつけるのは、少々不安が大きい。

そもそもこの場にいない彼を呼び寄せるとなれば一週間はゆうにかかる。

今いる人材を有効活用する方向で考えた方が合理的だ。

「姉上？　何だか外をふらふら歩いている男の人がいるんですけど……」

ちょうどよいタイミングで、庭園を散歩していたらしいクリストファーがサロンに入って来た。

どうやらリチャードはまだその辺を徘徊しているらしい。まぁそのうち正気に戻るだろう。放っておいて良いはずだ。

リチャードは捨ておき、じっとクリストファーを見る。

我が義弟ながら、攻略対象だけあって非常に整った容姿をしている。

人当たりも良いし、素直で頑張り屋で、他国ではあるが有力な公爵家の次男坊。

正直、王女様におすすめするのにとてもちょうど良い物件だ。

だが、仮に彼が王女様の恋のお相手になりえたとして……本当に彼と王女様が結婚するような事

〜完〜

態になってしまったら、ミイラ取りがミイラである。

まず間違いなく、お兄様の身代わりにクリストファーを置いてきたと思われて私が家族から袋叩きにされる。何故ならば、私はそのあたりの信用がまったくと言っていいほどないからである。

それに彼は私と違ってやさしい子だ。最初から作戦を伝えたなら、王女様の気持ちを弄ぶようなことに反対するだろうし――仮に引き受けてくれたとして、嘘をつくことを負担に感じるだろう。うまくやれるか怪しいところだ。

あとそんなことをさせたのがバレたら私が家族から村八分にされる。

となるともう、選択肢は残されていなかった。

君のことが知りたい

「というわけで、殿下。どうでしょう？　ディー、良い子ですよ」

「…………どうしてそうなるの？」

「一番釣り合いが取れそうなので」

翌日、視察に出かける殿下に同行することになったので――私と違ってちゃんとした仕事の用事もあるらしい。「護衛でしょう」と言われてしまうと断る術がない――馬車の中で一部始終を話して切り出してみた。

案の定というか何というか、嫌そうな反応だ。

「ノルマンディアスは我が国と違って王女にも継承権がある。第一王女が他国の王太子に嫁ぐわけがない」

「別に結婚しろとは申していません。相応しい結婚相手はノルマンディアス王が考えているでしょうから。ただ少しだけ恋愛気分を味わうことさえできれば王女様も満足されるかと。そうすれば私もお役御免です」

「…………」

殿下はしばらく黙って私を睨んでいたが、やがてはぁと大きくため息をついた。

「断る」

「そう仰らず」

「きみが『何でもするから』と頼むなら考えてやってもいい」

「それはちょっと」

「では断る」

取りつく島もない。

王族――しかも王太子という立場で、学園卒業を以って晴れて大人の仲間入りをした彼は、貴族の汚いところを煮詰めたような社交界で過ごしているはずだ。

もともと笑顔ですべてを覆い隠して腹の内ではいろいろと企んでいるタイプなので、初心な女の子に気を持たせるくらいのことは朝飯前だと思ったのだが。

そのお綺麗な顔で微笑んでやれば簡単だろうに。

仕方がないので、以前彼が相談してきた件を引き合いに出してみることにした。

「もしディーを引き受けてくださるなら、殿下に言い寄っている第二王女、私が何とかしましょう」

「何？」

「困っておいでなのでしょう？　悪い話ではないはずです」

馬車の扉が開く。

先に降りて、殿下に手を差し出した。私の手を借りて、彼も馬車を降りる。

値踏みするような顔でこちらを見ていた彼が、声を潜めて問いかけてきた。

「……まさか、きみに惚れさせるつもり？」

「いけませんか？」

「その方法の場合は、させたくない」

冗談にマジレスされてしまった。

というか私に惚れさせたくないという時点で、これは殿下の方も噂の第二王女様にホの字なのではないだろうか。

付き纏われるのは嫌だけれど、ほかの男に目移りされるのはもっと嫌、と言っているようなものである。何となくだが、殿下はそういう面倒くさい恋愛の仕方をしそうだ。

……これは、俄然第二王女の方を応援したくなってきたな。

「きみは、気にならないの？」

「何がでしょう」

「私がダイアナ王女を、口説いても」

殿下の問いかけの意図が分からず、首を捻る。

もしや、知り合いに女性を口説いているところを見られるのが恥ずかしいのだろうか？

私自身すっかり感性が軟派系に染まってしまっているきらいがあるので、そのあたり麻痺しているが……まぁ、普段私たちに見せている王太子スマイルとは違う、それこそゲームの中で主人公にしていたような脳を溶かしかねない表情を見せるのだろうし、それを目の前で繰り広げられるのは一抹の気まずさがあるかもしれない。

そう判断して、あらかじめ断りを入れておく。

「ご安心ください、覗く趣味はありません」

「違う」

違うらしい。

ではもう分からないな、と匙を投げた。

この人の考えていることは時々よく分からない。

「そのご尊顔を十分に利活用なされば、たいていの女性は靡くでしょうに」

「え？」

「ですから、その美しい顔面で」

「ちょ、ちょっと待て！」

私の言葉を遮って、殿下が声を上げる。

珍しく慌てた声を出す彼に、私はますます首を捻る。

何だ。何が気に入らない。

はくはくと口を開け閉めしていた殿下が、やがて喉の奥から絞り出すように、言う。

「う、つくしいとか、言ったかな、今」

「？　ええ。言いましたが」

驚いたように目を見開く殿下。

何をそんなに驚いているのか理解できなかった。

その顔を引っ提げておいて、まさか「美しい」と言われたことがないなどということはあるまい。

……いや、ないのか？　逆に？

滝を見て「水が上から下に落ちてますね」と言わないように、自明のことをわざわざ面と向かって言う者はいないということだろうか。

そんなことを言うのは風流を解さない私のような無粋な人間だけだったりするのだろうか。

いやそんなまさか、と思いながら、冗談半分、マジでなかったらどうしよう半分で尋ねる。

「あれ？　殿下、ご自分が美形だという自覚がおありではないのですか？」

「あるよ、それは、あるけれど」

即答で「ある」と言い切るあたり羨ましい。

そのあたり、顔面偏差値七十オーバーが基本の攻略対象様はやはり一味違う。

それはそうだ。あの華のかんばせがくっついていて、美しいという自覚がないはずがない。

「きみは、私の顔に興味がないんだと思っていたから」

殿下の反応はどうもぼそぼそと歯切れが悪い。

まぁ興味があるかないかでいえば、羨ましいという感情はある。

私なりに磨き上げた外見には誇りと自信を持っているが、攻略対象やリリアと接していると「やはり天然モノは凄まじいな」と思うことがあるのも事実だ。

しばらく俯きながら何か考えている様子だった殿下が、やがて顔を上げた。

「……分かった」

おや、と思った。

この短時間に、どういった心境の変化だろう。

顔を褒めるというヨイショが効果を発揮したのだろうか。

……だとしたら、この世界の顔面重視性はかなり根深いところまで来てしまっている。

「その代わり、しっかり見ているように」

複雑そうな表情でそう命じる殿下。

しっかり見て、そして都度顔を褒めろということだろうか。

そう理解して、私は神妙な顔を取り繕って頷いた。


馬車を降りたのは、大きな広場のような場所だった。

おそらく何かしらの偉業を達成したらしい人物の石像があり、その周りの花壇には美しい花々が咲き誇っている。

水路があちこちに通っていて、水資源に恵まれているらしいことが分かった。殿下の話では水路を舟で移動することもあるという。

広場を中心に豪奢な建物が建ち並んでいた。大聖堂、劇場、時計塔、競技場、ダンスホール。西の国に来てからずっと王城の中で過ごしていたので、どれも初めて見るものばかりだ。

建物や空気一つとっても「異国」という感じがして、何とも物珍しい。いや詳しいことは知らんけど。

普段と違って、お忍びで出かけているわけではない。正規の視察だ。殿下の振る舞いも堂々としたものだった。

西の国の騎士たちの案内のもと訪れたこの広場は、基本的には貴族しか立ち入れないエリアだという。

そんな場所ですら異国情緒を感じるのだから、街中はどんな感じなのだろう、と興味が湧いた。土産を調達する必要があるので、そのうち抜け出してみるのも良いかもしれない。

海外旅行でも、街中のスーパーとかで何が書いてあるのか全く分からない食べ物を買うのがまた面白かったりするものだ。ここなら言語の心配もない。

「あれは図書館だね。昔はこっちにも宮殿があって、それを改装して使っているらしい」

私が向いている方角にある建物について、殿下が説明してくれる。

黒くて噛みきれないタイヤ味のグミのことを考えていたとバレたら怒られるのが目に見えているので、適当に頷きつつ、じゃああれは何ですかと建物に興味があるかのような質問をしておいた。

しばらく観光ガイドの真似事をしていた殿下が、やがてふっと口元を緩める。

「何だか、昔と逆だね」

「逆？」

「初めて街に連れ出してもらった頃……きみに街のことを教えてもらってばかりだった」

「はぁ」

教えたと言うか、あれがパン屋であっちが手芸屋、あのおじいさんは捕まると長いから逃げましようとか。軽く説明した程度だったと思うのだが。

そんなことをよく覚えているものだ。私などついさっき聞いた説明すら右から左だというのに。

「ねぇ、リジー……あの時から、私は」

「エディ！」

声がして、振り向いた。

振り向きざま、咄嗟に護衛対象の殿下を背後に庇う。

声の主らしい、金髪ツインテールの女の子がこちらへ向かって駆けてくるのが見えた。

少し吊り目だが、大きくてまんまるの金色の瞳、ばっちりふさふさの長い睫毛。目が覚めるような美少女だ。

白と桃色を基調にした膝丈のドレスがよく似合っている。そこから覗く白いふくらはぎがなんとも眩しい。

見るからに……というか、このエリアに立ち入っているからには貴族の子女だろう。

後ろから女の子を追いかけてきているのは護衛だろうが……その服装に見覚えがあった。あれは、王女様の護衛が身に着けていたのと同じ制服だ。

護衛も含め、こちらに敵意がないのを確認して、警戒を緩める。

女の子は私には目もくれず、後ろにいる殿下に熱い視線を送って走り寄ってきた。

「エディ！　ひどいわ！　こっちに来ていたのに会いに来てくれないなんて！」

「……やあ、マリー嬢。いずれは挨拶にと思っていたんだけどね」

私が殿下に目配せすると、彼が唇を動かさずに「例の第二王女」と答えた。

そんなことより「エディ」が面白いのでそちらを説明してほしい。ニューヨークへ行ってしまうタイプの王子様だったとは初耳だ。

女の子――マリー王女がきらきらした瞳で、頬を紅潮させて殿下を見つめるその表情は、まさしく恋する乙女そのものだった。

いや、恋する美少女そのものだった。

リリアが「守ってあげたくなる系」だとすれば、マリー王女は「気が強い系」の美少女だ。

そして第二王女ということは、あのダイアナ王女の妹ということである。

あまり似てはいないが――主に髪色とか、胸部装甲の厚みとか――顔面偏差値はさすがの王族級だ。

「お可愛らしい方ではないですか」

「早く何とかして」

そっと囁くと、にっこり王太子スマイルでマリー王女と相対しながらぴしゃりと言いつけられた。

やれやれ、人使いが荒い。

一つ息をついてから、マリー王女の前にそっと跪いた。

「初めまして、マリー殿下。お初にお目にかかります。ディアグランツ王国、バートン公爵家のエリックと申します」

「バートン……ああ、お姉様の」

こちらを見たマリー王女が、ぱちぱちと目を瞬く。

そして納得したようにふんと鼻を鳴らすと、興味なさそうにそっぽを向いた。

「何でもいいけど、邪魔よ、そこ退いて。あたしはエディに用があるの！」

「はぁ」

一歩ずれて、マリー王女に道を譲る。

殿下の冷たい視線が後頭部に突き刺さっている気がするが、無視する。

ことを急いても仕方がない。マリー王女を口説くにしろ他の手段を取るにしろ、まずは相手のことを知り、戦法を考えたい。

その他大勢のご令嬢ならともかく、相手は見た目からして特徴盛り盛りのメインキャラだ。軟派系だけでは通用しない可能性もある。それなりの対策が必要だろう。

敵を知れば百戦危うからず。話はそれからだ。

あとマリー王女が嫁いでくるのが国益になるなら正直そちらの方がありがたいのもある。

殿下に言ったら確実に機嫌を損ねそうなので言わないが。

「ねぇエディ、あたしもディアグランツ王国に行ってみたいわ！　帰る時に連れて行って！」

「またいつか、機会があればね」

「いつかって、いつ⁉」

「ノルマンディアス王に相談しないと」

貴族的「お断りします」表現で応対する殿下。

このまま押し問答を眺めていても埒が明かないので、割って入る。

「失礼。エドワード殿下はこの後視察のご予定がありまして……時間に余裕が」

「じゃああたしも一緒に行く」

「ですが、」

「あたしはエディのお嫁さんになるんだもの！　一緒にいて当然でしょ！」

後ろで顔を青くしている護衛には目もくれず、「ね？」と殿下の顔を見上げるマリー王女。

横から見ているだけでも可愛らしすぎて食らってしまうほどの、百点満点の上目遣いだった。

あんなに可愛らしく甘えられて冷たくあしらえる人間の気が知れない。もう言うことを聞いてやればいいのに。

可愛らしい女の子が可愛らしい仕草をしているのは良いものだ。

持ち前の「可愛い」をすべて見事に持ち腐れている某聖女が思い起こされ、思わず素の感想が漏れた。

「エドワード殿下のことがお好きなんですね」

「すっ、」

ぼっと音が出そうなほど瞬間的に、マリー王女の顔が真っ赤になった。

ううん、可愛い。

何故だろう。反応すべてが「正解」すぎて、非常にくすぐられる。理由は分からないが、不思議な既視感を覚えていた。

「ち、違うわよ！　エディがあたしと結婚したいって言うから、まぁ、あたしも別に嫌じゃないし、って思ってるだけで」

ぷいと顔を背けるマリー王女の姿に、衝撃が走る。

何ということだ。

ツンデレだ。

今やもう死語になりつつあるツンデレだ。

既視感の正体に思い至る。

気が強そうな金髪ツインテール、そしてツンデレ。なんという様式美だ。拍手をしたくなるほどのテンプレートだ。

むしろ最近はあまり見なくなった気すらする。絶滅危惧種なのではないだろうか。

少年漫画ならメインヒロイン、少女漫画ならライバルキャラといったところだろうか。

ふと思ったが、金髪ツインテール＝《イコール》ツンデレというテンプレートの初出は何なのだろう。

ツインテールキャラでツンデレというキャラクター、結構思いつくがツンデレではないツインテールもいるし、逆もまた然りだ。

このインプリンティングは一体どこから来ているんだろうか。

「……だ、そうですが」

「言っていないよ」

そっと殿下に尋ねてみれば、地獄の底を這うような声音が返ってきた。

「『あたしが勝ったらお嫁さんにして』と言って試合を挑んできたから負かしたら『勝ったんだか

ら責任を取ってお嫁さんにして』と言われているんだ」

選択肢が「イエス」か「はい」しかない謎分岐みたいになっていた。

ルート固定じゃないか。

「あたし、エディと出会う前は騎士にも負けたことなかったのよ！　エディは強くてかっこいいんだから！」

「そうですか」

ちらりと護衛の騎士に視線を投げる。

西の国と我が国とでジェスチャーの示すところに差がないとすれば、「忖度」とのことだ。

まぁ普通に考えて王族、しかも女性相手に騎士が本気を出してはまずいだろう。

先ほどこちらに駆け寄ってくる際の素早い身のこなしから見るに、一般的なご令嬢と比べればそれなりに動けるタイプではあるのだろうが。

「マリー殿下。私に少しお時間をいただけますか？」

「え？」

「実は私も腕には少々覚えがあるのです。手合わせ願えませんか」

「何であたしがあんたと」

不機嫌そうに眉間に皺を寄せるマリー王女。

ディーといい、この国では私に興味がなさそうな女性とよく出会う。あまり女性に邪険にされたことがないので新鮮だった。

これが行きつくところまで行きつくと「ふーん、俺に興味がないなんて、おもしれー女」に進化するのかもしれない。

屈み込んでマリー王女と視線を合わせ、悪戯めかしてウィンクをする。

「私が勝ったらマリー殿下とは別行動。その代わりにマリー殿下が勝ったら、今日の視察に一緒にお連れします」

「ほんと⁉」

きらりとマリー王女の目が輝く。

護衛が青ざめていたので、「負けないから安心しろ」と目配せしておいた。

軽く袖を引かれる。振り向く前に、殿下の鋭い声が飛んできた。

「手加減したら怒るからね」

釘を刺された。

私が手加減せずに相手をしたら死人が出てしまう。他国の王族を前に何という指示をするんだ、この王太子。外交問題を起こしたいのか。

護衛たちがどたばたと走り回った結果、競技場の一角を借りてマリー王女と手合わせをすることになった。

今日の今日でいきなり国営っぽい施設を借りられたのは、王女様と隣国の王太子様の権力のおかげである。使えるものは最大限に利用するに限る。

護衛騎士たちの疲れた顔は見ないことにした。

ここで少々走り回っただけでこの後マリー王女の我儘に振り回されずに済むのだから、よしとしてもらいたい。

借りたのはフェンシングなどの室内競技で使うスペースだ。

私の思う通りに事が運べば、あまり広さは必要ないのだが。何なら外でもよかったくらいだ。

マリー王女が動きやすい服装に着替えて現れた。手には槍を携えている。

なるほど、槍術か。小柄な女性がリーチ差を補うために扱う武器としては良いチョイスだ。

日本でも薙刀は武家の女性が習うものというイメージがある。薙刀と槍では成り立ちがずいぶん違うらしいので、一緒にするものでもないと思うが。

武士と言われると何となく刀を使うイメージが強いが、戦国時代の足軽は実際のところ槍で戦っている者も多かったとか。

近世使われていた銃剣にも槍術が生かされていたと聞くし、卓越した技術のない歩兵向きの武器として、槍というのは使いやすさとアベレージの総合力が高いものなのだろう。

さておき、小柄な女の子が大きな武器を携えている様子というのは風情があってよい。

対する私は丸腰だ。軽くストレッチをして、マリー王女に向き直る。

彼女は足を半歩開いて、槍を構えた。

ふむ。なかなか堂に入った所作だ。

「いつでもいいわよ！」

「その前に、ルールを決めましょう」

「ルール？」

「私は武器は使いませんが、マリー殿下は何を使っていただいても構いません。槍でも剣でも蹴りでも、どうぞご自由に」

話し出した私に、マリー王女が構えを解く。

きちんと人の話を聞けるあたり、我儘に見えてちゃんとしている。

説明を聞くと言うのは、武術をする上で必要な素質だ。下手に扱いを誤ると怪我をする。案外真面目に槍術を習っているのかもしれない。だからこその自信なのだろうか。

まぁ、自信があるのは良いことだ。実力が伴っているに越したことはないが――それが幼さというものだろう。

私はマリー王女に向かって、軽く両手を上げて見せた。

「ただし、こうして両手を上げて十秒経ったら、降参と見做します」

「ふぅん。そんなルール、あたしはいらないけど……あんたにはあったほうがいいかもしれないわね」

不敵に笑うマリー王女。

多少の心得はあるらしいが、力量の違いを見極めるほどの実力はないようだ。

どこかで痛い目を見る前に現実を教えてやるのがやさしさというものだ。恨むのなら、過保護にしてきた護衛や周囲の騎士たちを恨んでほしい。

私はにっこり微笑んで頷くと、殿下に呼びかけた。

「では、殿下。合図をお願いします」

胡乱気な目で私を睨んでいた殿下が、ため息とともに一歩前に出る。

そして、すっと右手を前に差し出し、勢いよく真上に上げた。

「始め！」

合図と同時に気配を消して、マリー王女の背後に回り込む。マリー王女は反応しなかった。

やはりまだまだ、習い事の域を出ない。

彼女がこちらに気がついたときには、私は彼女の両手を取って万歳のポーズを取らせていた。

床に落ちた槍が、からんと音を立てる。

「え⁉　は⁉」

「いーち、にーい」

「な、何なのよあんた！」

「さーん、しーい」

「っこの！　は、離しなさい！」

マリー王女がじたばたと暴れるが、体幹の強さには自信がある。そんなものではびくともしない。

脛を蹴られるのは普通に痛いので出来たらやめてもらいたいが。

「ごーお、ろーく」

「なっによ、これ！　ぜんぜん、動かない！」

「なーな、はーち」

「やだ、離せ！　はーなーせー！」

「きゅーう、じゅう」

ぱっと両手を離した。暴れていたマリー王女は急に拘束を解かれて、勢いを殺せずにその場でたたらを踏んだ。

「はい。私も王女殿下も両手を上げて十秒経ちましたから、これで二人とも降参……つまり、引き分けですね」

「む、無効よ！　こんな試合！」

「きちんと事前にルールを確認しましたでしょう？」

キッと私を睨みつけるマリー王女。瞳には涙が滲んでいる。

何故だろう、そんな顔をされるとまるで私が非道の行いを働いた悪党のようではないか。極めて平和的な解決だったと思うのだが。

「マリー殿下は私に勝つことが出来なかった。……さて、どうです？　私のこと、好きになりました？」

「なるわけないでしょ！　だいっきらいよ、あんたみたいなやつ！」

マリー王女の言葉に、そうでしょうと頷いた。

皆私の見た目で騙されてくれてはいるが、本質で言えば私は悪役である。その反応も当然だろう。好かれてナンボの攻略対象とは違って、嫌われてナンボの商売だからな。

しかしまぁ、何とも分かりやすい子だ。ディーにも思ったが、王族がこうも分かりやすくて大丈夫なのだろうか。

簡単に手玉に取れてしまうマリー王女に、だんだんと微笑ましい気持ちになってきた。

ツンデレ攻略の鉄則。

それは最初に嫌われることだ。

「アンタなんか嫌いよ」と言わせてしまえば実質勝ち確みたいなものだ。

嫌よ嫌よも好きのうちとはよく言ったもので、無関心よりも嫌われていた方が「好意」に転じる確率が上がる。特にツンデレ系の女の子というのはそれが顕著なものだ。

「強さで、試合の勝敗で結婚相手を選ぶというのは、そういうことです。馬鹿馬鹿しいでしょう？」

私の言葉に、ぐっとマリー王女が口を噤んだ。

にっこり笑って、私はとどめの一撃をお見舞いする。

「お認めになられては？　勝負の結果など関係なくエドワード殿下のことが好きなのだと」

「あ、あた、あたしは……！」

あくあくと口を開け閉めするマリー王女。

またみるみるうちに顔が赤くなっていった。本当に反応一つ一つが予想通りで、可愛らしい。

「も、もういい！　あたし帰る!!」

「はい、お気をつけて」

「エリック、嫌い!!」

ひらひら手を振ってマリー王女を見送る。

彼女の護衛は一瞬こちらを振り向いて、一礼して去って行った。

よし、今回はこんなものでいいだろう。

名前も覚えてくれたようだし、「殿下の付属品」から「いけすかない嫌な奴」に昇格したのは間違いない。

あとは適当にピンチになったところを身を挺して救ってやったり、殿下に冷たくあしらわれたところにつけこんだりすれば、ころりとこちらに転ぶだろう。

「……リジー?」

「はい?」

「状況が悪化した気がするのだけど?」

「はて。どうでしょう」

殿下の言葉に、愛想よく笑って首を傾げた。

ツンデレへの理解がない彼からしてみれば悪化したように見えるだろうが……安心してほしい。

マリー王女の攻略は順調に進んでいる。

そう。とても、順調に。

◇ ◇ ◇

「マリー殿下に会ったのだけれど。何だか嫌われてしまったみたいで」

「まぁ、そうなのですか?」

王都のカフェで、ダイアナ王女と向かい合ってお茶を飲む。

作戦会議がしたいという手紙を受け取り、いろいろと考えた結果、城を抜け出して街に繰り出すことにしたのだ。

さすがに自国の王族と違い、抱えて窓から連れ出したのがバレては国際問題になる可能性がある。最悪の場合お縄になってしばらく帰れない。

そこで従者のリチャードを抱き込んで——正確には王女様に抱き込ませた。人攫いが増えているというので少々渋られたそうだが、予想通り王女様の『お願い』は断れなかったらしい——最終的には護衛ほぼ公認状態でのお忍び視察、ということになった。

ディーによると「昔はよくリチャードに連れ出してもらったんですよ」とのことだ。幼いころからずっと一緒だったのだとか。

幼なじみか。良いポジションを押さえている。素直じゃないくせして、きちんとやることをやっているじゃないか。

作戦会議の場所として選んだのは、仲良くなった侍女たちから聞き出したご令嬢たちの間で話題のカフェだ。情報収集は抜かりない。

ちなみに帰りに土産になりそうなお菓子も買っていくつもりだ。

私は紅茶、ディーはコーヒーを注文した。

西の国では最近コーヒーが流行していると薦められたが、近くの客が飲んでいるエスプレッソ的な小さな器に入ったそれがいかにも苦そうだったので、理由をつけて辞退した。

そもそもあんなもの一口で飲み終わってしまう。

わんこそばのように飲み干すたびにおかわりが出てくるわけでもあるまいし、ゆったりのんびりが売りのカフェとは逆行しているように思えてならない。

せめてカフェオレボウルにたっぷりのカフェオレとか、そういうものが流行してほしいものだ。

「すみません。あの子、少し我儘なところがあって。根は家族思いの良い子なんですけれど」

「ディーが謝ることじゃないよ」

困ったように笑うディーの表情に、ふとお兄様の顔がオーバーラップした。

弟妹のしたことを謝るのは、兄姉にデフォルトで搭載されている機能なのだろうか。

あとあのツンデレ王女様を「少し我儘」で済ませてしまうところも、どこかの男装令嬢を「ちょっとおてんばさん」で済ませてしまうどこかの次期公爵様とよく似ている。

お兄様のことを思い出してしまったのが何となく悔しくなり、私は話題を変えるべく会話の舵を切った。

「マリー殿下はエドのことが好きみたいだね」

「ええ。昔から惚れっぽいところのある子なのですけれど」

「ディーは？」

「え？」

彼女がぱちぱちと金色の瞳を瞬く。

「恋とまではいかなくても、この人がかっこいいとか、こういう人が素敵だなとか。そういう気持ちになったことは？」

「……考えたこともありませんでした」

本当に想像したこともない、という様子で呟くディー。

王族のメインの仕事は客寄せパンダだと思っていたが、持たざる私には理解できない、持つ者故の過酷さというものがあるのかもしれない。

そういえば、殿下からもそういった話はあまり聞いたことがない、ような。ロベルトは……それ以前の問題な気がしてきた。

まぁ二人とも攻略対象なので、主人公《ヒロイン》が好みであることは間違いないだろう。

つまり美少女好きということだ。何の参考にもならない。そんなもの全人類が好きである。

「見た目で人を判断してはいけない、と言うけれど。時間もないことだし、見た目の好みも重要だよ」

「そ、そうですね」

私の言葉に、彼女は意気込んだ様子でぎゅっと拳を握りしめて頷いた。

「たとえば、身長は？　高い方がいい？　低い方がいい？」

「ええと」

視線を彷徨わせて、考えるような仕草をする。首を傾げるとはらりと艶やかな黒髪が一筋垂れた。

背後を通りかかった客が彼女に見惚れて渋滞を起こしている。

まさかこんなカフェでお茶をしているのが王女様だとは思っていないだろうが、良家のお嬢様に見えているだろうことは間違いない。魅了なくしてこれとは、聖女もびっくりの人たらしっぷりだ。

ディーに見えないように、シッシッと手を振って追い払う。

「どうでしょう。背が高すぎるとお顔が遠くてお声を聞き逃すかもしれませんし……低すぎても、公務でのダンスがしにくいかもしれませんわ」

「髪の色や、瞳の色は？」

「王家に受け継がれるのは、金の髪に金の瞳です。わたくしは髪の色が違いますから、金色の髪をお持ちの方が良いのかしら」

「頭が良い人がいい？　それとも、剣術が得意な人がいい？」

「民を導くのですから、聡明な方であればそれに越したことはありませんね。剣術は……好んで戦を起こすような考えでさえなければ、どちらでも……」

「ディー」

私はため息まじりに、彼女の言葉を遮った。

参考にならないにもほどがある。美少女好きよりも参考にならないとは思わなかった。

この王女様、本当に恋をする気があるのだろうか。

恋とは頭でするものではない。落ちるものだ。前世で聞いた格言的な言葉である。

王女として頭で考えてする恋愛なら、国王様が見つけてきた結婚相手とするのが一番合理的なはずだ。

そうではなく「恋」がしたいというのだから、一旦王女としての思考は切り離すべきだろう。

「私は君の意見が聞きたいんだ。王女としてじゃなくて、君個人の」

「わたくしの？」

「君のことが知りたい」

言いながら、ディーの瞳を見つめる。

一瞬、何かが脳裏を過ぎった。似たような台詞をどこかで聞いた気がするのだが……はて、何だったか。何かを忘れている、ような。

少し考えてみたが、思い出せなかった。

まぁ、いいか。思い出せないということは、大して重要なことではないはずだ。

きょとんとした顔でこちらを見ているディーに、気を取り直して尋ねる。

「何が好き？　何をしていたら楽しい？　何を見て綺麗だと感じる？」

「わ、わたくし、は」

ディーはしばらく困ったように視線を泳がせていたが……やがて、恥ずかしそうに頬を染めて、小さな声で答えた。

「あ、甘いものが、好きですわ」

その言葉に、少女のような仕草に、ふっと笑みが漏れる。

いまいち参考にはならないが……先ほどまでより幾分マシだ。

少々時間はかかるだろうが、情報を聞き出せる目途が立ってほっとした。

甘い物か。近くのテーブルの客が頼んでいるケーキに目が留まった。

ディーも同じことを考えていたようで、視線がかち合う。

また私が笑うと、彼女はもじもじと縮こまってしまった。

「とりあえず、甘いものを食べながら考えようか」

手を上げてウェイターを呼び止めると、おすすめのケーキを二人分注文した。

「おもしれー女」ポイント

西の国に来て十日ほどが経ったある日。

ノルマンディアス城の中庭で、私は頭を抱えてうんうん唸っていた。

ディーのことではない。マリー王女のことでもない。

そちらは順調に進んでいるので、それほど頭を悩ませるものでもないからだ。

私を悩ませているのは、大量の課題であった。

学園を休むのだからと先生から課題が出されただけではなく、アイザックからも教科書の要点をまとめたノートや練習問題を集めた問題集が届いていたのだ。

しかもこちらに到着した日から三日と空けず、ものすごい分量の手紙とともに届いている。

いくら郵便なら三日程度で届くとはいえ、これはやりすぎではないだろうか。

手紙の内容はほとんどが報告書じみたものだが、読むのがそれなりに億劫になる程度の文量だ。目が滑る。

だいたい日報を送ってくるな。私は上司か。

ちなみにアイザックの手紙はちゃんと「親愛なる」で始まっていた。

お兄様、こういうのでいいんですよ、こういうので。

私だって忙しいのだしやらなくてもいいかと諸々放置していたら、催促の手紙が来る始末だ。学園の課題よりもよほど厳しい。

渋々解いた課題を送り返すと丁寧に添削したものが返ってきた。お前は赤ペン先生か。

そういうわけで今日も今日とて一人、アイザックゼミ六月号に取り組んでいるのである。

リリアとクリストファーも学園を休んでいるのに、私ばかり不公平だ。

少しでも気分を変えようと部屋を出て中庭の東屋で唸っていたところ、ふと人の気配を感じた。

振り向くと、殿下がこちらに歩いてくるところだった。

立ち上がって礼を執ろうとする私を片手を上げて制し、彼はテーブルの向かいの椅子を引く。

「勉強？」

「ええ、まぁ」

「見てあげようか」

「はい？」

「戻ったら補習があるんでしょう？　ここまで連れてきたのは私だからね。きみが留年しない程度には教えてあげる」

「はぁ」

思わず生返事をしてしまう。

言っては何だが、労せずして何でも人並み以上に出来てしまうタイプの人間は、人に何かを教えるのに向いていないと思う。

「こんなことも分からないの？」「何が分からないのか分からないな」と冷笑とともに詰められるのが目に浮かぶようだった。

しかし悲しいかな、上下関係があるうえに連れてきてもらった身であるこちらは立場が弱い。

せめて一人で責め苦を背負わずに済むように、同じく学園を休んでいる二人を道連れにすることにした。

「では、リリアとクリストファーも呼んで」

「彼らは成績優秀だと聞いているけれど？」

「ぐ」

そう言われてしまうと立つ瀬がない。

クリストファーはバートン公爵家の次男として恥じない成績を取っているし、リリアも主人公としての能力を遺憾なく発揮し、前回の試験ではかなり上位に入っていた。

私はと言えば……ロベルトよりはマシだった。これ以上のコメントは差し控える。

詰められるのが嫌なので、何とか回避できないかと食い下がる。

「アイザックからノートをもらっているので、ご心配には及びません」

「ノート？」

「はい。よほど私の成績が心配らしく……三日と空けず送ってくるので」

アイザックゼミ六月号を殿下に差し出す。

受け取ったそれをぱらぱらとめくり、積まれた報告書の束に視線を送った彼は、ふんと小さく鼻を鳴らした。

「手紙、やり取りしてるんだ」

「やり取りといいますか……期限までに送り返さないとまた課題が増えてしまうので」

「ふぅん」

殿下が適当な相槌を打って、頬杖をついた。

興味がないなら聞くな。

「仲が良いんだね」

「友人ですから」

「……ロベルトからもきみに、手紙が届いていたよ」

「え？」

ロベルトの顔を思い描き、首を捻る。

彼が手紙を書いている様子がまったく想像できなかったからだ。

いや、貴族……というか王族なのだから、手紙くらい書けるとは思うのだが。

それどころか、同じ教室で一年以上授業を受けていたはずなのに、彼が机に向かっている様がまったく思い出せない。

手に持っているところを想像できるのは剣とフォークくらいだ。

「わざわざ渡してやる義理もないかと思ったけど。はい」

「ええと。ありがとう、ございます？」

殿下が懐から取り出した手紙を受け取る。

本当に届ける気がなければわざわざそんなところに忍ばせないだろう、と思った。

やれやれ、仲が良いやら、悪いやら。とりあえず殿下が素直でないのは間違いなさそうだ。

お兄様いわく「最近はとっても仲が良いみたい」とのことだが、ほのぼのふんわりお兄様フィルターがかかっているような気がしてならない。

受け取った手紙を開ける。中にはきちんと畳まれた便箋が入っていた。

意外と綺麗な字だ。代筆だろうか。

アイザックの物と違って、内容は簡潔だった。

今年は剣術大会をジャックする気らしく、その作戦概要が書いてある。どうやら添削してほしいという意図のようだ。今度は私が赤ペン先生をする番か。

気づかぬうちに苦笑いが漏れていたのか、殿下が怪訝そうな顔でこちらを見つめていた。

「愚弟は、何て?」

「剣術大会で、何やら面白いことをするようです」

殿下にロベルトからの手紙を渡す。

中身に目を通した彼は、頭痛を抑えるようにこめかみに手をやって、ため息をついた。

「本当に、手のかかる……」

「まぁ、良いではありませんか。誰を傷つけるわけでなし」

「きみの悪影響もあると思うのだけど」

「はて。心外です」

じとっと睨まれたが、首を傾げて受け流した。

さてこれで勉強の件は誤魔化せたか、と思ったのだが。

「じゃあ、ギルフォードの課題を解くのを手伝ってあげる」

そう言われて辟易した。

断る理由をあれこれ探したが、結局ちょうどよいものが見つからず、私は肩を落とした。

「……お手柔らかにお願いします」

「きみがきちんとやっていたらね」

つまりきちんとやらなければ詰められるということである。

げっそりしながら課題をやっつけるが、苦手分野になるとどうしても手が止まりがちになる。

特に数字がたくさん並んでいると目が滑ること目が滑ること。いや、数字だけならまだいいが、よく分からない記号にまで出てこられると目眩すら覚える。

何だこれは。数学じゃないのか。「数」学と名乗るからには数字だけで勝負しろ。

見兼ねた殿下が解き方を教えてくれたが、想像したよりもずいぶん分かりやすかったし、冷笑もされなかった。

頭が良い人間というのはそうでない人間にも分かるように説明できると聞いたことがあったが、どうも本当らしい。

詰められなくて安心した。困ったときに助け舟を出してもらえるおかげで、一人でやるよりもスムーズに進めることが出来た。

途方に暮れるほどの量に思えた課題にも終わりが見えてきて、一安心である。

「……ねぇ、リジー」

調子よく進めているところに呼びかけられて、顔を上げる。

頬杖を突いた殿下が、私の顔をじっと見つめていた。

「もし、私ときみが同じ年だったら……学園でも、こうやって二人で過ごしていたのかな」

「それは、どうでしょう」

言葉の真意が分からず、首を傾げる。

仮に言葉の通りの意味だとして、たぶん同じ学年だったとしても殿下と友達にはなっていなかったと思う。

何というか、グループが違う気がする。

それでいうと軟派系騎士様枠の私がアイザックやロベルトと同じグループ――いや、私にそのつもりはないが、たぶん対外的に見るとそういう扱いになっている気がする――にいるのも相当イレギュラーな気がするので、はっきりとは言えないが。

もしかして同じ年の友達が羨ましいのだろうか。

そんなタマか？　と思うが、学園を卒業したとはいえ殿下もまだ十八かそこらだ。

高校生に毛が生えた程度なのだから、子どもじみたことを考える可能性もゼロではない。

「私は殿下が年上でよかったと思っておりますよ」

「え？」

「さもなければ、ロベルトが王太子になっていたかもしれませんので」

「それは……」

思ったことをそのまま口に出すと、殿下が口ごもった。

紫紺の視線がふらふらと彷徨って、そしてふっと睫毛と共に伏せられる。

「ぞっとしないね」

「でしょう」

「こんなところにいたのね！　エディ！」

突如気配がかなりのスピードで近寄って来たと思ったら、木からマリー王女が降って来た。

何とこの第二王女、木登りまで嗜《たしな》まれるらしい。

これはますます「おもしれー女」ポイントが貯まってしまうな。貯まると何かもらえるのだろうか。白いお皿とか。

特に驚いた風もなく私を盾にするような位置に移動した殿下を見るにつけ、これは日常茶飯事なのだろう。

リチャード、他国の人間にとやかく言う前に自国の王女様をきちんと躾けた方が良いのでは。

「エディ！　あたしと手合わせしましょ！」

「すみません、王女様。殿下はこれから外交官の方とお話がありまして」

「じゃあ、あたしも連れてって！」

息をするように嘘をついてみたが、マリー王女はまったく引く素振りがない。

それどころかものすごく強引にグイグイくる。

きっと周りから大切にされて、許されて育ってきたのだろうな、というのをひしひしと感じた。

気持ちは分かる。我儘を言うのがあまりに似合う外見なので、違和感がなさすぎるどころか「キャラ作り徹底してますね」と称賛すらしたくなった。

「大人の話し合いですから」

「あたしだって大人よ！」

「おや。大人のレディはこんなところに葉っぱをつけているでしょうか？」

ひょいと彼女の髪にくっついていた葉っぱを取ってやる。

するとマリー王女は見る見るうちに顔を赤くして、ぷくーっと頬を膨らませた。

「エリック、嫌い！」

「ははは。傷つきますね」

「ぜんぜん傷ついた顔してないわよ！」

「顔に出ないタイプですので」

しれっと言って返した。

ぷんすかしながら去っていくマリー王女の背中を見送ったところで、殿下が私から顔を背けて肩を震わせているのに気づく。

どうやら笑っているらしい。

やれやれ、良いご身分である。

「……貴方のためにやってるんですよ、こちらは」

「いや、それが嬉しくてね」

「嘘がお上手だ」

ふんと鼻を鳴らす。

まったく、つくづく良いご身分だ。

そもそもあんなに可愛い女の子に熱心に言い寄られて何故靡かないのか、その神経が分からない。国益を考えてもこれ以上ないお相手だろう。あと顔が可愛い。

そのぐらい主人公《リリア》に熱を上げているということなのだろうが……それならそれで、さっさとあの肉食聖女を引き取ってもらいたいものだ。

「少しくらい相手をして差し上げては？　一生懸命でお可愛らしい方ではないですか」

「まだ十五だよ。子供にしか見えない」

「三つしか変わりませんよ」

「三つも下だろう」

さっきまで笑っていたのに、途端に苦々しげな声を出す殿下。

まぁこの年代では三歳というのは大きな差に思えるかもしれないが、二十代も半ばに差し掛かればそんなものは誤差である。

どうせすぐに気にならなくなるのだから、問題ないだろう。

「おや。殿下は年下の女性がお好みなのだと思っていましたが」

「…………きみ、本当は分かって言って……」

「はて、何のことでしょう」

何せ主人公《ヒロイン》たるリリアは彼の一つ年下だ。

年下が射程圏外だということはあり得ない。

だが何故それを知っているのかと聞かれると面倒なので、肩を竦めてとぼけておいた。

◇◇◇

「おい蛆虫！　いつまで地面とキスしているつもりだ？　貴様らまさか無機物にしか興奮しない異常性愛者ではないだろうな⁉」

「さ、サー！　ノー、サー‼」

「声が小さい！」

「サー！　ノー、サー！！！！」

「ちょっとちょっとちょっと‼　アンタなにやってんの⁉」

西の国の騎士たち相手に鬼軍曹をしていると、リチャードが血相を変えて走り寄って来た。

「何って、訓練」

「訓練⁉」

王女様ウケを気にしなくて良くなったので、鈍った身体を動かそうと騎士団の訓練に交ぜてもらうことにしたのだが――こちらに来る途中の襲撃未遂のことを聞きつけてか「腕前を見せてほしい」と請われたのだ。

交ぜてほしいと頼んだのはこちらだしと、そこで一気に一部隊を畳んでみたら「ぜひ稽古をつけてほしい」と頼まれ、今に至る。

これが我が国の騎士団の一般的な訓練であると少々話を盛ってしまったが、まぁ騎士団や軍隊などどこも大なり小なりこんな感じだろう。あながち嘘というわけでもないはずだ。たぶん。知らんけど。

私が懇切丁寧に説明しているというのに、リチャードの眉間の皺はだんだんと深くなっていく。

そして最後には頭を抱えてしまった。

「アンタ、もう取り繕う気もなくなってるだろ」

「何が？」

「『何が？』じゃないわ！　全部だよ、全部！　騎士団の訓練に交ざろうとするわ、現役騎士一部隊一人で畳むわ、とんでもない言葉遣いで騎士を罵倒するわ！　どれを取ってもおかしいだろうが！　そんなことする貴族がいてたまるか！」

「ここにいるけど」

「そういう意味じゃない」

リチャードががっくりと肩を落としてため息をつく。

そういう意味じゃないのは私だって理解してわざと言っているのだが。

「だいたい何ださっきのあれ。とても人望の公爵様のすることとは思えないね」

「私の人望、女性限定なんだ」

「ますます人望の公爵様の台詞じゃねぇ」

「リ、リチャード様。よいのです、私たちが『遠慮せず扱いてください』と頼んだのですから」

ぶちぶち文句を言っているリチャードと私の間に、稽古をつけてやっていた騎士が割って入って来た。

騎士の言う通りだ。私は頼まれたから扱いてやっただけで、何も無差別に辻鬼軍曹をして回っているわけではない。

相手の「してほしいこと」に応じるのが人望の公爵なのだから、私はまさにそれに相応しい行いをしたとさえ言えるだろう。

まぁお父様やお兄様には絶対に言わないが。何故なら怒られるので。

「いやしかし、本当にお強い」

「王太子殿下の護衛ということは、所属は近衛部隊ですか？」

続々と近寄って来た騎士たちにそう尋ねられ、私は一瞬答えに詰まる。

一応「殿下の護衛」としてここに来てはいるが、正式には騎士団の所属というわけではないからだ。

迷った末に、まぁ良いだろうと本当のことを告げる。

「いや、私はただのバイト」

「え？」

「家を継がなくてはならないから。騎士団にいるのは今だけだよ」

公爵家の跡取りならば、これが正解のはず。

何故かは皆目見当がつかないがリチャードに疑われているらしいので、それらしい反応をしておいた。

……だけなのだが、何だか場の空気がおかしい。急にしんみりとしている気がする。

どうも「聞いてはいけないことを聞いてしまった」と思われているようだ。

すっかり士気が下がってしまって、ここから急に鬼軍曹モードに戻ったら私の精神異常が疑われそうな雰囲気だったので、一旦休憩を取ることにした。

座って水のボトルに口をつけていると、隣にリチャードが腰を下ろす。

しばらく何を言うでもなく座っていたが、やがて彼はぽつりと呟いた。

「面倒なもんだよな。家のしがらみってのは」

急に気遣うような声音になった彼の横顔に視線を向ける。

何やら遠くを見つめていた。

その様子に、危険を察知した。

これはあれだ。「オレも実はいろいろ大変でさ……」的な自分語りが始まるやつだ。「隙あらば自分語り奴」の目をしている。間違いない。

「いや？　そうでもないよ」

興味のない長話に付き合う趣味はないし、他国の貴族のお家事情に首を突っ込む気もない。

ギアを上げて方向転換を図るために、私は笑顔で彼の言葉を否定した。

こちらを振り向いた彼が目を見開く。

「私はバートン公爵家に生まれてよかったと思っているよ。心から、ね」

これは本心である。

生まれたのがバートン家であることに対する不満はない。

不満があるとすればイケメンを優遇するこの世界観に対してであって、我が家へのものではないのだ。

「父も母も、兄弟も。皆自由にさせてくれるからさ」

「……もし万が、一本物だとしたら、自由にさせすぎだろ」

「はは」

リチャードの言葉を、笑って躱《かわ》す。

本物か偽物か。彼の言葉の定義でいうなら、私はどちらに当たるか微妙なところだ。

端から見たら完全にBのLではないか？


視察という名の観光を兼ねて、王城から馬車で二時間ほどの場所にある湖に向かうことになった。

王都の水路に通じている川はこの湖につながっており、さらにその上に聳《そび》える山々に水源があるらしい。

西の国の豊富な水資源の象徴ともいうべき場所で、繁忙期には遊覧船なども出ていて観光地としてとても人気なのだそうだ。

厳正なるトップダウンの命令により、私は殿下とディー、そしてマリー王女と同じ馬車での移動となった。

殿下は当然のごとくディーの隣に座り、その隣に当然のようにマリー王女が座る。

一応護衛のはずなのだが、王族三人を差し置いて私が向かい側を広々と占有することになった。

いいのかそれで。いや私はいいのだが。

こうして見ると、コミカライズのメインキャラが揃っているだけあって絵面がたいそう美しい。

見事な両手に花だ。

殿下も顔だけで言えば花の側だろうから、私の向かいに花壁があるようなものだろう。背景に百合の花を幻視しそうだ。

「大型の遊覧船を手配しなくてよろしかったのですか？　確かに今は観光シーズンではありませんけれど、そのくらいご用意しましたのに」

「たまには手漕ぎボートというのも、風情があっていいと思うよ」

「いいわね！　ねぇ、競争しましょうよ、エディ！」

「それはまた、今度かな」

やんわりマリー王女をあしらいながら、ディーと談笑する殿下。

その瞳はふわりとやさしげに細められていて、傍で見ているこちらが照れくさくなるほどの愛おしげな眼差しを作り出している。

この表情を主人公に向けているのはゲームのスチルで何度も見てきたが――同じ次元で、こうして惜しげもない攻略対象の本気というものを目の当たりにするのは初めてだ。

よく分かった。あれはゲームだから良いのだ。

現実にあんな顔であんな光線をまき散らす人間がいてたまるか。

耐えきれなくなって窓の外に視線を逃がす。

だが、会話を聞いているだけで口から砂糖が出そうだった。

頼んだのは私だが、帰るまでに糖尿病になりそうだ。今ならブラックコーヒーと和解できるかもしれない。

先日いろいろ聞き出したところ、ディーの好みは「一緒に甘い物を美味しいねと笑って食べてくれる、優しくて穏やかで、聡明な男性」だということが分かった。

……いや、分かっている。誰に言われずとも、私が一番よく分かっている。

だが「それはどう考えても我がお兄様がその好みど真ん中じゃないか」ということは、言ってはならない。

クリストファーと二人して――もしかすると殿下もかもしれないが――お兄様へのお土産用のお菓子をやたらと買い込んでしまっているし、食べ物を美味しそうに、見ているこちらが幸せになるような笑顔でたくさん食べることにかけては右に出るもののないお兄様だが、それはそれ、これはこれである。

殿下とディーに視線を戻す。

やはり何とかして、殿下に頑張ってもらわねばなるまい。砂糖は私が我慢すればよいだけの話だ。

それに対抗馬の存在を知れば、リチャードも少しは素直になるかもしれない。

「あれ……何でオレ、こんなにモヤモヤするんだろう……」みたいな定番のやつからの本当の気持ちへの気づき、などという展開も狙えて一石二鳥だ。

構ってもらおうと躍起になって殿下の腕にしがみついているマリー王女に視線を移した。

キャラ作りが徹底している彼女のことを出来れば応援してやりたい気持ちはあるが……ここは殿下の邪魔をしないよう、こちらに引きつけておかなくては。

馬車を降りるとそこには、広々とした湖が視界一杯に広がっていた。

湖畔には高さの低い木々や草原があり、見通しが良い。湖が一望できるが、端が見えないどころか地平線の丸みまで分かりそうなほどで、数人しか乗れないだろう小型のゴンドラで荷物を運んでいる人の姿がなければ海だと錯覚しそうだ。

少し離れたところにはロッジと言っていいのか怪しいくらいの豪勢な建物が立ち並んでいて、別荘地としても人気らしいのが窺える。

公爵家の領地にも自然豊かな池はあったが、比べ物にならないスケールだ。これで湖というのだから恐れ入る。

脳内にちらりと「琵琶湖」の文字が過ぎった。いや、西洋風だし「ネス湖」だろうか。

これだけ広ければネッシーはともかく、ダイオウイカくらいなら棲んでいてもおかしくはない。淡水だが。

そういえば、池と湖というのは何が違うのだろうか。何となく湖の方が規模が大きそうな気がするが……明確に半径何キロ以上とか、決まっているのだろうか。

じっと湖を眺めている私に、リリアが小さく袖を引く。

「さすがに泳いでは渡れませんよ」

「そういうつもりで見てるんじゃないよ」

私を何だと思っているのか。

もう少し気候の良い時期なら遠泳を検討したかもしれないが、まだ六月になったばかりだ。

西の国の気候によるものなのか、はたまた標高の関係もあるのか知らないが、普通に立っているだけでも風が吹くとひんやりと肌寒さを感じる程度の気温である。

間違いなく唇が紫になってしまう。

「やっぱりボートで渡るのがいいと思うんですけど……エリ様、一緒に」

「ごめん、このボート一人乗りなんだ」

「意地悪なお金持ちキャラみたいなこと言わないでくださいよう!!」

「悪役令嬢にそんなこと言われてもなぁ」

悪役令嬢とくれば意地悪なお金持ちキャラの権化のようなものである。

まぁ、リリアが思い浮かべていたのは某国民的ネコ型ロボットアニメのお金持ちキャラの台詞だろうが。「このゲーム、三人用なんだ」というやつだ。

というか、四人用なら分かるが、三人用のゲームというのは具体的に何なのだろう。ダイヤモンドゲームとかか？

いや、仮に四人用でも五人用でも意地悪を言いたいだけなのだから、事実である必要はないのかもしれないが。

私とリリアが押し問答しているうちに、殿下はスマートにダイアナ王女をエスコートして、ボートに乗るのを手伝っていた。

おお、さすがは攻略対象、手が早い。

恐ろしい早さだ。私でなければ見逃していたかもしれない。

こうして傍から見ていると、大変お似合いのカップルに見える。ディーも少し恥ずかしそうにしているが、満更でもなさそうだ。

行け、もうひと押しだ、と念を送っていたところ、視界の隅を猛スピードで走っていく金色の影が掠める。

咄嗟に手を伸ばして、その首根っこを掴んだ。

「ちょっと、何するのよ！」

「走っては危険ですよ」

「だって、あたしもエディと乗りたい！」

「残念。あのボートは定員が二名なので」

また某骨川さんちのお坊ちゃまのようなことを言っておいた。

殿下たちに駆け寄ろうとしたところを引き留められ、すっかり不機嫌になったマリー王女が私を睨む。

軽く肩を竦めて視線を躱し、彼女を解放した。

「ですので、マリー殿下は私と……」

「嫌よ、あんたと一緒に乗るなんて」

「誰が一緒に乗ると言いました？」

「え？」

近くに引き上げてあった空のボートを二つ、湖のほとりに並べる。

殿下たちが乗った手漕ぎボートとは違う、荷物運びが使っているような、立って漕ぐタイプのいわゆる「ゴンドラ」だ。

そして次に、湖のかなり奥の方、水平線に近いところにある岩を指さした。

「どちらが早くあの岩まで行って戻ってこられるか……いかがでしょう？」

「勝負ってことね！　いいわ、受けて立ちましょう！」

途端に目をきらきらとさせて、ゴンドラに近寄っていくマリー王女。

この王女様、かなり脳筋で御しやすい。ひょっとしてロベルトとお似合いなのではないだろうか。

これは、ノルマンディアスもきちんとディーに継いでもらわなければならないようだ。平和な暮らしのため、周辺諸国のトップは可能な限り賢い方が良いだろう。

嫌々審判を引き受けたリリアの合図で、マリー王女と二人、湖に漕ぎだした。

立っていると、結構バランスを取るのが難しい。思えば手漕ぎボート以外の船を漕ぐのは初めてかもしれないと思い至った。

前世でもたぶん乗ったことはない、と思う。せいぜい足漕ぎのあひるさんボートがいいところだろう。

遠くでゴンドラで荷物運びをしている人の姿を見ながら、見よう見まねでオールを左右に差し入れる。効率よく動かすには腕力というより、水の流れを読むほうが重要そうだ。

マリー王女はさすがに生まれも育ちも西の国だけあって、少々ぎこちなくはあるが私よりもスムーズに舟を進めていく。

まぁ競争とは言ったものの、殿下とディーを二人きりにして邪魔させないのが今回の主たる目的だ。

私がマリー王女に負けたとて、何も困ることはないのである。

ゴンドラを漕ぎながら、爽やかな風を満喫する。

ヴェネツィアのゴンドリエーレは歌うらしいが、これは歌いだしたくなる気分も分かる。

景色も天気も良い、軽く運動をしても汗をかかない程度の気温。すべてが心地よかった。

気分よく漕いでいると、湖に浮かぶ殿下たちのボートを発見した。

会話は聞こえないが、仲良く談笑している。

殿下は後頭部しか見えなかったが、ディーは金色の瞳を細めて微笑んでいて、本当に楽しそうに見えた。頬にはわずかに赤みが差しているようだ。

目の前であんな顔をされたら、免疫のない男は高血圧でぶっ倒れるかもしれない。

まあ顔で言うなら殿下も負けていないので、至近距離であのご尊顔を拝み続けてぶっ倒れていないところを見ると、お互い美形には耐性があるのだろうが……殿下は殿下で、頑張っているらしい。

共犯者である私が一人のんびりゴンドラ紀行を楽しんでいたのがバレたら、あとで怒られそうだ。

それに何より……負けるよりかは、勝った方が気分が良いのは、間違いない。

視線を前方に戻す。小さくなったマリー王女の背中を見て、距離を測った。

水の流れを読んで押すようにオールを使うと、少ない力で大きな推進力を得られる。だがそれはあくまで効率を重視した場合だ。効率度外視で、腕力に任せて漕いで進めないということではない。

一度オールを水から上げた。ゴンドラの上を、バランスを取りながら歩く。

荷物運びや観光用のゴンドラの漕ぎ手がゴンドラの後方に立っていたのでそれを真似していたが——その必要はないことに気づいたのだ。

小型とはいえ、後方に立つと船首までは五メートルほどの距離がある。

自分の身体でもない舟を操るのだ。水の流れや風によって船首がブレると、バランスを取る方に時間と力を取られてしまって効率どころの話ではない。

車だって自転車だって、ハンドルは前方についているものだ。

であれば、船首に近いところでハンドリングしたほうがよいに決まっている。

腕力にまかせて、思い切りオールを繰った。一漕ぎしただけで、先ほどまでと比べ物にならない距離を進む。

しかも進行方向からのブレがない。

本職が見たら泣いて怒るかもしれない雑な操舵だが、幸い知り合いにゴンドリエーレはいないので問題なかろう。

ぐんぐんとマリー王女の背中が近づいてくる。

それに気づいたマリー王女が、こちらを振り向いた。ただでさえ大きな瞳をさらに丸くしている。

ふっと挑発的に笑ってやると、カチンと来たらしい彼女は躍起になって、オールを持つ手に力を込めた。

ほぼ横並びの状態で、目印にしていた岩に差し掛かる。

スピードが出ていたこともあり、私は岩を大回りしてカーブすることを選択したが……マリー王女はそうしなかった。

最短距離で、岩ぎりぎりのところで転回しようとしたのだ。

しかし追いつかれて焦っていたのか、あまりにギリギリを攻めたために――舟の腹がわずかに、岩に乗り上げた。

あ、と思った時には遅かった。

「きゃあ！」

悲鳴と共に、マリー王女の乗ったゴンドラがひっくり返る。

横幅が極端に細い船の形も災いして、バランスが崩れてしまうと簡単に転覆するのだ。

マリー王女が湖に放り出される。

「マリー！」

私は迷いなくゴンドラを蹴って、湖に飛び込んだ。

海や川のように波があるわけでも、流れがあるわけでもない。あっという間にマリー王女のもとまで泳ぎ着く。

マリー王女の身体は水の中に沈んでいくところだった。

着ているのが普段のドレスよりは幾分動きやすそうなワンピースとはいえ、フリルやギャザーたっぷりの布が多そうなデザインだ。

浮いていられないのも無理はない。

息を吸ってから、私も潜水し、沈みゆくマリー王女の身体を抱き留める。

ふと思い出した。そうか。湖の定義は大きさではない。

確か池より、深いのだったか。

砂袋のように重たいマリー王女を抱えて、水面を目指す。

水面から顔を出して、息を吸い込んだ。腕の筋肉に酸素を送り、マリー王女の肩を抱き起こす。

「あ、ふ、ごほ、ごほ！」

やっと呼吸が出来たらしい彼女が、思い切り咳き込んだ。

その背を摩ってやりながら、彼女の腕を私の首に回すように促す。

「マリー殿下。もう大丈夫です」

「あ……」

マリー王女がぱちぱちと瞬きをする。水の中に沈んでいたから当然だが、髪がぐっしょりと濡れて顔に張り付いてしまっていた。

視界の邪魔だろうと、その髪を払ってやる。

「ゆっくり息をしてください。私に掴まって」

「けほ、……あ、あんた……」

「リジー！」

殿下とディーの乗ったボートが近づいてくる。

私はマリー王女を首に抱き着かせ、立ち泳ぎしながら手を挙げた。

ディーは妹の危機に真っ青になっているし、殿下も珍しく焦ったような顔をしていた。

「大丈夫です。そちらのボートに掴まっても？　陸まで運んでもらえると助かります」

「こちらに上がってこい」

ボートの縁に掴まった私に、殿下がそう命じる。

一人ならもちろんそうするが、水を吸って重たいマリー王女を抱いて飛び乗ったら、着地の衝撃を殺しきれるか微妙なところだ。

それよりも、このまま陸に向かった方が安牌《アンパイ》だろう。

「バランスを崩してそちらも転覆しては……さすがに三人抱えて泳ぐのは避けたいですね」

「分かった。しっかり掴まっていて」

緊張した面持ちで、殿下が頷く。

私がオールの当たらない位置に掴まり直したのを確認して、陸に向かって漕ぎだした。

マリー王女が私の首にしっかりとかじりついているので、私は舟に掴まるのに集中できた。

このままバタ足でもしてボートを押そうかと思ったが、下手なことをして転覆させると面倒なのでやめておく。

ディーがマリー王女に、一生懸命「大丈夫よ、もうすぐよ」と声をかけている。

冷たい水に浸かっているマリー王女に負けないくらい顔面蒼白なのに、妹を安心させようと前向きな言葉を選んでいた。

仲の良い姉妹なのだな、と思った。

陸に上がり、抱いていたマリー王女をそっと下ろす。

何か言いたげにこちらを見上げるマリー王女を横目に立ち上がり、とりあえず濡れて重たくなったジャケットを脱ぎ捨てた。

頭まで水に浸かっていたのだから仕方がないのだが、完全に下着までびしょ濡れだ。

着替えの予備とか持ってきていないが、どこかで借りられたりするだろうか。

さすがにこれで馬車に乗って帰るのは嫌すぎる。御者も嫌だろう。

気配を感じて振り向くと、ボートから降りた殿下がこちらに駆け寄ってくるところだった。彼は私に追いつくや否や、私の肩に自分の上着を掛ける。

ダイアナ王女はまだボートの上だし、マリー王女も芝の上に座り込んだままだ。

ボートから降りる女性に手を貸さないとは、紳士失格である。先ほどまで積み上げてきたイケメンポイントをすべて無に帰す愚行だ。

「殿下。順番が違います」

「黙れ」

指摘したら怒られた。

そして彼はびしょ濡れの私に抱きついてきた。

濡れているのは私なのだが、何故か殿下の方が震えている。

「服が濡れますよ」

「いいから、少し黙っていて」

また怒られた。仕方がないので口を噤む。

ふむ。何なのだろう、これは。

端から見たら完全にBのLではないか？　大丈夫か？

私と殿下の好感度がうなぎ下がりになっている気しかしない。

殿下の頭越しにディーたちの様子を窺う。

護衛として同行していたリチャードが、タオルでぐるぐる巻きにしたマリー王女を抱き上げて、こちらに歩いてくるところだった。

リチャードもひどく真面目な顔をしている。

私たちには目もくれず、横を素通りして湖から離れていった。どこか休んだり着替えたりする場所を確保したのかもしれない。

その二人の後ろを、マリー王女に気づかわし気な視線を向けながら、ディーがついていく。

私たちの横を通る時、ちらりとディーがこちらに視線を向けた。

うん？

その瞳に、違和感を覚える。

今まで彼女の視線からは感じてこなかった、熱を感じたからだ。

リリアや、ご令嬢たちが私に向ける視線にあるそれと、同じ熱だ。

殿下に視線を戻す。結果論にはなるが、どうやら彼の取った行動は正しかったらしい。

友人――ということになっている――の危機に取り乱す姿が、何やらディーの心には響いたようである。

もしくは、妹を身を挺して守った私への視線か？

そのあたりは精査しないといけないが……それにしたって好感度が下がっていそうな対応だと思

うのだが。乙女心というのは、やはりよく分からない。

まぁ、男同士の友情というのは女の子も好きだしな。そういうものだと思っておこう。

殿下とお兄様が友達だというのは事実である。

ふと、気づいてしまった。

この人が今のような肉体的接触を日々お兄様にも行っているのだとしたら……世の大半の女性が裸足で逃げ出すほどの美麗なご尊顔でこんなことを繰り返しているのだとしたら。

ちょっと、話し合いが必要かもしれない。人の兄の性癖を捻じ曲げないでほしい。

一度問い詰めようとした私より早く、殿下が口を開いた。

「私は、きみの兄さんから、きみを預かってきているんだ」

彼は一つ一つ、言葉を選ぶように、説得するように言い聞かせる。

「何かあっては困る。心配させないで」

「はぁ」

殿下は少し身体を離して、私の両肩を強く握って言う。紫色の瞳で、眉と目の間の距離を近づけた真面目な表情で、まっすぐに私を見つめていた。

どうやら本当に心配していたらしい。

訓練場では着衣水泳も一通り経験しているので、それほど騒ぐことでもないと思うのだが……殿下のいた東の訓練場では着衣水泳、なかったのかもしれない。

「すみません。この程度のことでそれほど心配をかけるとは思わなかったもので」

「…………きみの兄さんの苦労がしのばれるよ」

「姉上！」

クリストファーが駆け寄ってきて、私にタオルを被せる。振り返ろうとするが、タオルに包まれて目の前が真っ白になった。

被ったついでに髪を拭きながら視界を確保すると、うるうるした瞳で私を見上げるクリストファーの姿が目に飛び込んできた。

いきなり可愛らしいもので視界が占領されて、目がちかちかする。

「よかった、無事で……！」

「いや、そりゃ無事だけど」

クリストファーがほのかに涙をにじませた声で呟きながら、私の手をぎゅっと包み込むように握った。

子ども体温というのだろうか、手のひらが非常に温かくて、心地よい。

「こんなに冷えて……」

どうも私の返事は聞いてもらえていないらしい。クリストファーの顔も真っ青になっていた。

今にも泣き出すんじゃないかとハラハラしたが、クリストファーはきゅっと唇を引き結んで顔を上げると、私の手を引いて歩き出した。

「リチャードさんが借りてくれたロッジで、暖炉に火を入れました。こっちです」

「ああ、ありがとう」

クリストファーに手を引かれるまま、ついていく。

何とか泣くのを堪えたらしい弟の背中に、何故だか妙にしんみりしてしまう。大きくなったな、クリストファー。

クリストファーにも殿下にも、ずいぶん心配をかけてしまったようだ。

非常に言い出しにくいのだが……みんな、忘れていないだろうか？

私は羆と引き分けた人間だぞ？

湖ごときで溺れるものか。


「エリざまぁぁ」

「…………」

「じんばいじまじだぁあ」

「勘弁してくれ……」

一瞬素に戻ってしまった。

暖炉のあるロッジで待ち構えていたリリアに捕まったのだが、まさかここまでとは思わなかった。

私にひっついてぼたぼた泣いている。

普段だって泣かれると困るのだが、もはやその範疇を超えていた。誰だって対応に困るだろう、こんなもの。

しまいには私の被っているタオルで鼻をかみだした。それはいくらなんでも、やめろ。

助けを求めてクリストファーを見るも、つんとそっぽを向かれてしまった。

姉上を見捨てないでほしい。

「わたし以外のために無茶するエリ様、地雷ですぅ」

「そんなピンポイントな地雷があるか」

「髪おろしててもかっこいいのずるいですぅ」

「それ今言わないとダメ?」

ぎゃんぎゃん泣きわめくリリアを引きずって、暖炉の傍に用意された長椅子に腰を下ろす。

だいぶ身体が冷えていたようで、暖炉の火が心地よい。

長椅子には先に、マリー王女が腰かけていた。唇を紫にして震えながらも、珍獣を見るような目でリリアを見つめている。

マリー王女の顔を見て気づいた。そうか。私も唇が紫になっているのかもしれない。それでやたらと心配されているのだろう。本人はいたって元気なのだが。

私の視線に気づいたのか、マリー王女と目が合った。

マリー王女はしばらくこちらをじっと見ていたが、やがてひどく小さな声で、私を呼ぶ。

「……あの。エリック」

「はい?」

「あ、ありがとう。その、助けてくれて」

消え入りそうなほどのか細い呟きと、ふいと逸らされた視線、真っ赤に染まった頬。

ツンデレキャラとしてあまりに正解のその反応に、心の中で拍手を贈った。素晴らしい。百点満点だ。

滲み出そうになるにやにやとした笑みを軽薄な微笑に代えて、私は鷹揚に頷いてみせる。

「ああ、どうかお気になさらず。貴女が無事なら、それで良いのです」

首尾よくピンチを救ってやったのだ。「いけすかないやつ」から「ちょっと気になるアイツ」くらいには昇格しただろう。

それに他国の王族を見殺しにした、などと難癖をつけられでもしたらお兄様の経歴に傷がついてしまう。人望の公爵様の対応としても、これが正解のはずだ。

すすす、と隣のマリー王女が近づいてきた。そして、私の肩にこてんと頭を乗せる。

「あ、あたし、疲れちゃった！　ちょっと寝るから、肩貸して」

「？　はぁ、構いませんが」

どうせしばらく暖炉に当たっているのだからと了承する。

何やら不穏な空気を感じて反対側に座るリリアに目を向けると、口パクで「う・わ・き・も・の」と詰られた。

いやさすがにそんなにチョロくないだろう、とマリー王女を盗み見れば、耳まで真っ赤になっているし、目がギンギンに開いている。全く寝ていなかった。

小さな身体からあふれ出んばかりのばくばくとした心臓の音が、触れている肩を通じて私にも伝わってくる。

ふむ、と思案する。

浮気だ何だという誹りは別として……どうやらマリー王女は、私に落ちてくれたらしい。

確かにこうなることを目指してはいた。

迷いなく湖に飛び込んで見せたのも、切羽詰まって必死に助けに行った風を装ってみたのも、「無事ならそれでいい」などと、軽薄な微笑の裏の本音じみたものを匂わせたのも。

全て計算によるものだ。ツンデレ系のマリー王女ならこういうのが効くだろう、と思ってしたことだ。

だがそれにしたってさすがに、効きすぎではないだろうか。

もしや、コンディションを整え過ぎただろうか。シャツの下で濡れ透けた腹直筋の効果だろうか。

であれば、悪い気はしないのだが。

とにもかくにも、予想外のスピードで殿下との約束を達成してしまったことは間違いないようだ。

分かったフリは得意なんだけど

西の国の騎士団に交ざって訓練をしていたところ、やってきたリチャードが私の姿を見つけて顔を顰めた。

着ているシャツの裾で汗を拭っていたのが気に入らないらしい。

「おい。タオルで拭けよ、タオルで」

「これやると女の子ウケがいいんだ」

リチャードにだけ分かるように目配せをして、振り返る。

離宮の窓から、侍女たちがこちらを見下ろしているところだった。にっこり笑って手を振ると、慌てた様子で顔が引っ込んでいく。

シャツの裾で汗を拭くと、自然と鍛え上げられた腹筋が露わになる。これが嫌いな女の子はいないだろう。

「アンタ、いつもそんなこと考えてるわけ？」

「え？　うん」

「……疲れないのか？」

「別に。もう慣れたよ」

リチャードはふんと鼻を鳴らして、「結構なこって」とぼやいている。

モテているのが羨ましいなら自分もやればいいだけだと思うのだが。

王族の護衛につくくらいだからそれなりに身分も高いのだろうし、目を引くような美形でこそないが、私のすっぴんと比べればそのままでもそこそこ整っている部類だ。いくらでもやりようはあるだろう。

文句を言ったので仕事に戻っていくのかと思いきや、リチャードはその場にとどまっていた。

何か用かと様子を見ていると、彼は気まずそうに頭を掻いた後、やっと口を開く。

「……この前は、ありがとな」

「うん?」

「ウチの姫さん。助けてくれて」

「ああ」

池ポチャしたマリー王女を助けたことを指しているのだと気づき、手を打った。

純度百パーセントの打算で構築された行動である。誰かに感謝をされるようなことだというのがすっかり抜け落ちていた。

もちろんもらえるものは感謝の言葉でも金品でも喜んでもらうつもりだが。

そんなことはおくびにも出さず、「王女を救った人望の公爵」としての模範解答で応じる。

「騎士として当然のことをしたまでだよ」

「その『当然のこと』のせいで、ウチの姫さんはすっかりアンタにお熱なんだが」

「はは、光栄だな」

「おかげでこっちは姫さん止めるのに苦労してるんだぞ」

止めていてあれなのか、と思った。

つい昨日も、殿下に視察に連れ出されそうになったところに、「あたしを護衛させてあげるわ！」と半ば無理やりついてきたところだ。

「光栄に思いなさい！」とか言っている姿がツンデレ高飛車系美少女としてあまりに堂に入っていたので思わず拍手をしそうになってしまったほどだ。

ちなみに可愛らしさに免じて連れて行った。

「惚れっぽい姫さんはともかく、王女様には妙な真似すんなよ。泥沼はごめんだぜ」

「私はただ紳士的に振る舞っているだけさ」

リチャードの鋭い視線を、肩を竦めて躱す。

やれやれ、感謝はもらってもいいがお小言はいただけない。

王族の姉妹が同じ男を取り合うなど、完全に昼ドラの世界だ。私とてそんなドロドロ展開に巻き込まれるのはごめんである。

血液も髪もそのあたりの関係性も、サラサラに越したことはない。

ところで、リチャードの中ではマリー王女が「姫さん」でダイアナ王女は「王女様」らしい。

確かにマリー王女は「王女様」というより「お姫様」とか「お嬢様」と呼びたくなるビジュアルをしている。

厳格な区分から見て正しいのかは知らんけど。

「そういうやり方ばっかりしてると、そのうち刺されるぞ」

リチャードが大きくため息をついた。

リリアにも刺されるとか言われたが、仮にそんじょそこらのご令嬢が切りかかってきたとして、私がやすやすと刺されると思っているのだろうか。

だとしたら、甘く見ないでもらいたいところだ。

軟派系らしくへらへらと笑いながら、彼の言葉に応じる。

「私にはこのやり方しかできないからなぁ」

できないというより、七歳からすっかり体に染みついてしまった習慣を今さら変えるのは骨が折れる、という意味合いが強いが、まぁ細かいことはいいだろう。

適当に受け答えをした私の横顔を、リチャードが妙な顔をして見つめている。

不思議に思って首を傾げると、彼は何か言いたげにもごもごと口ごもった。

「なぁ、アンタは……」

「エリックー！」

「げ、噂をすれば……」

軽い足音と共に、マリー王女がこちらに駆け寄ってきた。リチャードがまた顔を顰める。

一瞬で私たちの前までやってくると、マリー王女が私の腕を引いた。足が速い。手も早い。

「エリック！　あたし街に出たいの！」

「そうですか」

「お供をさせてあげるわ！　感謝なさい！」

「あいにくですが、私はこの後予定がありまして」

まったくもって予定はない――いや、騎士団の訓練の途中なのであるといえばある――のだが、にっこり笑って嘘八百を並べておいた。

「そんなの後にすればいいでしょ！」

「マリー様」

リチャードがマリー王女を呼んだ。思わず私の背筋が伸びる。

聞いているこちらの背筋が伸びるような……これから叱りますよというのが滲み出ているような声だ。世の中の「お母さん」にデフォルトでセットされているあの声である。

「今日はヴァイオリンの先生がお見えになる日では？」

「うっ」

「……また抜け出してきましたね？」

「だ、だって……」

「だってもへちまもない」

リチャードがマリー王女の首根っこをむんずと掴むと、本殿の方へと引きずって行った。

仮にも王族――というか、マリー王女も彼の主であるはずだが――に対してあの仕打ち、あれでいいのだろうか。

◇　◇　◇

「姉上！」

訓練を終えて片付けを手伝っていると、クリストファーが私のところに駆け寄ってきた。

今日は本当に、闖入者《ちんにゅうしゃ》が多い日だ。

慌てた様子で走って来た彼は私の腕を掴むと、キッと目を吊り上げる。

ただでさえ可愛らしい彼がそんなことをしても怖くないどころか、愛らしさが増すだけだが。

「ぼ、ぼくの部屋、勝手に入りました⁉」

「はて。何のことだか」

詰め寄る弟を、私は首を捻って躱す。

自分の荷物を持って、西の国の騎士たちに軽く手を振って挨拶をしてから足早に撤収する。クリストファーはそんな私の後ろを走ってついてきた。

「兄上からの手紙が無くなってました！　そんなものを盗むなんて姉上しか考えられません！」

「ひどいな。証拠もないのに私を疑うなんて」

しれっと言っておいたがもちろん犯人は私である。

隙を見て彼の寝室に忍び込み、手紙を回収しておいたのだ。驚くことにまだ二通も隠し持っていた。

あんなものが二通もあったら、最後には私は舌を噛んで死ぬかもしれない。いや死にはしないが、気分的に。

幸い未開封だったので、このまま持ち帰ってしかるべき方法で処分する。私が、責任を持って。

主にお兄様に突き返すなどの方法で。

ちなみにそれ以外の荷物には悪さはしていない。出した荷物だってきちんと元に戻したし、漁った感じ特に見られて困るようなものは入っていなかったと思う。

変わったものといえばせいぜい、私とお兄様と三人でいるところを描いてもらった絵が入っていたくらいだ。

私が言えたことではないが、彼もなかなかにブラコンを拗らせている。

少々弟の行く末が心配になる。健全な男の子に育ってほしいと思っているのだが、いずれそういうことに興味を持つのだろうか。

姉の姿を見て女性に絶望していたりしないといいのだが。

私は相当なレアケースだという自覚があるので、もっと世間一般の女性を見て判断してほしい。

「結婚前の女性が、男の寝室に入るなんて！　そんなの絶対ダメです！」

「男って……弟だろう？」

声を荒げるクリストファーに、私は軽く肩を竦めて見せた。

怒り慣れていないからか、クリストファーの怒りのポイントがズレている気がする。そんなことよりも泥棒の方を怒るべきだ。

「あ、姉上の、分からずや!!」

クリストファーが叫んだ。

一際大きな声を出すものだから、思わず目を見開いて彼を見つめてしまった。

彼は今にも泣き出しそうな、涙をぎりぎり下睫毛に引っ掛けた状態の瞳で、私を睨みつけている。

「いつもそうやってぼくのこと、子ども扱いして！　姉上のデリカシーなし！」

甲斐性なし、みたいに詰られた。非常に不名誉だ。

やれやれとため息をつく。

たしかに手紙を取り上げたのは私が悪いが、元はと言えばそんなものを使って私に言うことを聞かせようとしたお兄様とクリストファーが悪い。

腰に手を当てて、彼を見下ろす。

「クリストファー、いいか。この際だから言っておくけれど、君の姉さんはたしかに他のご令嬢とは少々違うところがある。デリカシーもないかもしれない。だがそれも私の個性だ。いくら家族に言われたって、私には変えるつもりがない」

「……っ……」

「あまりお小言ばかり言っていると、侍女長のように眉間のシワが戻らなくなるぞ」

「き、兄弟だって、言うなら」

眉間を指でつついてやろうとした私の手を、クリストファーが振り払う。

これまで弟に拒絶されたことのなかった私は、一瞬反応が遅れた。

彼は唇を震わせながら、喉の奥から絞り出すように、悲鳴のように叫びを上げる。

「兄弟だって言うなら、ぼくの気持ちくらい分かってよ!!」

涙交じりの声を残して踵を返すと、クリストファーは走り去っていってしまう。

ちらりと垣間見えた横顔には、堪えきれなかった涙が伝っていた。

泣かれると困ってしまう私は、咄嗟に追いかけることができずにその背中を見送る。

分かってよ、と言われても……私には彼がどうしてほしいのか、分からなかった。

分かったのはただ、どうやら何かを間違えたらしいということだけだった。

◇◇◇

「クリストファーを怒らせてしまったみたいなんだ」

「エリ様が悪い」

「早い」

まだ何も言っていない。

リリアが教会でのお勤めを終えたところをお茶に誘ってみると、嬉々としてついてきた。

結局あの後、クリストファーは夕食の席に現れなかった。今朝の朝食には出てきたが、話しかけても無視された。

私とは口をきかないくせに、他の面々とは普通に会話をするばかりか、城内で西の国の外交官と会うらしい王太子殿下にくっついていくとか言い出す始末だ。明らかに私に対する当て付けである。

私に悪いところがないとは言わないが、何故ああも怒るのかが分からない。

ご令嬢相手なら誤魔化す方法はいくらでも思いつくが、クリストファーは弟だ。しかも可愛い扱いをすると拗ねる思春期の弟だ。接し方の正解が分からなかった。

「……正直なところ、少々困っている」

リリアに聞かせる半分、独り言半分の言葉が漏れる。

このままクリストファーの機嫌が直らないと、滞在中ずっとやりづらい思いをする羽目になる。それどころか家に帰った後も尾を引く可能性すらあった。

そうすると、家族に怒られるのは間違いなく私である。

部屋に侵入して手紙を盗んだという明らかな負い目がある以上、いくらお兄様たちだって悪いのだと主張したとしても、こちらの分が悪いことは明白だ。

そこまで引きずるのは、何とか避けたいところなのだが。

「結局、私は何も分かっていないんだ。分かったフリは得意なんだけど……お兄様のようにはできない」

お兄様のことを思う。

お兄様ならこんな時どうするか。それを考えてみるが……うまく思い浮かばない。

何故ならお兄様は、そもそもからしてこんなふうにクリストファーを怒らせないからだ。

「私は私なりに、本当の兄弟のように接しているつもりなんだけど……なかなか難しいな。女の子を口説く方がよほど簡単だ」

「エリ様……」

リリアが神妙な顔で私を見つめていた。

コミュ障だが、私よりも他人の感情の機微には敏感なリリアである。何か役立つ助言があるかもしれないと、言葉の続きを待った。

「そうやってわたしにだけ弱った姿を見せるなんて！　これ以上わたしを夢中にさせてどうするつもりですか⁉　しゅき‼」

「君に相談した私が馬鹿だった」

「ひどい‼」

「真面目に聞かない君が悪い」

角砂糖を指で弾いてリリアの額にぶつける。

リリアの額でワンバウンドした角砂糖が、彼女の紅茶へと落ちた。

「そ、そんなこと言うなら何でわたしに相談するんですか⁉　本当はわたしのこと頼ってるんじゃないんですか⁉　そこにラブがあるからなんじゃないんですか⁉」

「お兄様に相談できないから仕方なしで君に話しているんだ。植木よりはマシかと思って」

「最低なことを言わないでください」

リリアがスンッと顔から感情を消して椅子に座り直した。

紅茶をスプーンで混ぜて、一口啜る。

侍女長のマナー講座のおかげか、だいぶ上品な仕草が板についてきた。

「別に、お兄様みたいに出来なくてもいいじゃないですか。クリスくんが喧嘩したのはエリ様なんですし」

「そうかもしれないけど」

「だいたいエリ様、『お兄様みたいに善人じゃないから』とか『人望がないから』とか、よく言ってますけど。全然そんなことないと思うわけです」

「それは君が私を善人にしたいだけだろ」

私の言葉を、リリアが「ちっちっち」と芝居めかした仕草で指を振って否定する。

何故だろう、少々イラッときたな。

「結局のとこ、優秀なお兄様への劣等感から来てる気がするんです。そのへん、ロベルト殿下の王太子殿下へのコンプレックスと似てるのかもって。エリ様の場合は別のコンプレックスも混ざってますけど」

ブラコンで悪かったな、と思った。

いや私個人はまったく悪いとは思っていないのだが。

言われて、ロベルトの設定について考える。

ロベルトには優秀な兄である王太子殿下へのコンプレックスがあった。

ロベルトだけではない。アイザックにも父と兄たちへのコンプレックスがあったし、クリストファーも家族に関する暗い過去がある。王太子殿下もロベルトに対しては思うところがあっただろう。

こうして俯瞰してみると、家族に問題を抱えているというのは、攻略対象に標準装備されている設定と言っても過言ではないのかもしれない。

少なくとも、このロイラバの世界においては。

では、攻略対象たらんとしてリリアに選ばれた私にも――何かそういう設定的なものが、付加されていたりするのだろうか。

「エリ様に対するロベルト殿下の態度、お兄様に対するエリ様の態度にちょっと似てる時ありますもん」

「………マジで？」

「マジです」

「マジで言ってる？」

「マジです」

衝撃の事実だった。

リリアは特に何でもなさそうな顔で「師弟だから似るんですかねー」とか言っているが、私の受けたショックはそんなものでは済まされない。

何だそれは。嫌過ぎる。

大型犬よろしく隊長隊長ああ隊長と纏わりついてくるチョロベルトを脳裏に思い浮かべて、頭を抱える。私はあんなに鬱陶しくない、はずだ。それにあれほど盲信的でもない。

ロベルトは私が黒だと言えば白熊でも黒だと言うだろうが、私はたとえお兄様が黒だと言ってもパンダはパンダだと言うだろう。

「だから、ブラコンも結構ですけど、そろそろお兄様の呪縛から解き放たれてですね……」

「リリア」

何やらご高説を垂れようとしたリリアの言葉を、咄嗟に遮った。

今少々混乱しているが、しかしとりあえず、これだけは言っておかなくては。

「私のお兄様だから。君のじゃない」

「な、謎嫉妬………」

何が謎か。当然の指摘である。

◇◇◇

「クリストファー、ちょっといいかな?」

翌日。私は朝食を終えたクリストファーの後をつけ、部屋に入る直前に呼び止めた。

気配を消したので、声をかけるまで気づかなかったはずだ。

逃げられる前に、彼の手首を掴む。

何ということだ、簡単に人差し指と親指が回ってしまうほどの細さしかない。

少女漫画だったら確実に「ちゃんと食ってんのか?」と聞かれる側の細さだ。

謝るには夜よりも朝がいい、らしい。朝は理性の時間だから感情のコントロールがしやすいとか、何とか。真偽の程は不明だが、まぁ、何もやらないよりはマシだろう。

ほぼ無策の私には、そのぼんやりとした知識ぐらいしか頼る物がなかった。

「ごめん。この前のこと、謝りたいんだ」

「………」

クリストファーは唇を引き結んで、険しい表情で私のことを見上げている。

そんな彼の表情に、私は空いている手を首の後ろに回しながら、正直なところを告げることにした。

「謝りたいけど、私には君がどうして怒ってるのか分からない」

「え、」

リリアと話したことを思い出す。

クリストファーと喧嘩したのはお兄様ではなく、私だ。

それならば、私には――私にできることしか、できない。せいぜい私らしく彼と向き合うことしかできないのだ。

「分からないんだよ、私は。言ってくれないと分からない。お兄様みたいには出来ない」

「……姉上にも」

ぽつり、とクリストファーが小さく声を溢した。

聞き漏らさないように、屈み込んで彼の顔を覗き込む。

「分からないこと、あるんだ」

「あるよ、そりゃ」

思わずと言った様子で呟かれた言葉に、苦笑いする。

何でも知っているカッコいい姉上だと思ってくれているなら騎士冥利に尽きるが……実際のところ、私はそれほどいい姉ではないのだ。

「分からないことばかりなんだ。……だから、教えて?」

「え？」

「部屋に勝手に入ったのは悪かったと思ってる。手紙を勝手に持っていったのも。他に、何を謝ったら許してもらえるのかな？」

「あ、姉上？」

「ねぇ、どうしたら……許してくれる？」

クリストファーの手を取り、両手でぎゅっと包むように握る。至近距離で彼の瞳を見つめて、覗き込むように首を傾げて見せた。

ご令嬢に「何でも許しちゃいそう」と言わしめるお願いの表情、真剣バージョンだ。

結局私には、女性の機嫌を取るための引き出ししかないのであった。

クリストファーは照れているのか、顔を真っ赤にして唇をわなわなと震わせている。こうして見ると本当に女の子を相手にしている気分だ。

「あ、あねうえ、」

「なぁに？」

「ち、ちかい、です」

「そうかな？」

後ずさろうとする彼の手をがっちりと捕まえたまま、離さない。私と彼の腕力の差は歴然だ。逃げられるはずもない。

こうなればもう根比べだ。許すと言うまで離さなければ良いのである。そうすれば私は勝ち確だ。

お兄様のようにしなくていいと言われても、私にあるのは「口説く」と「力業」――あとは「脅す」と「逃げる」くらいか――のコマンドだけである。

「君が許してくれるなら、何でもするよ」

「あう、」

「ねぇ、お願い」

詰め寄る私に、とうとうクリストファーが折れた。

きゅっと目をつぶって、半ば自棄《やけ》になった様子で声を上げる。

「わ、わかっ、分かりましたから！」

「本当？」

「ほんとです!!」

「許してくれる？」

「ゆ、許しますから!!」

「よかった」

ぱっと手を離して彼を解放する。

私から少しでも距離を取ろうと後ろに体重をかけていた彼はよろめいて、後ろに何歩か下がっていった。

言質はとった。ヤケクソでも何でも「許す」と言ったのだから、後はもうこっちのものだ。人望の公爵家の一員ともあろうものが、一度口にした言葉を違えたりはしないだろう。

クリストファーはしばらく顔を赤くして心臓のあたりを押さえていたが、やがてため息交じりに私を呼んだ。

「姉上」

「うん？」

「まず、何でもするとか気軽に言っちゃだめです。ぼくが怒っていたのはそういうところです」

クリストファーの言葉に、首を捻る。

例えば誰彼構わず「何でもします！」とか言ってしまう乙女ゲームの主人公《ヒロイン》に対しては「危なっかしいな」と思ったりもするが、私はその範疇にないだろう。

自分で言うのも何だが、危なっかしさとは対極の存在だ。

だいたい私は乙女ゲームの主人公様とは違って、誰彼構わず言っているわけではない。

「君なら無茶な頼みごとはしないだろ」

「……しませんけど」

「ほら。気軽じゃないぞ。ちゃんと相手を選んでいるとも」

堂々と胸を張って答えた。

自慢ではないが私は我が身が一番可愛いのだ。自分が過度に損をさせられそうな相手にはそんな台詞は死んでも言わない。

リリアや王太子殿下には絶対に言わないだろう。とんでもない目に遭いそうな気しかしないからだ。

しばらく呆れたような驚いたような微妙な顔で私を見ていたクリストファーが、また小さく息をついた。

「ぼくは、……姉上が大切です。世界で一番大切なんです。大切だから、言っているんですよ」

「クリストファー」

「ぼくは姉上に傷ついてほしくない。姉上に笑顔でいてほしい。ぼくが姉上を大切に思っていることを知ってほしい」

真面目な顔で言われて、少々居心地が悪くなった。

口説いて誤魔化そうとした私が不真面目みたいじゃないか。これではどちらが年上か分かったものではない。

両親とお兄様によって真っ当に育て上げられた弟が、私を心配して怒っていたのだということが、やっと理解できた。

お兄様の言葉が思い起こされる。

どんなに強くなっても、可愛い妹だと。大切だと、心配だと。そう繰り返し言ってくれるお兄様。

そんなお兄様の影響を受けてまっすぐに育った彼は……規格外の姉であっても、弟として心配してくれようとしているのだろう。

そう考えれば、湖の一件で泣きそうになっていたことにも説明がつく。

「……一昨日は、ごめんなさい」

クリストファーが長い睫毛を伏せて、しゅんと肩を落とした。

小柄な彼が、さらに一回り小さくなったように見えた。

「ぼくが姉上を傷つけるようなことを言ってしまったら、何の意味もないのに」

「クリストファー」

腕を伸ばして、彼の頭に手のひらを乗せる。

今回は、拒絶されなかった。

「心配してくれて、ありがとう」

クリストファーが弾かれたように顔を上げる。

その瞳にきらりと光が増して……わずかに潤んだ。

その反応に、理解する。

そうか、これが、正解か。

正解を引き当てられたことに安堵しながら、冗談めかして宣言する。

「言うことを聞くと約束は出来ないが、君が口うるさいのは愛ゆえだから仕方がないんだと割り切ることにする」

「あ、愛」

「違うの？」

「ち、がわない、ですけど」

「お兄様が君を愛するように、両親が君を愛するように。私も君を愛しているよ」

ぽんぽんと頭を撫でてやりながら、彼に微笑みかける。

クリストファーは頬を赤くして……恥ずかしそうな、嬉しそうな、それでいて困ったような……

何やら複雑な表情で、私を見上げていた。

「君も私のことを大切だと言ってくれて、私は幸せ者だな」

「………姉上」

変に身構えた様子で身体を硬くしていたクリストファーが、へなへなと肩から力を抜いた。

私に向かって呆れた視線をよこす。

「愛、とか。気軽に言ってはいけません」

「ちゃんと相手を選んでいるよ」

クリストファーは何やら盛大にため息をついた。

ふむ。さすがにクサかっただろうか？

反抗期の思春期男子には家族愛、照れくさかったのかもしれない。私も言っていて少々恥ずかしかった。

照れ隠しにわしゃわしゃと彼の髪をかき混ぜていると、クリストファーが「あの」と遠慮がちに声を上げた。

「あ、姉上、何でもしてくれるって言いましたよね？」

「ああ。何でも言いたまえ」

どんと胸を叩いて見せる。

クリストファーなら常識の範囲内のお願いをしてくれるだろうから、何であっても問題ない。

……出来たらあまり長引かず、瞬間的に完了するようなお願いだとより一層助かるのだが……贅沢は言わないでおこう。

クリストファーはおずおずと、希望を口にする。

「じゃあ……膝枕、してください」

「膝枕？」

予想と違ったので、思わず聞き返した。

膝枕「してください」ということは、私の膝……というか太腿を枕にして、クリストファーが横になるということだろうか。

逆じゃないのか？　絵面的に。

……いや、逆も違う気がする。

そもそも膝枕というのはどういう経緯でつけられた名前なのだろう。実際膝を枕にするわけでなし、正確に言うならば「腿枕」が正しいのではないか。

別に出来ないわけではないし無茶というわけでもないが、何度思い浮かべてみても疑問符が乱舞する絵面になる気しかしないため、一旦説得を試みることにした。

「クリストファー。今まで黙っていたが、君の姉さんは少しばかり普通の令嬢と違うところがある」

「知ってますけど……」

「おそらくだけど……私の膝枕、とんでもなく硬いよ」

懸命の説得に、クリストファーがふっと噴き出した。

私の鍛え上げた大腿筋によって寝苦しい思いをするのは彼なのだから、笑い事ではないと思うの妙に楽しそうに笑う弟に、私は首を捻るばかりだった。

「それは君の罰ゲームなんじゃないか……？」

「いいんです。硬くても、寝心地が悪くても。姉上への罰ゲームみたいなものなので」

だが。


クリストファーのリクエストで、ノルマンディアス城の中庭にある東屋のベンチで膝枕決行の運びとなった。

筋肉でバキバキの超高反発膝枕だが、クリストファーは機嫌良く寝転んでいた。何故そんなに機嫌が良いのか。一応の和解は果たしたものの、弟の考えることはやはりよく分からない。

ストロベリーブロンドを、吹き抜ける風がふわりふわりと揺らしている。

陽気もいいし、昼寝日和だ。

しかしクリストファー、頭がとても小さい。何とも納まりが悪そうである。

「頭撫でてください」

上目遣いでねだられて、やれやれと髪を撫でてやる。

まぁ、本人が嬉しそうなのでそれでよしとしよう。絵面が少々気恥ずかしいのだが、もしかしてそういう意味の罰ゲームだったのだろうか。

細くてやわらかいにもかかわらず、絡まることなくするすると指が通る髪を撫でるのは存外心地よく、ぼんやりと空を眺めながらもついつい彼の髪を触ってしまう。

撫でながら、クリストファーの横顔を見下ろす。閉じられた瞳を縁取る睫毛は長く、伏せられていてなお上向きにカールしている。

丸みを帯びた頬はほんのりと桃色に染まっていて、彼の呼吸に合わせてわずかに上下していた。

通りかかった誰かに「彼は本当は妹なんですよ」とか言ったらきっと信じるだろうな、と思った。

彼を女装させるパターンも想定して何着か女性ものの服を持ってきたのだが……今回以上に機嫌を損ねる気しかしないので、使わずに持って帰ることになりそうだ。

いや、そのままリリアにやってもいいかもしれない。ドレスが欲しいとか言っていたし。そうすれば荷物が減るしな。

そんなことを考えながら特に見るでもなくぼんやりと庭園に視線を投げていると、天候も相まって平和だなぁという気分になった。

お兄様の婚約を阻止するために来たはずが、実際のところ街を見物したり湖に観光に行ったりのんびりしたりと、本当に旅行みたいになってしまっている。

蓋を開けてみればダイアナ王女は恋をしてみたかっただけのようだし、仮に私たちがここで帰っても、もうお兄様との婚約話が持ち上がることはないだろう。

湖での熱い視線のこともある。恋の端っこくらいは楽しめたのではないだろうか。

あとはリチャードに頑張ってくれと言う他ない。

自国の王女様だ、所詮部外者の私たちよりよほど一生懸命頑張ってくれるはずだ。

王太子殿下のご希望通りマリー王女も「なんとか」した。マリー王女にはネタバラシをしてやれば追いかけて来るようなことはないだろうし、そろそろ引き上げてもいい頃合いだ。ディーいわく恋多き乙女らしいしな。

だが、帰るとなるとまた退屈な馬車の旅が一週間か。

土産ついでに、何か暇を潰せるようなものを調達するのが良いかもしれない。兵法書とか、筋トレグッズとか。

「！　リジー」

半分うつらうつらとしながら考えていたところに、声をかけられて意識が戻ってくる。

振り向くと、殿下がこちらに歩み寄ってくるのが見えた。

クリストファーを起こさないよう、唇に人差し指を当てて「静かに」のジェスチャーをする。

殿下は不思議そうな顔をしたのも束の間、近くまで来ると私の腿に頭を乗せたクリストファーの存在に気づいたようだ。

足音を立てないようにゆっくりと歩き、私の隣にそっと腰を下ろす。

殿下はしばらくクリストファーをじっと眺めていたが、やがて小声で私に問いかけてきた。

「…………仲が良すぎるんじゃない？」

「悪いよりはいいでしょう」

言いながら、クリストファーの髪を撫でる。

口うるさいのはいただけないが、懐かれて悪い気はしない。攻略対象の界隈ではどうか知らないが、世間一般では家族仲など良いに越したことがないのである。

「弟というのは可愛いものです」

「きみ、愚弟を知っているのによくそんなことを言うね」

「ロベルト殿下にも可愛いところはありますよ」

「きみにはそうだろうけれど」

殿下はふんと鼻を鳴らしてそっぽを向いた。

ロベルトのこととなると素直ではないな、と思う。いや、普段から特段素直というわけでもないのだが。

ふんわりほのぼのお兄様フィルターを通さずに見ても、まずまず仲良くやっているらしい。

「殿下にも懐いているようですから。木の枝でも投げてやったら喜んで持ってくると思いますが」

「人の弟を犬扱いするな」

「ほら」

何だかんだで庇うじゃないかと指摘してやれば、彼は紫紺の瞳を眇めて私を睨んだ。

「…………きみは本当に、底意地が悪い」

「悪いのは性格です」

「そうだったね」

しかめっ面をしていた殿下が、ふっと口元を緩める。

そういえば近頃、よそ行きの王太子スマイルをとんと見ていないことに気づいた。

乙女ゲームが終わってキャラ変したのだろうか。それとも、コミカライズの世界線では原作と違うところがあるのだろうか。

そんなことを考えながら殿下の横顔を盗み見ていると、太腿の上のクリストファーがもぞもぞと寝返りを打った。

「ううん……」

何やら寝苦しそうに唸っている。

やはり超高反発枕では寝にくいのだろう。むしろよく寝たものだな。

江戸時代には硬くて高い枕が一般的だったらしいが、あんなもの間違いなく首を痛める。ない方が良いのではないかというレベルだ。

まぁ、それよりかは超高反発大腿筋の方がいくらかマシかもしれない。

「……ねぇ。きみの弟、起きているんじゃない?」

「え?」

「む、むにゃむにゃ」

言われて見下ろすと、クリストファーが文字通りむにゃむにゃ言いながら私の腰に腕を回してしがみついてきたところだった。

私が寝室に忍び込んだことを怒るくらい分別のあるクリストファーだ。起きていたら、いくら兄弟とはいえこんなことはしないだろう。寝ているに違いない。

「寝てますよ」

「……どうだか」

私がそう結論を告げても、殿下はしばらくクリストファーに疑わしげな視線を向けたままだった。

◇　◇　◇

「誰かさんが本当に寝てしまうから身体がガチガチだ」

「起こしてくれればよかったのに」

「かわいそうだろう」

唇を尖らせるクリストファーに返事をしながら、あくびを噛み殺す。

結局クリストファーが目を覚ましたのは、昼食の準備ができたと侍女が呼びに来た時だった。

珍しいことに、普段は視察がどうとか挨拶がどうとかであちこち出掛けている殿下もこの午前中は予定がなかったらしく、クリストファーが寝ている間中お喋りに付き合う羽目になってしまった。

いや、クリストファーを起こせばよかったのだが、だんだん腰に回った腕から力が抜けてすやすや寝息を立て始めた彼を見ているとどうにも気が咎め――あと「膝枕」の終了要件を確認していなかったので下手に起こしてまた機嫌を損ねるのが面倒だったのもある――今に至るというわけだ。

またあくびが出てしまう。今度は堪えきれなかった。

いけない。眠たくなってきた。

普段は炭水化物の少ない食事を取ることが多いが、西の国に来てからは物珍しさもあってついついいろいろと食べ過ぎてしまっている。

その分運動もして消費しているつもりだが……食後の血糖値の変動はどうしようもない。

続きの間を通って寝室へと戻るクリストファーに続いて、私も彼の部屋へと入った。

今自分の部屋で寝たら、夜どころか朝まで寝てしまう自信があった。自堕落《じだらく》の極みだ。いくらすることがないとはいえ、それは避けたい。

眠気の赴くまま、彼のベッドにダイブした。

「三十分経ったら起こして」

「え？」

クリストファーがやっと私に気づいて、振り向いた。訓練場で気配の読み方は教わったはずだが、まだまだだ。

「ちょっ、あ、姉上！　そこぼくのベッド!!」

「自分の部屋で寝たら確実に寝過ごす。いいか、ちゃんと起こしてくれよ」

「もう、全然反省してないじゃないですかー！！！！」

クリストファーが何やら喚いていたが、ふかふかの枕に顔を埋めると三秒どころか一瞬で眠りに落ちてしまった。

布団というのはげに罪深い。

謝って済むことと済まないことがある

「エリック様！」

その日も西の国の騎士団の訓練に交ぜてもらっていた休憩中、ディーがつかつかとこちらに歩み寄ってくるのが見えた。

王女様の登場に、周りの騎士たちも色めき立っている。マリー王女が乱入してきた時とは大違いだ。まぁ、普通に考えて王族は騎士団の訓練をしているところにほいほい顔を出したりはしないのだろうが。

ディーは珍しく小走りで、お付きの侍女たちがそれを慌てた顔で追いかけている。

その侍女の中に見知った顔を見つけて、私は目を瞬いた。

何故リリアが、ダイアナ王女のお付きに交ざっているんだ？

リリアに気を取られているうちに目の前まで来ていた王女様が、私の手をぎゅっと握る。

「エリック様！　わたくし、この国の法律を変えます！」

「はい？」

「男性同士でも結婚できる国にしますわ！」

「？？？？？？」

くるりと首を回してリリアの様子を窺う。

リリアがつーっと視線を逸らした。詳しい事情は分からないが、誰が犯人《フーダニット》かはすぐに分かった。

「ですから、どうぞエドワード様と亡命していらして！」

「……リリア」

「……すみません」

ぎろりと睨みつけると、リリアが小声で謝った。

謝るということは自覚があるということで、つまりは自白と同義である。

いや本当に、少々目を離している隙に何をしでかしているんだ、この聖女。

世の中には謝って済むことと済まないことがある。他国の王女を腐女子にするのは間違いなく後者だ。

ディーは私たちの心中など知る由もなく、朗々と話し続ける。

「もちろんエドワード様でなくとも構いません。他にも懇意にされている殿方がいらっしゃることはリリア様から伺いました。わたくしに協力してくださった貴方の幸せを、わたくしにお手伝いさせてほしいのです！」

きらきらした瞳で、意気込んで私を見上げるディー。

その瞳には焦げつきそうなくらいの熱がこもっていて、頬も赤く上気していて。

何というかこう、非常につやつや、爛々としていた。

「わたくし、気づいたのです。恋というのはしようと思ってできるものではありません。そしてきっと、……しなければならないものでもないのです」

「うん、それは、そうかもしれないけど」

「物事には、向き不向きがありますわ。たとえばわたくし、楽器の演奏を聴くのは好きですけれど、自分が弾くのはさほど得意ではなくて」

ふっと視線を落とすダイアナ王女。

その仕草にはほのかに恥じらいが滲んでおり、斜め上から至近距離で眺めていると「免疫のない男は二秒で落ちそう」という感情を抱かざるを得ない。

口から出ている台詞の内容さえ聞き返したくなるようなものでなければ、見惚れてしまいそうだ。

「きっと、二種類の人がいるのです。自分で演奏をすることを楽しむ人と、誰かの演奏を聴くことを楽しむ人。きっと恋も同じなのではないかと、わたくしは思うのですわ」

生き生きした表情で持論を展開してくれる王女様に対して、私はどんどんと顔が死んでいっている気がする。

比例してリリアに向ける視線が鋭さを増していく。

「わたくし、誰かの……殿方同士の恋を見守る方が、きっと幸せなのですわ」

リリアはさっきからこちらをちらりとも見ず、右斜め下四十五度に視線を固定していた。

もうこれは懺悔と同じだ。我が国の大聖女様、お世継ぎ第一の他国の王女様を壁になりたい系腐女子にしてしまったらしい。

何が聖女だ。トンデモお騒がせ女とかに改名してくれないものか。

「ええと、ディー？　何か勘違いをしているようだけど」

「ええ、分かっていますわ」

ディーが神妙な顔で頷いた。

絶対に分かっていないことが分かった。

「エリック様は公爵家の跡取りですもの。男性同士惹かれ合うのは言わば道ならぬ恋。叶うことのない儚い夢。ですがだからこそ、尊く美しい」

尊いとか言い出した。

私は悟った。もうダメだ。

心の中で天を仰ぐ。

どうして私の周囲の女の子は見た目に反して中身がアレな感じなのだろう。そろそろ身の危険を感じなくて済むタイプの女の子と友達になりたい。

「わたくし、エリック様には感謝しています。恋をしてみたいというわたくしの我儘に付き合ってくださって……そのおかげでわたくしは、誰かを見守ることの素晴らしさに気づくことができたのですもの。ですから、わたくしはエリック様の恋を近くで見守りたいと、応援したいと……厚かましくもそう思っておりますの」

「それは嬉しいけど」

「こういう気持ちを何と呼ぶのか、リリア様が教えてくださったのです」

ディーがふわりと微笑んだ。

後光が見えるほどに美しく清らかで、そして大輪の薔薇を背負っていそうな……花が春だと勘違いしてこぞって開花しそうなほどに、幸せそうな笑顔だった。

「『推し』と」

おい。

「『エリック様しか勝たん』と」

こら。

「失礼。ちょっと、打ち合わせが」

逃げられないようにがっちりと肩を抱いて、リリアを引っ張ってディーから距離を取る。

目を合わせようとしないリリアの頬を引っ掴んでこちらを向かせ、問い詰める。

「何を吹き込んだの」

「え、えぇとぉ……」

リリアは両手の人差し指をつんつん突き合わせながら、しばらくもごもごと口ごもっていたが、やがて観念したように白状した。

◇◇◇

というわけでみなさんこんにちは。リリア・ダグラスです。

時は少しばかり遡ります。

わたしは西の国に来てからの展開に頭を抱えていました。

進捗ダメです。

ていうか悪い方への進捗がえげつないです。

エリ様は今日も王太子殿下に引っ張られてどこかへ行ってしまいました。マリー様もくっついていったと聞いています。

エリ様の嘘つき。エリ様が旅行だって言うからうきうきわくわくしてついてきたのに、全然わたしに構ってくれません。

それどころかどんどん敵を増やしてきます。

ついつい攻略対象ばかりに目が行っていましたけど、エリ様、基本的に女の子にやさしいのです。ツンデレ美少女に懐かれて悪い気はしていないのが端で見ていてまる分かりです。

何ならちょっとでれでれしていませんか？

そのうち頭とか撫でそうですよ、あの人。エリ様ならやる。きっとやる。

そんなことされたら女の子は好きになっちゃうって、どうして分からないんでしょう。

……いえ、分かっていて悪気もあってやってしまうのがエリ様のエリ様たる所以《ゆえん》なのですが。

そしてもう一人の王女様です。この前湖に行った帰り、馬車から降りるとき……気づいてしまったのです。

エリ様に熱い視線を送る、ダイアナ様に。

湖で会った時には、そんなもの感じなかったはずなのに。もともとお互いその気はなさそうだったのに。むしろダイアナ様はエドワード殿下と二人でボートに乗って何となくいい感じだったのに。

一体全体エリ様は何をしたのでしょう。

一瞬でも目を離すとこうなっているので、もはや手品です。鳩です。

エリ様いわくダイアナ様は王太子殿下に任せているということでしたけど……任せていてそれなんですか？

しかもエリ様、言ってしまっては何ですけどダイアナ様へのガードがゆるゆるすぎます。

お兄様を取られる心配がなくなったからか、自分が落とさなければと気負っていないからか、とっても自然体で接している気がします。

「ディー」とか、何か仲良さそうに呼んでるし。いつの間にか敬語じゃなくなってるし。

距離感が完全にバグっています。欧米か？

ていうか、あれ？　じゃあ何でわたしには塩なんですか？？？？？

女の子には優しいはずでは？？？？？

ば、バグでは？？？？？

「リリア様」

ぐるぐる目になっていたところで、声を掛けられました。

振り向くと、ダイアナ様がしずしずとおしとやかにこちらへ歩いてくるところでした。

艶やかな黒髪がさやさやと風に揺れて、透き通るような白い肌と相まって透明感がカンストしています。

歩き方一つとっても「超・清楚」という感じで、大人っぽくて美人で、そして歩くたびにたふんたふんと揺れるふたつのゴージャスな果実《メロン》……。

思わず自分の胸に視線を落としました。

いいえ、ないわけではないのです。りんご二つぶんくらいです。

わたしのどう考えても不躾な視線にも嫌な顔一つせず、ダイアナ様はにっこりと微笑みました。

なんとダイアナ様、性格まで良いのです。光です。圧倒的光属性なのです。

陰とか陽とか気にしたことがない、それどころかそんな区別が存在していることすら知らない、真の光属性です。

陰キャにはちょっと眩しすぎます。あとおっぱいが大き、げふんげふん。

これはエリ様が懐柔《かいじゅう》されちゃうのもやむを得ないのかもしれませんけれども！

わたしが勝てるところって何だろうとか考えてしまうと鬱《うつ》になりますけど!!

負けませんから!!

きゅっと唇を引き結んだわたしの向かいに、ダイアナ様が腰を下ろします。

もちろんお付きの人が椅子を引いていました。それだけで何だかブルジョアを感じます。

「な、なにか、ご用でしょうか」

「リリア様は、エリック様と親しくていらっしゃるのですわよね？」

「は、はい！　それはもう！」

ダイアナ様の問いかけに、わたしは前のめりに食い気味に、答えます。

ええ、ええ、親しいですとも！　お泊まり会とかしちゃう仲ですとも！

「が、学園でもいつも一緒ですし、お家にお招きいただいたり、いつも一緒で、いつもエリ様は、いつも、わたしを助けてくれて」

「まぁ、そうなのですね」

「はい！　もうエリ様のことで知らないことなんてないくらい、それはもう、深い、ふかーい仲ですので！」

えっへんと胸を張ったわたしに、ダイアナ様はふと、視線を泳がせました。

わたしとエリ様がただならぬ関係だと、やっとご理解いただけたようです。

「では、あの……お伺いしたいのですけれど」

そう言って、ダイアナ様は「こんなことを聞くのははしたないかもしれませんが」とか「不躾かもしれませんが」とかうじうじ前置きを並べています。

早く言ってくださいよと急かしたくもなりましたが、谷間を凝視する以上の不躾があるとは思えなかったので、わたしは黙って続きを待ちました。

しばらくもじもじしていたダイアナ様が、やがて意を決した様子で口を開きました。

「エリック様とエドワード様は、どういったご関係なのでしょう⁉」

……はい？

うっかり聞き返しそうになりました。目が点になっているのを感じます。

「先日、エドワード様がエリック様を抱き締めていらっしゃるのを見てしまってから、何だかおかしいのです」

ダイアナ様は宇宙猫しているわたしには気づかず、恥じらいながらも話し始めました。

「わたくし、エリック様のことはとても素敵な方だと思っていました。わたくしの我儘で呼びつけてしまったのに、おやさしくて……王女としてではなくて、わたくし自身の意見が聞きたい、なんて……そんなことを言っていただいたのは、わたくし初めてで」

ぽっと頬を染めるダイアナ様。

対するわたしの心はトゲトゲしていました。

ちょっと、エリ様。話が違うんですけど。

ダイアナ様に嫌われるためにわたしのこと連れてきたんじゃなかったんですか？　何を好感度爆上げしてるんですか？

仮にも乙女ゲーマーのくせして好感度管理失敗しないでください。

そういうとこですよ、ほんとに。

「エドワード様も以前とは違って、何だか角が取れたような……とてもやわらかい表情をしてくださるようになって……妹がお慕いしているお相手だと分かっていても、わたくし、何だかドキドキしてしまって」

ふぅ、とため息をつくダイアナ様。

その色っぽい仕草に、羨ましくなりました。わたしには出せない大人の色気です。

……いえ、でも負けませんけど！

「何となく、恋ってこういうものなのかしら、と。わたくしにもそういう気持ちが分かるのかしらと、そう思っていたのですが」

言葉を切ったダイアナ様に、先ほどの言葉が引っ掛かります。

そして、嫌な予感がします。

わたし……この展開、知っている気がします。

「あの時、わたくしやマリーには目もくれず、エリック様に駆け寄ったエドワード様を見て……今までに感じたことがないくらい、胸が締め付けられましたの」

「胸が」

「いつも落ち着いていて穏やかなエドワード様が、切羽詰まったかのような焦った表情をしていて……対するエリック様は、驚きながらもどこか照れくさそうにそれを受け入れていらして……」

その時のエリ様の様子を思い出しました。

わたしも慌てていたので確かなことは言えませんが、完全に「何だこれ」という顔をしていたことしか思い出せません。

ダイアナ様、完全にフィルターが掛かってしまっています。

そういうものです。一度そういう目で見てしまったら、今までだったら何とも思わなかったことにすらバイアスが掛かってしまうものなのです。

そういう「病気」です。

「わたくし、思わず拍手をしてしまいそうになりました。お二人の友情がとても、とても尊くて、美しいものに思えて……わたくしの胸を打ったのです」

もう尊いとか言っちゃってますもん。

九十九パーセント、いえ、九十九億パーセント間違いないやつですもん。

そのあたりの語彙とか感性は万国共通みたいです。

「そして……帰りの馬車で仲睦まじく話すお二人を見て、思いました。――お二人でずっと幸せに、暮らしてほしいと」

王女様の言葉に、わたしはどんどん遠い目になってしまいます。

おかしいなぁ。ここは乙女ゲームの世界で、そのコミカライズの世界のはずなのに。

やっぱり「あれ」はどのジャンルにも現れて……そしてあっという間に広がっていく。

感染源がなくても、要素と素養を持った人間さえいれば、こんな風に生まれるものなんですね。

何だか生命の起源を見た気がします。

いいえ、生命というか、何というか。

「不思議ですね、こんな気持ち……知りませんでした。お二人が話しているのを見るだけでどきどきして、こんなにも幸せで……満たされた気持ちになるなんて」

うっとりと頬を上気させて、恍惚《こうこつ》のため息をつくダイアナ様。

その表情は完全に恋する乙女そのもので、どこか遠くを見つめる視線には確かに熱がこもっていて。

「この気持ちを言葉にするのはとても難しいのですが……わたくしの探していた『恋』に必要な気持ちと同じものが、そこにあるような気がして」

つまるところ、わたしが見たのは、生命の起源ではなくて。

「そう思ったら、気づいてしまったのです。わたくしはエリック様と恋をするより、エドワード様と恋をするより……仲良く過ごすお二人をずっと、見ていたい」

わたしははじめて見てしまったのです。

人が腐女子に堕ちる瞬間を。

「す、すみません。わたくしったら、ついつい一人で話してしまって。こんな話をされても困りますよね。どうか、忘れてくださいませ」

はっと我に返ったようで、ダイアナ様が慌てて両手を振りました。

手遅れです。

がっつり語られましたもん。尊いとか言ってましたもん。

ここで適当に笑って流すのは簡単です。

「そういうひともいますよね！　えへへ！　そんなことよりいいお天気ですね！」とか言っておけばいいのです。

でも、その結果どうなるかをちょっと考えてみます。

ダイアナ様の推しカプがエリ様×王太子殿下だとして、この「推しカプが同じコマにいるだけで尊い」状態になってしまった彼女が何をするか。

たぶん、いえ十中八九、エリ様と王太子殿下をくっつけようとするでしょう。

圧倒的光属性のこの王女様は、何の悪気もためらいもなく、善意百億パーセントでそれをするでしょう。そしてお膳立てを終えたら、自分は壁になってうっとりそれを眺めるのです。

そういうタイプのオタクです。夢女子とは決定的に違います。分かり合えない気しかしません。

お互い別々の場所で関わり合いにならずに、相互ブロックで生きるのが正解です。

わたしはタタラ場で、ダイアナ様は森で。何かそんな感じで。

ダイアナ様が具体的にどんな手段を取るかは分かりませんけど、それがわたしにとって歓迎すべき事態でないのは確かです。というかそれで喜ぶのは王太子殿下だけでしょう。

ではそれを防ぐために、わたしに出来ることは何か。

今ダイアナ様はエリ様という新しいコンテンツにハマりたての、一番楽しい状態。

見るものすべてが新しく、供給は何でもおいしく、何もかもスポンジのように吸収していく状態。

腐女子というのは最初にハマったカップリングを親だと思う習性があると聞いたことがあります。

いえあの、これは前世で腐女子の方が自分で言っていたやつなので。わたしの偏見ではありませんから。自称ですから、これ。真偽のほどは分かりませんけども。

ともかく、わたしに出来ること。それは……ダイアナ様の推しカプを、エリ様×王太子殿下ではなくすることとです。

今ダイアナ様は何となく目の当たりにしたその二人のカップリングが何となく一番気になっているという段階でしょうが……そこに、あえて他の「解釈」をぶつけます。

ハマりたてでまだコンテンツ自体をよく知らないご新規のダイアナ様に、教えてあげるのです。

エリ様古参のわたしの、知り得るすべてを。

「ダイアナ様」

わたしは覚悟を決めました。

「お見せしたいものがあるので……ちょっと、一緒に来ていただけませんか」

すみません、エリ様。

今だけわたしは——腐女子に魂を売ります。


「リリア様、見せたいものというのは？」

ダイアナ様を自室に招き入れました。

一緒についてきた侍女さんの様子を窺います。執事さんだったら断固として出て行ってもらうつもりでしたけど、侍女さんならギリギリセーフ、でしょうか。

このあたり、非常にデリケートです。地雷って威力が怖いんじゃなくて、どこに埋まっているか分からないところが怖いんですよね。

ええと、ちょっと、だいぶ——人を選ぶ話なので。

「その前に、王女様にお伝えすることがあります」

「？　何でしょう？」

首を傾げる王女様。つやつやの黒髪がさらりと揺れました。

黒髪なんて前世で見慣れていたはずなのに、どうしてこんなにきらきらつやつやして、魅力的に見えるのでしょう。

スクールカーストが上位の人たちは、みんなこぞって染めたり色を抜いたりしていたのに。

そのままでも美人だから、そう見えているだけでしょうか。だとしたら、スクールカースト以上に残酷な真実です。

わたしは声を潜めて、王女様にそっと耳打ちします。

「なんとエリ様、他にもただならぬ関係ではないかと噂になっている殿方がいるのです」

「ほ、他にも⁉」

「エリ様は見ての通り博愛主義なお方……老若男女すべてに等しく愛を注ぐけれど、誰のものにもならない……言わば愛の伝道師なのです」

「愛の、伝道師……！」

王女様がごくりと息を呑みました。

現実のエリ様は博愛主義というよりフェミニストって感じですけど、塩対応なのに何故だかお邪魔虫をひっかけてくるので結果論としては似たようなものだと思います。

改めて考えると「そうはならんやろ」「なっとるやろがい！」の擬人化みたいなひとですね、エリ様。

ま、これからの話は二次創作みたいなものですし。しかもわたしじゃなくて、別の——腐女子の感想、もとい妄想ですし。

実在のエリ様とは関係ありません、ということで、ひとつ。

すうと息を吸って、覚悟を決めました。

「まずはエドワード殿下の弟、第二王子のロベルト殿下です！」

「まぁ、ロベルト様が⁉」

「エリ様とロベルト殿下は同じ訓練場の教官と候補生、いわば師弟の間柄！　ロベルト殿下はエリ様に言われたら靴でも舐めかねない従順な弟子で、エリ様が手取り足取り腰取りいろんなことを教えていたのではないかともっぱらの噂です！」

「て、手取り、足取り……兄弟で同じ相手のことを好きになってしまうだなんて……ああ、何という運命の悪戯でしょう！」

王女様の金色のお目目がきらきらと輝きます。

好きですよね、腐女子のひとたちって。そういう「好きになってはいけない相手」みたいなの。夢女子も好きですけどね、そういう、禁断みたいなの。じゃあみんな好きですね。

好きなものが同じでも分かり合えないのが人間ですけど。

「お次は伯爵家の三男坊でありながら次期宰相の呼び声高いアイザック様！　エリ様とは学園で一年から三年までずっと同じクラスの腐れ縁で、親友という関係性に基づく距離の近さにクラスメイトたちは皆ざわざわを禁じ得ません！」

「親友！　友達だったはずなのに、いつしかそれを超えた愛を抱いてしまう……！　胸の締め付けられるような展開ですわ……！」

王女様がうっとりと頬に手を添えて身もだえします。

好きですよね、友達だったはずなのに、みたいなやつ。腐女子のひとって。

わたしも幼馴染設定とか好きなのでこれもとやかく言えませんけど。

「そしてこの旅にも同行している義弟、クリストファー様！　普段女性以外にはドライな態度を取ることの多いエリ様ですが実はなかなかにブラコンなのでクリストファー様には甘く、グイグイ来られると強く拒否できないという意外なギャップ！」

「く、クリストファー様も⁉　確かにエリック様もクリストファー様に向ける視線が優しいような……これは禁断の兄弟愛ですわね……！」

禁断の天井を試みると、王女様はよだれを垂らす寸前という表情で鼻息を荒くしています。

何だかいけないものを見ている気分になってきました。髪を下ろしたエリ様もそうですけど、お顔が綺麗な人がちょっぴり気を抜いた表情とかしていると途端に色気がムッワァと漂ってくるので心臓に悪いです。

わたしはエリ様以外とのめくるめくあれそれはノーセンキューですので、ここは全年齢版でお願いしたいところです。

封印されし腐女子を体に降霊しながら、最後の一撃をお見舞いします。

「最近とみに人気なのがグリード教官です！　エリ様が教官を務めている訓練場の先輩教官なのですが、エリ様の忘れ物を届けに学園に来た時、そのワイルドな外見にみんなビビッと来たそうですよ。柔和な軟派系年下のエリ様と大人でワイルドなオジサマのグリード教官。年の差のある組み合わせに皆、ドキがムネムネ！」

「と、年の差……ドキが……ムネムネ……」

どこかぽーっとした表情で、ふらふらと身体を揺らしてＫＯ寸前の王女様。

そこにとどめの右ストレートをお見舞いしました。

「そのあたりの全部が詰まったのがこちら！　バートン様友の会発行、エリ様×オールキャラアンソロ本です！」

◇　◇　◇

「待て待て待て」

ストップをかけた。

キャパオーバーだ。

完全にキャパオーバーバーだ。

ツッコミが渋滞してしまって追いつかない。こちらはすでに周回遅れなのに何故更に加速する。

愛の伝道師？　オールキャラアンソロ⁇

頭痛がする。もう全てを投げ出してハワイに行きたい。ガーリックシュリンプを食べてスキューバダイビングがしたい。

「勝手に、人を、カップリング、するな！」

「し、しょうがないじゃないですかぁ！　王女様が腐女子に目覚めちゃったんですもん！」

リリアが両手の拳を振り回して抗議する。お前が目覚めさせたの間違いじゃないのか。

「エリ様とエドワード殿下をくっつけようとしてる気配がしたので、止めようといろいろ手を尽くしたんですけど……わたしの付け焼き刃のＢＬ知識では、エリ様が絡んでいればＯＫの雑食腐女子に矯正するのが精一杯でした」

「状況を悪化させてるじゃないか……」

がっくりと肩を落とす。

逆に何故それは出来てしまったのか聞きたい。

「悪化はしてませんよぅ！　放っておいたら王女様、エリ様×エドワード殿下のオタクになってたかもしれないんですもん！　推しカプを目の前にして『まぐわえ』とか言ってきたらどうするつもりなんですかぁ！」

「普通に私の性別を話せば解決したんじゃないか？」

「…………あ」

リリアがぽかんと口を開け放して、まんまるの瞳を瞬かせている。

やれやれだ。

むぎゅりと掴んでいた頬を離して、私は大きくため息をつく。

実際のところ、私がお兄様の替え玉であることがディーにバレてしまったとしても今更たいした影響はないだろう。

マリー王女やリチャードは文句を言うだろうが、ディーならきっと「黙っていて」と頼んだらそうしてくれるはずだ。

「君、チート級に頭がいいはずなのにどうしてそんな簡単なことに気づかないんだよ」

「だ、だって……エリ様、もうなんか性別『エリ様』って感じだから……」

訳の分からないことを宣うリリアに、私は頭を抱えるばかりだ。

眉間を揉みながら、じろりと横目にリリアを睨む。

「だいたい君、腐女子じゃないとか言っていたくせに何でそんな本」

「違うんです！　絵が、絵が綺麗だから見てるだけです！　あくまでアートとして楽しんでるんです！」

反応が完全にグラビアアイドルの写真集を親に見つかったときの男子中学生の言い訳だった。

「普通持ってくる？　旅行に。君、ただでさえ荷物少なかったけど」

「養父《おや》に見られたら死ねるので……」

養父に見られたら死ねるオールキャラアンソロってなんだ。

呆れ果てた視線を向ける私に、リリアがはっと何かに気づいて、慌てた様子で両手を振った。

「あ！　ち、違いますよ！　王女様に見せたのは健全なやつですから！」

「だから何？」

いや本当に、だから何？？？？

そしてはたと気づく。

「待て。見せたの『は』、って言った？」

語気を強めると、リリアがすーっと視線を逸らした。

「……知らない方が幸せなことってありますよ、世の中には」

「怖いことを言うな！」

思わず声を荒げてしまった。

本当に怖いことを言うのをやめてほしい。

あと知らない方が幸せなことは匂わせレベルであっても本人に知らせないでほしい。生モノは慎重にしないと、とか言っていたのはどこの誰だ。

というかこの世界、漫画とかあるのか？　中世ヨーロッパ的世界観なのに？

さっきから話を聞けば聞くほど疑問符が浮かび、理解から遠ざかっている気がする。

「もちろん一冊まるまる一つのカプの本もありますけど、地雷への配慮がないのがまだ文化が発展途上って感じがしますね」

何目線のどんな感想なんだ。

「地雷？　というのは分かりませんが……その。女体化？　と言いますの？　あれはわたくしにはまだ少し難しかったですわ」

いつのまにか近くに寄ってきていたディーが、不思議そうに首を捻っていた。

本当に、王女様に何を読ませているんだ、このトンデモお騒が聖女。

女体化も何も私は肉体的な性別はもとから女である。

……いや、私が「左側」ということは、男連中が女体化させられている可能性もあるのか？

だとしたら友の会のご令嬢たちの性癖が行き着くところまで行ってしまっている気がする。

異常にクオリティの高い女装をして純真無垢なご令嬢たちの性癖を歪めてしまった責任は攻略対象たちにあると思うので、ぜひとも友の会の構成員のご両親に謝って回ってもらいたい。

まぁ読んでいないので実際のところは分からないのだが。

何かが摩り減る気しかしないので、絶対に読むものかと心に決めた。

「エリック様。どなたと亡命されていらしても構いません。ノルマンディアスは貴方を受け入れますわ」

「えーと。ディー、気持ちは嬉しいけれど、私は」

「そっ、そうですねぇ！　もし男の人同士で結婚することになったら、お邪魔するかもしれません！」

私の言葉を遮るように口を挟んだリリアに、ぎょっと目を剥く。

何故だ。君、私のことが好きなんじゃなかったのか？

いや、諦めてもらえたならそれはそれで嬉しいのだが、他人と私をくっつけようとするとなると話が別である。

意図を測りかねている私を無視して、リリアが「ハイッ！」とやたら元気よく挙手した。

「ちなみにダイアナ様！　男の人同士の結婚を法的にお認めになるということは、女の子同士の結婚だってそうですよね？」

「え？　ええ、そうですね。平等な方がよろしいかと」

「ッシャ！」

リリアがガッツポーズした。

これが狙いか！

誰とでも亡命してこいと言わしめ、その上女同士の結婚も認めさせる。リリアの狙いはここにあったのだ。

舌を巻かずにはいられない。さすが腐っても主人公、頭の回転が速い。本人曰く腐っていないらしいが。

頼むからそのチート能力を悪知恵に使うのをやめてほしい。世のため人のために使ってくれ。

そんなリリアの様子とげっそりした私を交互に眺め、王女様は頬に手を添えて、首を傾げた。

「あの……何か？」

「い、いえ！　やっぱり男の人は男の人同士、女の子は女の子同士で結婚するべきですよね！」

限界オタクみたいなことを言い出したリリア。いやそれはいつものことかもしれないが。

リリアが残念なのはともかく、ディーはまずい。隣国の王女様まで残念になってしまっては、今後の外交関係に不安しかない。

というか他国の王女様をこんな感じにしてしまって、結婚に支障が出たら普通に外交問題だ。責任を問われたらリリアを突き出す他ない。何と言って説明するのかは知らないが。

トンデモお騒が聖女の悪影響をどうリカバリしたものかと考えあぐねていると、いきなりディーがリリアの手をぎゅっと握った。

瞳をきらきら輝かせて、リリアの顔を至近距離で見つめている。

あまりの顔面の美しさに当てられたのか、さしものリリアもたじたじという様子だ。

いや、ぎゅっと握られた手に豊かな胸が当たっているからとか、そういう理由ではないと思うが。

背景に大輪の百合が咲き誇りそうな、あわやGのLかという可憐な絵面に騙されそうになる。

しかし実情は悲しいかな、宣教師と教徒であった。

「それよりもリリア様！　先ほど一つの組み合わせで一冊の本になったものもあるとおっしゃいましたわよね!?　わたくし、まだ拝見していませんわ！」

「え、えーと、あの、……フヒ」

リリアが下手くそに引き攣った笑いを浮かべて誤魔化そうとするが、完全に無駄な足掻《あが》きであった。

さぁ見せてください出してくださいと意気込んだ王女様に強引に引きずられて、リリアが去っていくのを呆然と見送る。

強引さに、マリー王女との血の繋がりを感じた気がした。王様も強引にお兄様を呼びつけようとしたようだし、西の国の王家には強引にマイウェイが信条として受け継がれているのかもしれない。

私のメンタルを引っ掻き回すだけ引っ掻き回して、嵐のように去っていったという印象だ。

どう収拾をつけるんだ、これ。

腐女子王女の私情

「視察に行くよ」

「はぁ」

「護衛をよろしく」

「はぁ」

朝食後早々に部屋を訪ねてきた殿下を前に、私は気の抜けた返事を繰り返していた。

今日も今日とて西の国の騎士団の訓練に参加しようかと思っていたのだが、上司命令では逆らえない。休日だろうがゴルフにお供するのがサラリーマンというものだ。今回は連れてきてもらった恩もあるので、それはいい。

私がポカンとしてしまっているのは、彼が身につけているのが白色のワンピースだったからである。ワンピース。それはひとつなぎの秘宝ではなく、トップスとスカートがひとつなぎになった女性用の衣服のことである。

そう。つまるところ私の目の前に御座《おわ》す我が上司こと王太子殿下は、女装していたのだった。

かつらも着用しているようで、銀糸の髪を緩くゆわえた姿はどこかゲームの中の彼を彷彿とさせる。女優とモデルしか被ることを許されない鍔広《つばひろ》の帽子に、すらりと長く美しい足を強調するようなハイヒール。全て白を基調にしており、絶対にミートソーススパゲッティなど食べられないだろう有様だ。

彼の透き通るような白磁の肌も相まって、「夏休みにおじいちゃんの家に行った時にだけ会える親戚のお姉さん」のような、どこか現実離れしたノスタルジーを感じる美女だった。

後から一緒に遊んでいた友達に聞いても「そんな人はいなかった」と言われて、あれは夏の幻だったのかとか思ったり、おじいちゃんから「お前はもう山に来てはならん。アレに魅入られてしまう」とか言われたりなどする系の、人間離れした美貌である。

ヒールを履いて正面に立たれると、そのあまりの足の長さに驚愕する。腰の位置で私の足の長さが霞むので二メートルほど距離を置いて立ってもらいたい。

「ええと。仮装パレードですか？」

「最近人攫いも出ると聞いたから、念には念を入れて、ね」

にこりと微笑む王太子殿下。

人攫いが出るなら女装は余計にマズいのではないだろうか。世間一般の常識に則れば、攫いやすいのも攫った時の価値が高いのも女性だろう。

触れようとしたら霞のように消え去りそうな儚げな雰囲気ではあるが、残念ながら殿下は普通に実体のある人間だ。

護衛を要するのであれば尚更、もっと誘拐したいという意欲を削ぐような格好を心がけていただきたい。小汚くするとか、重そうにするとか。

何とか着替えていただけないものかとしばらく思案していたが、この人は自分の女装に謎の自信がおありなので、やめさせる良いアイデアが浮かばなかった。いや、たいそう美しいのでその自信にも納得ではあるのだが。

諦めて、上着を引っ掛けて彼の後をついていく。やれやれ、今日はどこに連れて行かれるのか。

二人連れ立って玄関に向かうと、リリアがドアの前で腕を組んで仁王立ちしていた。

王太子殿下を睨みつけて――不敬もいいところだ。そろそろ誰かにきちんと怒られればいいと思う――今にも「シャーッ」とか威嚇し出しそうな顔をしている。

「エリ様！　どこ行くんですか!!」

「どこに行くんですか？」

私も知らなかったので、そっくりそのまま王太子殿下に問いかけた。

殿下は私の方を振り向きもせず、リリアに向かって答える。

「きみには関係ないと思うけれど？」

「ありますぅ～！　エリ様に関することは森羅万象古今東西、全部が全部わたしに関係ありますぅ～事務所通してくださぁ～い！」

何の事務所だ。

リリアの首根っこを掴んで、ドアの前から退ける。

「ほら。後で遊んであげるから待ってなさい」

「やだやだ！　西の国に来てから全然構ってもらってないです!!　わたしと仕事どっちが大事なんですか!?」

「どっちもそんなに」

「ふが～!!」

リリアがじたばたと地団駄を踏んだ。

この美少女らしからぬ様子を見てもやさしげな微笑みを崩さない王太子殿下はさすがである。これを見ると百年の恋も冷めそうなものだが、どうやら大して気にしていないようだった。心が広い。

いや、これこそが攻略対象と主人公のあるべき姿というものかもしれないな。

「ドレス買ってくれる約束はどうなってるんですか!?」

まだ覚えていたか。

内心で舌打ちをする。そもそも私の方には約束をしたつもりはないのだし、早く忘れてくれないだろうか。

「リジー？　ドレスって？」

殿下が先ほどまでの微笑はどこへやら、刺々しい視線を私に向ける。

そんな目をされても、あれはリリアが勝手に言っているだけである。私はまったくもって殿下の恋路を邪魔立てするつもりはないので、そんなに目くじらを立てないでいただきたい。

まったく、リリアに向ける心の広さとは大した違いだ。

私にはその気がないことを、首を横に振ることで表現する。

殿下はしばらく睨むような目つきでこちらを見つめていたが、やがて私の隣に歩み寄ってくると、するりと私の腕に自分のそれを絡めた。

「じゃあ、私のドレスも選んでもらおうかな」

「え？」

「それとも、私がきみに贈った方がいい？　前みたいに」

意味深に微笑む殿下。

何だ、その含みのある言い方は。やたらと「前」を強調されたが、それだとまるで私がこの人にドレスをもらったことがあるような口ぶりである。

事実無根だ。リリアにヤキモチを妬いてほしいのか知らないが、根も葉もない嘘をつくのはやめていただきたい。

ぎりぎり歯軋りをしながら殿下と私を見つめていたリリアが、突如真顔になって、すっと右手を挙げた。

そして息を吸って、高らかに宣言する。

「今から駄々を捏ねます」

「は？」

「もうすぐ！　十八歳になろうかという年頃のかわいい女の子が！　今から！　床をのたうち回って泣き喚き！　本気の駄々を捏ねる様を！　ご覧に入れまぁす!!!!」

「待て待て待て待て」

思わず制止した。

こんなに嫌な宣誓は初めて聞いた。捨て身の脅しにしたって嫌すぎる。

もっと大切にしてほしい。人としての尊厳とかを。

そして真顔なのがさらに恐ろしい。何ならその瞳からはやる気が漲《みなぎ》っているようにすら感じた。

そんな有言実行はいらない。本当に心の底からいらない。

ため息をついて、私の腕にこれ見よがしに寄り添っている殿下を見下ろした。

「……連れて行ってもいいですか？」

「嫌」

「ちゃんと私が面倒見ますから」

「嫌」

「殿下」

つんとそっぽを向く殿下の顔を覗き込む。

やれやれ、機嫌を損ねているようだが……内心はリリアと一緒に出掛けたいはず。

ここは一つ私が大人になって、悪役令嬢らしく二人の仲を取り持ってやるとしよう。

ご令嬢の皆さんに「何でも聞いてあげたくなっちゃう」と大好評のお願いスマイルを添えて、殿下にウィンクを投げた。

「お願いします。ほら、私、いい子にしていますから」

◇　◇　◇

私は後悔していた。

「エリ様！　あのお店のアクセサリーかわいいです！　お揃いで買いましょう!!」

「…………」

「リジー、あちらの反物、きみに似合いそうな色をしているよ。こちらにおいで」

「…………」

このステレオ放送、うるさすぎる。

そもそもモノラルだっていなすのがやっとなのに、両側から挟まれてはもうノイローゼになりそうだった。もう私を挟まず二人でやってほしい。

いっそのことこのまま気配を消して逃げ出してしまいたいが、一応護衛としてついてきている身だ。そうでなくとも国の重要人物二人を置いて逃げ、万が一何かあった場合に負わされる責任のことを考えると、足が鉛のように重かった。

「リジーにはもう少しシンプルなデザインのものがいいと思うけれど」

「自分の趣味じゃないのに付き合ってくれるってところが萌えるんですぅ～!!　その方が彼女がいるってアピールにもなりますし？　おすし??」

先ほどから二人は私を挟んで何やかんやと揚げ足を取るような物言いで言い争っている。

リリアが私にべたべたするのが気に入らないらしい殿下がわざと意地の悪いことを言ってしまっ

て、それでリリアもますますムキになるという負のループがハムスターの回し車並みに高速回転していた。

「そっちこそエリ様にはその色地味じゃないですか～？　アレですか？　他の男に目を付けられたくないから？　わざと地味な格好させちゃうみたいな？　僕だけが気づいている彼女の魅力、的なやつですかぁ～??」

「リジーにはゴテゴテしたものより洗練された品のある服装が似合うと思っているだけだよ。きみと違ってセンスというものを重視しているからね」

そういえばハムスターは何故回し車を回すのかというと、実は野生では一日に何キロも移動する動物だからだと聞いたことがある。

あれだけ小さな身体での数キロとなると、人間で言えば一日に百キロ以上走っている計算になるのではないか。可愛らしい生き物なのに、なんとストイックなことか。我々人間も見習うところが大いにある。毎日十キロや十五キロ走っている程度で満足しているなど、私もまだまだだ。

「エリック様」

現実逃避をしながらステレオ放送を聞き流すことに苦心していると、鈴を転がすようなお上品な声がした。

振り向くと、ダイアナ王女がこちらに向かって歩いてきていた。後ろにはリチャードこそいるものの、他の護衛の姿は見える範囲にはない。こちらの王族同様、お忍びでお出掛けということだろう。ディー、お忍びスタイルだからか、ポニーテールであった。

ポニーテールというのは「狩り」においてとても理に適った髪型である。ここでいう「狩り」というのはもちろん、意中の相手を仕留める行為を指す。

人間の狩猟本能とやらで揺れているものを見るとついつい目で追ってしまうというが、それが遺憾無く発揮される髪型だろう。これが嫌いな男子はいまい。

そう、たとえばこの「王女サマ」に気のある男などは、付き従いながらその後ろ姿に釘付けになっていること請け合いだ。

思わずにやつきながらリチャードに視線を送れば、ふいと目を逸らされた。

これは照れているに違いない。効いてるみたいだよ、ディー。

「エリック様、リリア様、こちらの方は……」

王女様はこちらに近づいてくると、王太子殿下の顔をじっと見た。そして見る見るうちに目を丸くして、はっと口元を手で覆う。

「まぁ！　まぁまぁ！」

うん。まぁそうだろう。

ここ数年の怒涛の女装ラッシュにもはや見慣れてしまって完全に麻痺していたが、普通に生きていたらワンピースを着て女装する男性を目にする機会というのは多くないはずだ。

しかもそれが知り合い、挙げ句の果てに友好国の王太子、その上たいそうお似合いときている。

きっとディーだって驚いて言葉もないだろう。

しばらく口元に当てた手をわなわなと震わせていたディーが、私と殿下の顔を交互に見て、そして絞り出すように言った。

「これが、女体化なのですね……!!」

それは違う。

このあたりこだわる方にとっては非常に重要な問題である。きちんとしておかないと猛烈に怒られるのではっきり言っておく。

これは女体化ではない。女装だ。

王太子殿下を見つめるディーは顔を真っ赤にして、それどころか瞳まで潤ませて、まるで感動しているかのようだった。

一見するとその表情は恥じらいに頬を染め、恋のときめきに戸惑い涙を滲ませているようにも見えた。普段和やかに話すときのおっとりした雰囲気とはまた違って、見ているものを直滑降で恋に叩き落とすような庇護欲をそそる破壊力を誇っている。

……が、私は知っている。

感極まり方がオタクのそれであると。

「リリア様！　わたくし理解しましたわ！　女体化の素晴らしさ！」

「ヨカッタデスネ」

「新しい扉を開いたような心地です！」

「閉メトイテモロテ」

はしゃぐディーにぶんぶんと両手を握って振り回されながら、リリアが壊れたロボットのように返事をしていた。

何もよくはない。

見慣れないディーの姿に、リチャードが目を丸くして二人を凝視していた。

殿下も狐につままれたような顔でディーを見つめている。

それはそうなるだろうとは思う。クレームはそちらのお騒が聖女にお願いしたい。

「エドワード様！　わたくし感動いたしました！」

ディーが胸の前で自分の指を組みながら、きらきらした瞳で殿下を見上げる。

ディーも女性の中では背が高い方だと思うが、さすがにヒールを履いている殿下には敵わない。

その勢いに気圧されたのか、殿下の重心が僅かに後ろに傾いた。

「エリック様に少しでも見合う姿になろうと、そこまでの努力を……ああ、なんといじらしいのでしょう!!」

「いや、」

「きっとリリア様が羨ましかったのですね。二人でお出掛けして、手を繋いで、腕を組んで。男女の間であれば自然に出来るそれを、自分はすることができないのですもの。でも誰よりもきっと、望んでいらっしゃって……それで思いつかれたのがこちらなのですね！」

「私は、」

「リリア様と仲良くされているのが羨ましくて、やきもちを妬いておられたのですわ！　そうですわよね、エドワード様！」

殿下にまったくと言っていいほど口を挟む隙を与えずに、高らかに歌い上げるように一息で言い切ったディー。

後ろにカッコ付きで「オタク特有の早口」と書き加えたくなるような、見事なまでの腐女子ムーヴであった。

これにはさすがに殿下も困惑が顔に出ているのではと思って視線を向けると、彼は耳まで真っ赤になっている。

うん？

苦笑いしたり戸惑ったりするならば理解できるが、何故赤面する？

もしやこれまで落とそうとしていた相手に「そういう目」で見られていたと知って恥ずかしくなったのだろうか。

……それは涙目になるのもやむを得ない、気はする。

私は疑問に思ったものの、ディーにとってそれは大した問題ではなかったらしく、彼女は勢い込んで殿下に詰め寄る。

「ですが、エドワード様はそのままの、元のお姿でも十分に、そう、何なら元のお姿の方が相応しいほどに！　エリック様とご一緒にいらっしゃるのが様になっていらっしゃいますわ!!　自信をお持ちになって!!」

ものすごく私情を感じる言い方だった。

ボーイズがラブしているのがお好みのディーにとってはそうかもしれないが、そこに私と殿下の心情がまったく考慮されていない点に気がついてほしい。

特に、殿下はリリアの前でそんな話をされたくないだろうに。

そこで、はっとディィーが息を呑んだ。

そしてきょろきょろと私たちの顔を見回すと、ぽっと頬を染めて俯いた。

「あら……わたくしったら、つい、夢中になって……わ、忘れてくださいまし」

その恥じらう姿の可憐なことといったらそれはもうとんでもなく、美人が恥じらうとこれほどまでに破壊力があるのかと衝撃を受けた。

顔がいいというのは男女問わず、やはり得である。先ほどまでのオタクっぷりがすべて吹き飛んでお釣りがくるくらいだった。

いいか、腐女子でも、別に。そう思わせるには十分な威力だ。

……いや、いいわけあるか。気をしっかり持て。

「そ、そうですわ、エドワード様！」

ディーが空気を変えるように、王太子殿下に呼びかけた。

「先日ご相談した件ですけれど。改めてお願いしたいのです。ご協力いただけますか？」

「相談って――」

「はい。今日のお二人のお姿を見て、確信いたしました。ぜひお二人にお願いすべきだと」

ディーがうっとりと頬を染めて頷く。

何故だろう。嫌な予感がしてきた。

「お二人に、我が国で開催される仮面舞踏会《マスカレード》に参加していただきたいのです」

ディーの言葉に、思わず王太子殿下の表情を窺った。

殿下は何のことか察しがついているようだが……わずかに口元が引き攣っている気がするのは、気のせいだろうか。

仮面舞踏会。舞踏会というからには、通常男性と女性がペアを組んで参加するものだ。

そして、王太子殿下の今の姿。ディーの考えが読めてきた。

「もちろん、パートナーとして！」

爛々と目を輝かせるディーに、私は気が遠くなるのを感じた。

完全に腐女子王女の私情じゃないか、それは。

エピローグ

「仮面舞踏会」

「ええ。貴族たちが素性を隠して、日頃のしがらみから解き放たれた、飾らない交流を楽しむ場です」

その日の夕食の席で、ディーは改めて「お願いごと」の詳細を切り出した。

夕食会のメンバーはダイアナ王女に王太子殿下、それに私とクリストファー、リリアである。

近頃どこに行くにも寄ってくるマリー王女は不在のようだった。

殿下とディーの都合に合わせてやや遅めの時間になったので、いかにも健康優良児らしいマリー王女は待っていられなかったのかもしれない。

「西の国では古くから行われていて、一つの文化として成立しているそうだよ」

訳知り顔の王太子殿下が、頷きながらディーの言葉に補足を加える。

「その仮面舞踏会に、何故私たちが？」

「実は最近、仮面舞踏会で令嬢が連れ去られる事件が発生しているとの報告がありまして……次の開催がもう来週に予定されているのにと、対応に困ってしまっておりまして」

ディーが口にした不穏な言葉に、一瞬食事の手を止める。

貴族のご令嬢が連れ去られるというのは、結構な大事ではないだろうか。

夕飯の席で賓客に話すちょっとした話題としては重過ぎる。困っているで済ませていい話ではないと思うのだが。

「言っては何だけれど、そんなに悠長で大丈夫？　中止にすべきじゃないか？」

「そう出来ればよいのですが……、我が国で伝統的に行われている行事で楽しみにしている方も多いですし……それに」

言いにくそうに、ディーが言葉を切る。

「連れ去られると言っても、行方が知れないのはパーティーの間だけなのですわ。パーティーが終わる頃には戻ってくるのです」

「え？」

聞き返した私に、ディーも不思議そうな、狐につままれたような顔をしていた。

頬に手を当てて、困ったように首を傾げる。

「怪我もなければ身に着けている宝飾品も盗まれておらず、特におかしなところもなく……攫われた方もただ、眠っていただけだと。初めのうちは疲れたか酔ったかで眠ってしまっただけと思われて、そもそも攫われていたということに誰も気がつかなかったほどです」

ふむ。ディーの説明を頭の中で反芻する。

大方薬か何かで眠らせてご令嬢を連れ去っているのだろうが……金品目的でも身柄目的でもないとするならば、何が目的なのだろうか。

現代ならば例えば指紋を取るとか網膜をコピーするとかでセキュリティの突破を狙っている、というのが怪しいが……いや、それはスパイ映画の見すぎだな。

舞踏会の間という限られた時間では、どこかへ連れ出すというのは現実的ではない。せいぜい会場内か、その近隣の建物に運ぶくらいが関の山だろう。

首尾よくご令嬢を呼び出して眠らせたとしても、出来ることなど限られている。仮面で一見して素性を隠せる状況とはいえ、それなりにリスクのある行為だ。

高価なアクセサリーを盗むよりもメリットがあるのでなければ、わざわざそれをする意味がない。

だが、そのメリットの方が何なのか。それが分からない。そういう状況らしい。

下手をすると、仮面舞踏会で羽目を外し過ぎたご令嬢がでっちあげたそれらしい「言い訳」だという可能性すらある。

「不自然に眠ってしまっていたという方々からの申し出があって、情報を集めてみて初めて……ようやく『何かが起きているのかもしれない』という事態の把握に至ったばかりなのです」

「それは……犯人は、どういう目的なんだろう」

「分かりませんわ」

ディーがゆるゆるとかぶりを振った。

伏せられた睫毛の奥の金色の瞳は、どこか憂いを帯びている。

「実害はないので、さほど気にするものではないという声もあります。ですが、被害に遭われた方は皆貴族令嬢ですので。数時間であっても何が起きたか分からないとあっては、評判への影響を気にするご家族の方も多く……最近は街での人攫いの噂もあって、開催を望む声と不安視する声との板挟みで、わたくしたちも対応を考えあぐねておりまして」

なるほど。事の全貌が分かってきた。

本当に起きたかどうかも疑わしい連れ去り程度では、中止までは持ち込みづらい。それほどこの国には根付いている行事なのだろう。かといって、このまま何の対策もせず捨ておくこともできない。

成人式のようなものかもしれない。伝統的な行事であるし大多数の人間は特に問題を起こさず楽しむ中で、数年に一度大暴れをする輩が出るからといって簡単に中止できるものでもない。

たとえパトカーがひっくり返されても、何だかんだ毎年開催される。そういうものだ。

「それを聞いて、私が協力を申し出たんだ。病の治療の時には随分と助けてもらったから、そのお礼にと思ってね」

殿下が小声で、「ドレスのつもりはなかったけれど」と付け加えた。それで殿下は訳知り顔だったわけか。

もともとディーから相談をされていたところに、今日街で行き会った際の女装要請――もとい王女の私情が大いに差し挟まれた結果、このお願いごとに至ったと、そういうことだ。

怪しい動きがあるならば、戦力として私が潜入すること自体に是非はない。

殿下にもお兄様の結婚の件はもう心配なくなったのでぼちぼち帰りましょうと伝えたところだが――連れてきてもらった身だ。上司が帰る前にもう一働きしろと命じるなら、犯人捜しにくらい付き合ってやってもいい。

捕まえればお兄様の手柄になるし、捕まらなくても「今回は来なかったようですね、それじゃ私たちは帰ります」と言えばいいだけの話だ。特段損をするものでもない。

問題はパートナーが殿下だというその一点のみである。

本人もドレスのつもりではなかったと言っているし、今回の女装は殿下も本意ではないのでは。

そこまで考えて、ぱちりとパズルのピースが嵌まる。

そうか。殿下はリリアと二人で参加する算段だったに違いない。聖女ならば毒物の類は無効化できるだろうし、まさに適材適所だ。

それならば是非とも初志貫徹して、当初の計画通りにリリアと二人で参加していただきたい。

殿下も嬉しかろうし、私も某国の王女様に妙な熱視線を向けられずに済んで一石二鳥だ。

戦力が必要なら適当に護衛の騎士に交ざるか、さもなくば私は私でディーかマリー王女と組んで参加すれば事足りるだろう。というかどう考えてもその方がいい。

まさか王太子殿下ともあろうものが、他国の王女様に忖度しているのだろうか。

今からそんなに弱腰外交でどうする。今後の両国の関係性を対等なものにするためにも、ここで引くのは得策ではない。

女装しなくてもいいんじゃないですかの意を込めて、殿下に目配せする。殿下もそれを受けて頷き、重々しい調子で口を開いた。

「私が囮として潜入する」

「え？」

「ノルマンディアス側とも相談して、それがいちばん効率的だと判断した」

「は？」

思わず聞き返した。

何を言っているのだろうか、この人。

何の効率だ。カップリング効率か？　それとも暗殺効率か？

王太子が囮でたまるか。それは良からぬことを企む輩からすればただの本命のターゲットである。

カモネギにも限度というものがある。暗殺効率はそりゃあ最高効率だろう。

「殿下？　あの、囮というのはどういった意味で？」

「私が令嬢のフリをして犯人をおびき寄せる」

具体的な方法を聞いているのではない。今のは貴族的婉曲表現で「正気か？」という意味だ。

殿下もそんなことは百も承知だと思うのだが。

「危険です。薬を盛られるかもしれないんですよ」

「ああ、私は効かないんだ。毒の類」

「え」

「王族だからね、耐性を付けている」

ちらりとディーを見た。

ディーは曖昧に微笑んでいるばかりで、否定する様子はない。どうもまったくの嘘というわけではない……らしい。

殿下が毒耐性持ちだとは知らなかった。聖女《リリア》と違ってチートスキル的な物を持たない私としては、身に付ける方法を知りたいような知りたくないような、微妙なところだ。

まぁ、知ったところで実践したくなるとも限らないのだが。辛い思いや苦い思いをするくらいなら私は遠慮しよう。

「だから仮に睡眠薬を盛られても問題ない。相手の目的が分かったタイミングで合図を出すから、あとはきみが助けにきてくれれば解決する」

「護衛として許可できません」

「いつから私に許しを与えられる身分になったのやら」

殿下が嫌味ったらしく言いながら、肩を竦める。

そう言われても護衛として――お兄様として来ている以上、彼を危険に晒すことに賛成できるはずがない。

何かあったら責任を問われるのはこちらなのだ。殿下が失うのは自分の命だけかもしれないが、こちらは一族郎党ひっくるめて首と身体がさようならする可能性すらある。

せっかく勝ち取った平穏を、こんなことで失ってなるものか。

「御身を案じて申し上げているまでです。私は忠臣ですので」

「よく言う」

「……友人としても許可できないよ、エド」

お兄様の言いそうな台詞を持ち出してみたが、殿下はツンと澄ました顔で無視するばかりだ。

無視はさすがに態度が悪い。

「王族は耐性があるって話なら、ディーだって」

「わっ」

ぽーっとした恍惚の表情で私と殿下を見て口元を緩ませていたディーが、はっと我に返って涎を拭った。

「わたくしは、ええと、その、王女ですから、わたくしよりも、他の参加者と、面識がないエドワード様のほうが、あの、気づかれないと思いますし、わたくしだと気づかれてしまう、かもしれませんし、その、エドワード様の方が、わたくしは、良いと思います」

急に話を振られたディーは、ものすごくしどろもどろになっていた。

いや、本当にびっくりするほどのしどろもどろっぷりである。辞書に「しどろもどろ」の例文として載せたいくらいだ。

嘘が下手にもほどがある。本当にこの人は王族なんだろうか。

リリアだってもう少しマシな嘘をつくだろう。むしろ最近はどんどんふてぶてしくなって平気で人を騙している気がする。

……私の影響ではないと思いたい。

先般の話で察した通り、ディーは私と殿下をペアで参加させたくて仕方がないようだ。その狙いがまったく隠せていなかった。

推さないでほしい。頼むから。

その後も何とか拒否しようといろいろ食い下がってみたものの、聞く耳を持たない様子の殿下とそれを援護するディーのせいで思うように進まない。

まずい、多勢に無勢だ。

とりあえずディーの謎の加勢だけでも無くそうと、早々にこの場を切り上げることに目的を下方修正する。

時間が遅かったのもあって、その場を解散させるのは簡単だった。

離宮に戻り、どういうつもりかと殿下を問い詰めてみるもやはり取りつく島もない。

それどころか受け答えがどこか挙動不審で、何かを企んでいるらしいことが明白だった。

そこでふと、違和感に気づく。

リリアが大人しいのだ。

思えばこの話の流れで、リリアが割り込んでこないのはどう考えても不自然だった。

人見知りをするし大勢に囲まれると気配を消しがちなリリアだが、ここぞという時の胆力は主人公らしく尋常ではない。

毒なら大聖女の力と自動復活《オートリヴァイヴ》とかいうチートスキルでどうにでもなるはずで、私に守られるというおいしい役どころを彼女が他人にみすみす渡すとは思えなかった。

ドレスであればクリストファー用に持ってきたものをいくらでも貸してやる。

身分から言っても王太子殿下より適任であることは明らかで、自分が代わりに行くと言い出さないのはおかしい。

嫌な予感がする。

リリアに視線を向けると、素知らぬ顔で紅茶を啜っている。……が、手がぶるぶる震えていた。何かやましいことがあるのは間違いない。下手をするとすでにディーと殿下に抱き込まれている可能性もある。

……売られていないだろうな、私。

リリアの様子を窺いながらも一向に響いている様子のない殿下と押し問答していたが、やがて殿下がやれやれとため息をつき、首を横に振った。

「仕方がないな」

よかった、諦めてくれたらしい。

……と、思ったのだが。

殿下が懐から取り出したものに、視線を奪われる。

それは白い封筒に入った、手紙――だった。

何故、それが、殿下の手に。

それは――残りの二通は私がきっちり、クリストファーの部屋から回収したはずで。

咄嗟にクリストファーを振り返る。彼はさっと目を逸らした。

その仕草で、全てを理解する。

クリストファーは私がお兄様の手紙をくすねたことを王太子殿下に告げ口したに違いない。

そして殿下は私が部屋を空けているタイミングを見計らって誰か――例えば侍女とか――に指示をして、私の部屋から手紙を回収したのだ。

おそらくあの膝枕の時だろう。思い返してみれば、違和感のある流れだった。

膝枕という行為は私をひと所にとどめておくには最適だろうし、それならば殿下が見張るように
ずっと張り付いていたことにも説明がつく。

すべては私をあそこに釘付けにしておくための行動だったのだ。

やられた。完全に、嵌められた。

リリアだけではない。クリストファーもあちら側だ。

私以外、全員悪人《グル》とは。

数秒でそこまで思い至った私を尻目に、殿下は手紙の封を開けると、それを朗々と読み上げ始めた。


リジーは覚えているかな？　君が初めて、僕とお父様以外の男の人に「大きくなったらお嫁さんにして」と言った日のこと。

もうあの日は僕もお父様もそれはそれはショックを受けて、二人でリジーがお嫁に行くときのことを想像して夜中に泣きました。

次の日に、君にもうお兄様のことは好きじゃないのって聞いたら、『お兄様のことは世界で一番大好きよ』って言ってくれて。

それを聞いたお父様が『じゃあお父様のことは？』って聞いたら、『お父様のことも、世界で一番大好きよ』って。

そうだよね、一番が何人もいてもいいよねって。笑ったことを覚えています。お母様には呆れられたなぁ。

あの頃の君は本当に天使みたいに可愛くて……あ、もちろん今もとっても可愛いよ。……家族も使用人も、みんなが君に夢中でした。

可愛いだけじゃなくて、思いやりがあって、賢くて。君のまっすぐな視線や言葉に教えられることがたくさんありました。

誰かのことを思ってやさしい言葉を掛けられるところも、誰かのために頑張れるところも……目が離せないところも、変わっていないけどね。

それから程なくして、ロベルト殿下と君の婚約が決まって。また僕とお父様はこっそり泣いたんだけど……ふふ。君は知らなかったでしょう。

お父様があのとき泣いていたのは……あまり我儘を言わなかった君が、「結婚したい」と言った相手と結婚させてあげられないことを申し訳なく思っていたのかも、と、今では思います。

書いているうちに君の話じゃなくて、僕とお父様の話になっちゃったかも。

君がもしこれから誰かと結婚することになったなら……やっぱり僕もお父様も泣くんだろうなぁ。

君にとって幸せな結婚だったら、いつだって祝福するけれど……もう少し先でもいいかな、なんて。

ああ、でも順番待ちはしなくていいからね。君やクリスを待たせていると思うと、僕もプレッシャーだから。

僕もお父様も、お母様も。君の幸せを何より一番に思っています。

だから、早く帰ってきてね。もし西の国でいい人を見つけたとしても……帰ってきて、報告してください。


ビリ。

殿下が手に持っていた手紙を破った。

思わず目が点になる。

いや、破り捨てたいのは私のほうなのだが。

お兄様の直筆だと思うとなかなか踏み切れなかったので、代わりに破いてくれて助かった、とも言えるのだが。

あまり衝動でそういったことをするタイプに見えなかったので、驚いた。

まさかお前も千切ってやろうかという脅しではないだろうが、お綺麗な指先で千切られてどんどん細かくなる紙片を見ていると、そういうアートなのかという気がしてくる。

「……殿下？」

「何？」

「いえ」

にこりと笑って返事をされた。その笑顔に圧を感じて、「どうして破るんですか」と聞くのをやめた。

雉も鳴かずば撃たれまい。長生きをしたければ、雄弁は銀、沈黙は金である。

何か気に食わないことでも書いてあったのだろう。知らんけど。

どうやら仮面舞踏会に出ないという選択肢は、貴族《サラリーマン》たる私には用意されていないらしかった。

番外編

エリザベス・バートン被害者の会Ⅳ

もうしばらくは、弟扱いでもいいかな　―クリストファー―

今回の旅、ぼくは不安だった。

何とか女装せずに連れて行ってもらえることになったのは良かったけれど……兄上と姉上が喧嘩をしているのを見るのは初めてだったし、兄上の言うことを聞かない姉上を見るのも初めてだった。

いつも兄上がいるから安心していられたんだと気づいた。

それがないと……姉上はいつもよりも一層、何をするか分からない。

兄上からも両親からも「しっかり見ておいてね」と頼まれて、兄上からは秘密兵器まで預かったけれど……それでも、不安だった。

その不安は、行きの馬車でさっそく的中した。

一人で馬車を狙う強盗のところに乗り込もうとした姉上に、西の国に着かないうちから「秘密兵器」を使うことになってしまった。

たぶんさすがの兄上も、これは予想外だったんじゃないかと思う。

秘密兵器……兄上からの手紙を開けて、読み上げてみて、すぐさまぼくを連れて行ってくれると言った姉上に驚いた。

ぼくからしてみれば単に微笑ましいだけのエピソードだったけれど、それを発表されるのは姉上には相当恥ずかしいことだったみたいだ。

「兄上と結婚する」とか、姉上なら言いかねないことだし、そんなに恥ずかしがらなくてもいいのに、と思った。今の姉上だって言いそうなんだから、小さな頃なら尚更、言っていてもおかしくないのに。

でも……何度思い浮かべようとしても姉上の泣き顔は想像がつかなかった。

ぼくからしてみれば、そちらの方がよっぽど意外なことに思える。

だってぼくの知る姉上はいつも強くてかっこよくて、何でも知っているような微笑みを浮かべているから。

兄上や両親が、ぼくの知らない姉上を知っていることは——何だかとても、羨ましいことのように感じた。


手紙のおかげで何とかついていく許可をもらったけれど、強盗の一団に近づいたところで、木の上で待っているように命じられた。

危ない時に姉上のことを止めるつもりだったけれど……相手の数が思ったよりも多い。

これ以上は本当に足手まといになるような気がして、ぼくはその指示に従った。

息を潜めて隠れていると、男の声が聞こえてくる。

「あの馬車、女が少ない。ハズレだな」

「だが貴族の女は庶民よりも金になる。狩らない手はない」

会話の一部が耳に引っ掛かった。この強盗は、女の人を狙っているのだろうか。

もし姉上が見つかって、女性だとバレてしまったら。

そう思うと、途端に胸騒ぎがする。

「確かこっちに一人か二人、向かってきたと思ったんだが」

「適当に探して、いなけりゃその方が好都合だ。さっさと馬車を仕留めるぞ」

「ああ」

男が一人、離れていった。姉上の走って行った方に向かっている。

もう一人はぼくの近くに留まって、近くに誰か隠れていないか探しているようだ。

もし……強盗たちが姉上に危害を加えるようなことがあったら。

ぼくはきっと……許せない。

相手ももちろんだけれど、それを見過ごしてしまった、ぼく自身を。

姉上がどんなに強くても、関係ない。そうですよね、兄上。

姉上がぼくを守ってくれるように——ぼくも、姉上を守らなくちゃ。

そっと木から下りて男に忍び寄ると、地面に落ちていた石を両手で持ち上げ、振りかぶった。

「あ？　お前何、がッ⁉」

もう一度、振りかぶって。

ごん、がしゃん。

「ちょ、やめ、」

ああ、そうだ。剣も持ってきていたんだっけ。

「あが、ぐっ⁉」

ううん、やっぱり姉上や教官たちみたいには、出来ないな。

切り口が、綺麗にならないや。

◇◇◇

「ストップだ、坊や」

声がして、ぼくははっと我に返った。

いつのまに近づかれたのか、背後から首元に冷たいものが突きつけられている。感触からして金属……たぶん、刃物だろう。

すっかり血で汚れてしまった剣を地面に落として、動きを止める。

さっきも聞いた声だ。走って行った男が戻ってきたようだ。

「おい、こんなガキに手こずってんじゃねぇよ」

「痛ぇ、うう、痛えよ……」

「……聞こえちゃいねぇ」

傷だらけで倒れている男を見下ろして、背後の男がため息をついた。

そしてぼくの首元に当ててたナイフをさらに食い込ませるように押し当てて、低い声で命じる。

「一緒に来てもらうぞ。あんな化け物、まともに相手してられるか」

まともに相手すべきではない人物に心当たりがあったけれど、男に従うしかなかった。

男は予想通り姉上の所にぼくを引っ張っていくと――到底一人で対処したとは思えない惨状にびっくりしつつも、同時に姉上らしいと納得してしまった――、ぼくを人質に、姉上に武器を捨てさせる。

「剣も捨てろ。武器をこちらによこせ」

「分かったよ」

両手を上げる姉上。

その表情には焦った様子は見られない。いつもよりも真剣な表情だけれど……普段通り、落ち着いた姉上に見える。

それでも不安が募った。

ぼくのせいで、姉上に何かあったら。

そう思ったら、怖くなった。

姉上が誰かに負けるなんて想像がつかないけれど……やさしい姉上がもしピンチに陥るなら、こうして誰かを守るときなんじゃないかという考えが、頭に浮かんだ。

ぼくの不安をよそに、姉上は一瞬で窮地を切り抜けた。

やっぱり姉上は強くてかっこよくて……だけど。

それでも、不安は完全には、なくならない。

「姉上！」

姉上の胸に飛び込んだ瞬間、ふっと身体中から力が抜ける。

助かったから、というのももちろんだけど……ぼくのせいで姉上が傷つくことがなくて、本当に良かった。それにひどく、安心した。

「ごめんなさい、ぼく……足手まといにならないって、言ったのに」

「大丈夫だよ。私こそ一人にして悪かったね」

「でも、」

「心細かっただろう。もう大丈夫だから」

背中をぽんぽんと叩いてくれる姉上に、涙を堪えきれなくなる。

姉上はぼくが人質になったのが怖くて泣いているのだと思っているようだけれど……それは違う。

ぼくは……ぼくのせいで姉上が傷つくことが、怖かったのだ。

◇◇◇

湖での一件に、ぼくの不安は確信に変わる。

姉上は誰かのために、自分の身を顧みないことが多すぎる。このままだといつかきっと、取り返しのつかないことになる。

誰かを守る姉上はかっこいいし、やさしいところは尊敬しているけれど……それで姉上が怪我をしたり危険なことに巻き込まれたりするんじゃないかと心配するぼくの身にもなってほしかった。

誰かと戦って負ける姉上は想像できなくても……誰かのために湖に飛び込んだ姉上が、もう二度と浮かんでこないんじゃないか。

その考えは、胸が痛くなるくらい頭に浮かんだから。

もう無茶をしないように約束してもらおうと、兄上から預かった手紙を探す。そして、気づいた。

手紙が、ない。

たしかにしまったはずの場所を何度も探す。荷物を全部ひっくり返したけれど、やっぱり見つからなかった。

他の荷物に手を出さずに、手紙だけを盗む。そんなことをするのは、一人しか思いつかない。

それはつまり、姉上がぼくの寝室に勝手に入って、荷物を漁ったということで。

かーっと顔に熱が集まる。

だ、だって、し、下着とかも置いてあるし、主人公が姉上に似ている気がして買った本とか入ってるし、あ、あと、こっそり持ってきた兄上と三人で描いてもらった肖像画とかも、あるし、……

それに、何より！

「結婚前の女性が、男の寝室に入るなんて！　そんなの絶対ダメです！」

「男って……弟だろう？」

必死で抗議したけれど、姉上はどこ吹く風といった様子だった。

続きの間で構わないと言っていた時から、姉上が気にしていないことは分かっていたけれど。

弟としてしか思われていないだなんて、男として意識してもらえていないなんて……分かっていたけれど。

でも姉上の口からはっきりそう言われるのは、やっぱり悔しかった。

だいたい、ぼくが心配しているのはぼくのことだけじゃなくて……他の人にもそうやって、無防備に接していることも含めてなのに。

だんだん腹が立ってきた。

やっぱり姉上は、自分がどうなるかということに対して無頓着すぎる。

それでぼくがどれだけ、やきもきしているのかに対しても。

「あ、姉上の、分からずや!!　いつもそうやってぼくのこと、子ども扱いして！　姉上のデリカシーなし！」

我慢できずに、苛立ちを姉上にぶつけてしまう。

自分で自分の気持ちをうまくコントロールできなかった。

悔しくて、腹立たしくて、悲しくて、不安で。

喉の奥に何かが引っ掛かったように、呼吸がきゅうと苦しくなって……視界が歪む。

ここで泣いたら、ますます子ども扱いされるって、分かっているのに。

兄上だったら、もっと上手に姉上に伝えられるのかな。

姉上がやれやれという様子で、腰に手を当ててぼくを見下ろす。

「クリストファー、いいか。この際だから言っておくけれど、君の姉さんはたしかに他のご令嬢とは少々違うところがある。デリカシーもないかもしれない。だがそれも私の個性だ。いくら家族に言われたって、私には変えるつもりがない」

「……っ……」

「あまりお小言ばかり言っていると、侍女長のように眉間のシワが戻らなくなるぞ」

「き、兄弟だって、言うなら」

姉上がこちらに伸ばした手を……ぼくは、振り払った。

そうやってまた、子ども扱いして、誤魔化そうとして。

ぼくが、どれだけ――心配しているか、知らないくせに。

「兄弟だって言うなら、ぼくの気持ちくらい分かってよ!!」

何とか涙が零れる前にそう叫んで、ぼくは姉上に背を向けて駆け出した。

◇　◇　◇

姉上と喧嘩別れのようになった翌日、兄上の手紙を取り戻してもらうよう王太子殿下に頼んだ。

離宮の侍女はほとんどが姉上に夢中になってしまっているので、頼れるのは殿下が連れてきた侍女だけだったからだ。

そこで、ぼくと殿下は取引をする。取り戻した手紙のうちの一通を殿下に渡すという取引だ。

何に使うつもりかと警戒したけれど、その手紙を使って姉上に頼みたいことというのが「仮面舞踏会でのパートナー役」だと聞いて渋々了解した。

王太子殿下のことだから、手紙がなくても姉上を丸め込もうとしただろうし……もし王女様に一緒になって頼まれたら、放っておいても姉上は首を突っ込むような気がしたからだ。

ぼくの役目は、殿下の指示を受けた侍女が姉上の部屋から手紙を取り返すまでの間、姉上を引きつけておくことだった。

都合の良いことに、姉上がぼくを引き留めて声を掛けてきた。

「ごめん。この前のこと、謝りたいんだ」

「…………」

この時点では、姉上を許すつもりは全くなかった。

いつも振り回されているんだから、今日はぼくが振り回してやるぞ、というくらいの気持ちでだけど。

……ぼくが怒っていることを思い知ればいいんだ、と思っていた。

「謝りたいけど、私には君がどうして怒ってるのか分からない」

「え、」

「分からないんだよ、私は。言ってくれないと分からない。お兄様みたいには出来ない」

いつもと調子が違う姉上に、ぼくまでどうすればいいか分からなくなってしまう。

「分からないことばかりなんだ。……だから、教えて？」

「え？」

「部屋に勝手に入ったのは悪かったと思ってる。手紙を勝手に持っていったのも。他に、何を謝ったら許してもらえるのかな？」

「あ、姉上？」

「ねぇ、どうしたら……許してくれる？」

姉上がぼくの手を取って、両手でぎゅっと握りこむ。至近距離でぼくの瞳を見つめて、ちょっとだけ上目遣いで首を傾げる。

きゅん、と胸が締め付けられる。

女の子を口説くときにしている仕草とよく似ているけれど……いつもよりちょっとだけ不安げなその瞳に、どきどきと鼓動が速くなる。

姉上にも分からないことや不安なことがあるのかな、と思うと、だんだんと怒りが消えていった。

どうしよう。姉上は強くて、かっこよくて、やさしくて、困ったところもたくさんあるけど……すごく素敵で。

それは、分かっていたんだけれど。

ぼくは初めて……姉上のことを、「可愛い」と思ってしまっていた。

兄上が見ている「世界で一番可愛い妹」の姉上は、こんな感じ……なのかもしれない。

「君が許してくれるなら、何でもするよ」

「あぅ、」

「ねぇ、お願い」

初めて味わったその威力に、ぼくが抗えるわけがなかった。

◇　◇　◇

姉上の、膝枕。

頼んだのはぼくだけど……何だかすごく、緊張する。

姉上に気づかれないよう注意しながら、小さく深呼吸した。

ぼくの役目は、姉上が部屋に戻らないよう引きつけておくことで……それさえできれば、手段は何でもいいはずだから。

これは決して抜け駆けではなく。

絶対姉上が勝手に動けないような、効率的な方法というだけで。

だから、ええと。つまり。

……ぼくがしてほしかった、だけだけど。

爆発しそうなほどうるさく跳ねまわる心臓の音を押さえ込みながら覚悟を決めて、えいやっと姉上の膝に頭を乗せる。

事前に忠告されていたとおり、ふわふわとやわらかいわけではないけれど……どのみち、どきどきしてしまって寝心地なんて気にならなかった。

何より、やさしく髪を撫でてくれる手つきが嬉しい。

ちらりと見上げてみると、こちらを見下ろすブルーグレーの瞳と目が合った。姉上がふわりと微笑む。

また心臓が跳ね上がる。

一生懸命寝たふりをしていると、どこから聞きつけてきたのか王太子殿下がやってきた。

さっさとどこかに行ってくれればいいのに、姉上の隣に座ってお喋りを始める。

部屋に戻らないよう見張るなら、ぼくがいるから十分なはずで……むしろ、ぼくの動向を見張っているのかもしれない。

「ううん……」

話し声がうるさくて寝苦しいなぁ、という風を装って、小さく唸ってみた。

王太子殿下の視線を横顔に感じる気がする。

「……ねぇ。きみの弟、起きているんじゃない？」

「え？」

「む、むにゃむにゃ」

余計なことを言わないでほしい。

誤魔化すために——あと、ちょっとだけ、王太子殿下には絶対出来ないことをしているのを見せつけちゃおうかな、という気持ちもあったけど——寝返りを装って姉上の腰に抱きついた。

「寝てますよ」

「……どうだか」

姉上がそっと髪を梳いてくれる。

それがあまりに心地よくて……穏やかな陽気も相俟って、だんだんと緊張がほぐれていった。


——『お兄様が君を愛するように、両親が君を愛するように。私も君を愛しているよ』

さっきの姉上の言葉が頭の中でリフレインする。
ぼくのそれとは意味が違うけれど……愛していると、言ってもらえて。
こうして膝枕をして、頭を撫でてもらえて。
こんな風にくっつくのが許されるのは、きっとぼくだけ、だと思うから。
それなら……もうしばらくは、弟扱いでもいいかな、とか、思ってしまった。

帰りたくない　―エドワード―

卒業式以来、リジーに避けられている。

呼び出しをなんだかんだと理由をつけて断ったり、それならと屋敷に行ってみても不在にしてばかりだったり。

寂しいけれど、同時に少しだけ溜飲の下がる思いだった。

あそこまですればさすがに彼女も、私を無視できないはずだ。

今までどおりに接してくれないことが、彼女が私を意識していることを証明している。そう思えば耐えられた。

私のことを、どう思っているのか。

その答えが少しでも、変わればいいと思った。

◇◇◇

彼女の兄と西の国の王女との婚約話が浮かび上がって、最初に抱いた感想は「まずいことになった」だった。

次期人望の公爵を他国にやるわけにはいかないとか、優秀な人材を失うことは痛手であるとか、そういったこともちろん考えたけれど……それよりもリジーの反応を想像すると、どう考えても平和的に物事が進むと思えなかったからだ。

彼女が兄に対して並々ならぬ感情を抱いていることは知っている。

西の国に乗り込んで直談判する程度なら可愛いもので、西の国に攻撃を仕掛けるかもしれないし、兄を連れてどこかへ姿を消すかもしれない。

縁談を阻止できなかった私や王家を、無能だと切り捨てるかもしれない。

不要だと断じるかもしれない。

私個人が彼女に嫌われたくないという感情を抜きにしても――王家に不満を感じた彼女が何をするか。

それが想像もつかないことである以上、何としても対策を取らなければならないことは、もはや確実だった。

◇　◇　◇

可及的速やかに手立てを考え、父や侍従を無理矢理に納得させ、予定をねじ込む算段を整えた。

深夜に公爵家まで馬車を走らせて公爵と話をしていると、まさに何か事を起こそうとしたらしい彼女が、聖女を小脇に抱えて部屋に飛び込んでくる。

あと一歩遅かったら、手遅れになっていたかもしれない。

よかった。間に合った。そう内心で胸を撫で下ろしたのは、きっと私だけではなかっただろう。

「貴方が我が国の王太子で、本当に良かった」

そう言って跪き、私の指先に口づける彼女の姿が脳裏に浮かび、ついつい緩む口元を手で隠す。

西の国へと向かう馬車で、彼女と二人きり。正面に座る彼女は、退屈そうに馬車の外へと視線を向けていた。

彼女とその兄には悪いが、気を抜くと浮かれてしまいそうになる。

こんなに長い時間二人きりで過ごすなんて初めてで……それだけで、無理を押して都合をつけてよかったと思えた。

かなり無理のあるスケジュールで合流したので、もう三日はまともに寝ていない。だがそれだけのことをした価値があったと思えた。

この時間が一瞬でも長く続いてほしい、一瞬たりとも無駄にしたくない。そう思うと――睡魔なんて、どこかにいってしまう。

「国外に出るのは初めて?」

「はい」

「西の国もいい所だったよ。王都にも緑が多くて、大きな水路が通っていたりして。気候が穏やかだから、保養地や新婚旅行先としても人気があるんだって」

「そうですか」

二人きりで旅行しているような状況に、意識してほしくてそう話してみたけれど……雑談だとでも思っているのかあっさり流された。

意識する素振りがまったくない。どうも今回の騒動で、あの出来事はすっかり頭から抜け落ちてしまったらしい。

唇を奪うなんて——私だって、それなりに勇気を出したつもりだったのだけれど。

少々機嫌を損ねながら、窓の外に視線を投げる彼女を眺めていると、ふと違和感が過ぎる。

どうして、そんなに。

寂しそうな顔をしているのだろう。

「……何か、考え事？」

「まぁ、そんなところです」

「フレデリックのこと？」

彼女の顔を覗き込んで尋ねれば、彼女は困ったように笑いながら首肯する。

その表情があまりに寂しげで……まるで道に迷った子どものようで。

彼女は私より一つ年下の女の子なんだということを思い出させられた。

貼り付けた笑顔ではない表情を見せてほしいといつも思っているけれど……これは、違う。こんな顔をさせたくないと、そう思った。

咄嗟に身を乗り出して、彼女の手を握る。

「安心して。彼を無理矢理婿入りさせるようなことは、私が絶対にさせないから」

私の言葉に、彼女がふっと口許を緩めて微笑んだ。

少しだけ、羨ましくなる。彼女にこれほどまでに思われている、彼女の兄のことが。

……まぁ、私は兄になりたいわけでは、ないのだけれど。

◇◇◇

西の国に着いて、フレデリックと結婚したいと申し出ている件の王女――ダイアナ王女を紹介した。

正直に言えば、リジーが大人しくしているはずがないことは予想していた。彼女の目的は兄と王女の結婚を阻止することだ。そのために、彼女はフレデリックのフリまでしている。

例えば王女に嫌われるような人間を演じるくらいのことはするだろうと、そう思っていた。

……けれど。

「すぐ人恋しくなってしまう質でして。最近はどこに行くにも彼女と一緒なのです」

甘やかな手つきでリリア嬢を抱き寄せて、髪を撫でるリジー。

挙句の果てに、リリア嬢の髪に口づけまでする始末だ。リリア嬢は顔を真っ赤にしながら、どこか夢見心地の表情で彼女に身体を寄せている。

そうかと思えば……。

「ああ、でも……貴女と二人きりでも、楽しめそうですね。いろいろと」

まるで獲物を狙うような、獰猛な欲を感じさせる瞳をダイアナ王女に向ける。

見ているこちらがぞくりとしてしまうような、熱の籠った視線だ。

そんなこと、私にしてくれたことはないじゃないか。

そんな目で、私を見てくれたことはないじゃないか。

嫉妬の心がじりじりと湧き上がる。

分かっている。あれは演技だ。どうせ何か企んでいるに違いない。大方ダイアナ王女とフレデリックとの縁談を白紙にするために、わざと浮気で軟派な男を演じているとか、そういう作戦なのだろう。

そんなことは分かっているけれど……それはそれ、これはこれだ。

我慢ができなくなって、割って入る。

「エリック」

耳を引っ張りながら、彼女の偽名を呼ぶ。

不満げに、邪魔をするなと言いたげにこちらを見る彼女に、やれやれとわざとらしく肩を竦めてみせた。

「失礼。彼は誰に対してもこうなんだ」

「美しい女性に声を掛けないのは却って失礼かと思いまして」

「ほらね」

「ふふ……殿下とフレデリック様も仲がよろしくていらっしゃるのね。お話に聞いていた通りです」

口元を押さえて笑うダイアナ王女の言葉に、リジーがちらりとこちらに視線を送る。

慌てて素知らぬ顔を取り繕った。

以前療養に来た時に、ダイアナ王女やその妹に彼女の兄の話をしていたのだ。

もちろん彼女自身の話も多少はしたけれど……どういう関係かを詳しく説明するには、私と彼女の間には秘密が多すぎた。

リジーがやれやれと小さくため息をついた。

「まったく。どんな話をしていたんだよ、エド」

予期せぬ衝撃に、頭が真っ白になった。

一拍遅れて、心臓が悲鳴を上げる。

彼女の声で「エド」と呼ばれる日を、私はどれだけ夢見ただろうか。

それも、あんなに優しげな声音で。

わかっている。彼女は兄の真似をしているだけで、そこに他意はないことを。

これだけいろいろとアピールしても、彼女が全く気にしてすらいないことを。

それでも、そう呼ばれたらどんなに嬉しいのだろうと思っていた自分が舞い上がってしまって、そこからは顔に出ないようにするので精一杯だった。会話の内容などほとんど覚えていない。

その日の夜、ベッドに入ったところで、彼女の困ったように微笑む表情と、優しい声音が思い起こされる。

「エド」

頭の中で彼女の声を思い出し、勝手に頬が熱くなる。

枕に顔を埋めて、ため息をついた。

眠れそうにないのだけれど、どう責任を取ってくれるのだろうか。

◇　◇　◇

「というわけで、殿下。どうでしょう？　ディー、良い子ですよ」

来てよかったと幸せを噛み締めていたところに、彼女が思いもよらない提案を突きつけてきた。

馬車に揺られていなければ、がっくり膝から崩れ落ちていたかもしれない。

「…………どうしてそうなるの？」

「一番釣り合いが取れそうなので」

聞き返してみるが、まったく悪びれた様子がない。

自分の兄の代わりに私を差し出そうという魂胆らしい。

少しは意識してもらえているのでは、と考えていたのが馬鹿らしくなるような提案だ。

そもそも、釣り合いというのならクリストファーだって良いはずだ。

私が応じないのを見て――応じると思われているのがもはや物悲しい――、彼女が交換条件を出してきた。

「もしディーを引き受けてくださるなら、殿下に言い寄っている第二王女、私が何とかしましょう」

「何？」

「困っておいでなのでしょう？　悪い話ではないはずです」

馬車の扉が開く。

彼女が先に降りて、私に手を差し出した。その手を借りて、私も馬車を降りる。

彼女の表情を窺うが……実に飄々《ひょうひょう》とした、いつも通りの顔だった。

「……まさか、きみに惚れさせるつもり？」

「いけませんか？」

「その方法の場合は、させたくない」

冗談なのか本気なのか分からない様子の彼女に、苦々しく思う。少しはやきもちでも妬いてくれないかと第二王女の話をしたのが、こんなところで裏目に出るとは。

押しの強いマリー王女が彼女に言い寄っている姿が、まざまざと脳裏に浮かぶ。

女性に優しい彼女のことだ。またでれでれと——蕩けるような甘い微笑みで対応することだろう。

リリア嬢と仲が良さそうにしている姿を見るのだって気に入らないのに、これ以上ライバルを増やされては堪らない。

私は想像だけでこんなにも心を乱されてしまうのに、彼女の方はそうではないらしい。

私が他の誰かに気持ちを向けても……何も思って、くれないのだろうか。

その気持ちがぽつりと、口をついて出る。

「きみは、気にならないの？」

「何がでしょう」

「私がダイアナ王女を、口説いても」

彼女が不思議そうに首を傾げる。それが全てを物語っていて、段々と苛立ちが募ってきた。

ああ、もう。

どうして私ばかりが、こんなにも。

首を傾げた彼女が、当たり前のことのように言う。

「そのご尊顔を十分に利活用なされば、たいていの女性は靡くでしょうに」

「え？」

「ですから、その美しい顔面で」

「ちょ、ちょっと待て！」

思わず彼女の言葉を遮ってしまった。

彼女がきょとんと目を丸くして私を見ているが、すぐに言葉が出てこない。何度か口を開け閉めして、やっとのことで言う。

「う、つくしいとか、言ったかな、今」

「？　ええ。言いましたが」

不思議そうに目を瞬かれるが、こちらはそれどころではない。

だって彼女は、私のことを……何とも思っていないものだと。

顔が熱くなるのを、必死に堪える。

落ち着け、いつも、いつもこうだ。

気を持たせるようなことをして、期待させるようなことをして……その後すぐに、それが浮かれた私の勘違いだったことを突きつけてくるのだ。毎回舞い上がっていたらキリがない。

それでも、……嬉しくなってしまう。

彼女にとって私の外見は、少なくともプラスではあるらしい。

美しいと、そう思ってくれているらしい。

少しは……少しぐらいは、脈があるのだろうか。

「……分かった。その代わり、しっかり見ているように」

結局私は、彼女の提案に乗ってしまった。

私が他の女性に好意を向けている様を見れば……少しは何か、感じてくれるのではないかと淡い期待をしたからだ。

決して、褒められて浮かれたからでは、ない。

◇◇◇

彼女と二人で、街を歩く。

もちろん他にも護衛はついているけれど……実際には二人きりのようなものだ。

二人で、大手を振って、観光。ついつい浮かれてしまう。

馬車でも二人きりだったし、西の国に来てからは毎日顔を合わせている。朝に会えばおはようと挨拶をするし、夜に会えばおやすみと挨拶をする。

「おやすみなさい」は何度聞いてもどぎまぎしてしまって慣れなかった。結婚したら毎日あれが聞けるのかと思うと、己の心臓が心配になる。

そして次の日一緒に朝食を摂ったりなどすると、否が応でも「結婚したらこうなのか」という想像が掻き立てられてしまって、心が一向に休まらなかった。

その上、護衛と視察という名目さえあればこうして二人で出掛けることが出来る。

王太子としてこんなことを言うべきではないのは百も承知だし、そんなことが出来るわけはないと頭では十分理解しているのだけれど……帰りたくない、と、思ってしまった。

だって……国に戻ってしまったら。

学園という繋がりすらなくなってしまった今、私と彼女を繋ぐものは、何もない。

ただひとつ、秘密を共有する仲というだけで……それを縁《よすが》に、私が彼女を呼び出しているだけで。

毎日のように顔を合わせたり、誰に気兼ねせず一緒に過ごしたり。

そんなことは、出来なくなってしまう。

今のこの状況こそがイレギュラーだとは分かっているけれど……それでも。

この時間が永遠に続けばいいのにと、そう思うのをやめられなかった。

石像や大きな建築物に囲まれた広場を見て回る。

私も西の国の街に出るのは初めてだったけれど、事前に知識は入れてある。案内をするのに問題はない。

きょろきょろと建物に見入っている彼女を見ていると、口元が緩む。新婚旅行は絶対に西の国にしようと心に決めた。

「何だか、昔と逆だね」

「逆？」

「初めて街に連れ出してもらった頃……きみに街のことを教えてもらってばかりだった」

「はぁ」

彼女は気のない返事をするが……私にはどれも、得難い経験だった。

横顔を見上げると、あの時のことが鮮明に思い出される。

私を馬に乗せて、街を案内してくれた彼女のことを。

何もかもがつまらないと思っていた私を連れ出して、世界の広さを教えてくれた彼女のことを。

私にとって、彼女と過ごした時間も出来事も、一つ一つが忘れられない思い出なのだ。

胸が締め付けられるような心地がして……衝動的に、彼女に声を掛ける。

「ねぇ、リジー……あの時から、私は」

「エディ！」

肝心なところで邪魔が入った。

療養で訪れた時から私のところに嫁いできたいと騒いでいる、マリー王女だ。

本当に、いいところで邪魔をしてくれる。

けれど……あのまま衝動的に気持ちを伝えてしまっていたら、どうなっていたのだろう。

彼女は何と返事をしたのだろう。

それを思うと……邪魔をしてくれてよかったのかもしれないと、そんな気もした。

マリー王女が私と一緒に行きたいと我儘を言うのをあしらっていると、リジーがそっと割って入ってくれた。

「失礼。エドワード殿下はこの後視察のご予定がありまして……時間に余裕が」

「じゃああたしも一緒に行く」

「ですが、」

にこりと優しげな微笑みを浮かべてはいるが、「邪魔をするな」と訴えていることは明白だった。

私の指示に従って、マリー王女を妨害しようとしてくれている。

それが妙に嬉しくて、ついつい口元に笑みが浮かんでしまう。

もちろん私が指示したからなのだが、私に付き纏う相手を牽制している様子を見ていると……まるで彼女も、私のことを好きだからそうしているような。

嫉妬でそうしてくれているのではないか、というような。

都合のいい妄想がなかなか振り払えない。

これは、非常に——心臓に悪い。

それに——彼女がマリー王女をあしらう時に言った何気ない言葉が、耳にこびりついて離れない。


——「エドワード殿下のことがお好きなんですね」

——「お認めになられては？　勝負の結果など関係なくエドワード殿下のことが好きなのだと」


そもそも国にいる時は私のことを名前で呼ぶことなど滅多にないし、それと「好き」とかいう単語が同じ一息の中に登場することなどあり得ない。

都合の良い部分だけ切り取って頭の中でリフレインさせたくなる。

彼女がマリー王女を適当にいなしている様子を眺めながら、今夜も眠れないかもしれない、という思いが頭を掠めた。

◇　◇　◇

ノルマンディアス城の中庭の東屋に、リジーの姿を見つけて歩み寄る。

声をかける前に、彼女がこちらを振り向いた。相変わらず気配を察知するのが上手い。

立ち上がって礼を執ろうとする彼女を片手を上げて制し、テーブルの向かいの椅子を引く。

「勉強？」

「ええ、まぁ」

「見てあげようか」

生返事をして目を逸らす彼女を無視して、手元の教材を覗き込む。

学園の教科書ではない。印刷ではなく、誰かが手書きで書いたものだ。補習用に作られた教材だろうか。

「アイザックからノートをもらっているので、ご心配には及びません」

「ノート？」

「はい。よほど私の成績が心配らしく……三日と空けず送ってくるので」

彼女が開いていた教材をこちらに差し出す。

受け取ったそれをぱらぱらとめくる。どれも基礎に重点をおいて試験に出そうなところをまとめた、実に合理的でかつ丁寧に作られたものだった。

言われてみれば、生徒会の書類でよく見たギルフォードの字と同じだ。

机の上に視線を向ければ、積まれた紙の束に目が留まる。

そこにも、ギルフォードの几帳面な字がびっしりと並んでいた。

……私がこちらに来ていた時は、手紙の一つも寄越さなかったのに……ギルフォードとは、やり取りをしているのか。

何とも面白くなくて、ふんと小さく鼻を鳴らす。

「手紙、やり取りしてるんだ」

「やり取りと言いますか……期限までに送り返さないとまた課題が増えてしまうので」

「ふぅん」

頬杖をついて、彼女を見遣る。特にどうということもない顔をしていた。

まぁ、彼女にとってそれが大した意味を持たないのであれば、いいのか。そう考えて自分を納得させる。

それならばと、ロベルトから預かっていた手紙をジャケットの内ポケットから取り出して、彼女に手渡した。

手紙を読んで笑う彼女の様子に……やはり少し、羨ましくなりはしたけれど。

もし、あの時……私から手紙を送っていたら。

彼女はあんな顔をして、返事を書いてくれたのだろうか。

「じゃあ、ギルフォードの課題を解くのを手伝ってあげる」

「……お手柔らかにお願いします」

「きみがきちんとやっていたらね」

彼女は何とかして逃げ出そうとしていたようだが、やがて観念した様子でがっくりと肩を落とした。

どうも数学や物理の類が苦手のようで、明らかに手が止まる。けれど見兼ねて少しヒントを出してやれば、その後はすいすいと解き進めていった。

やはりというか、地頭は悪くないのだろう。単に勉強嫌いなだけらしい。

一緒にノートを覗き込むと、自然と距離が近くなる。ちらりと彼女の横顔を盗み見ると、真剣な表情に思わずどきりとした。

冷たい色の瞳が、まっすぐにノートを見つめている。

彼女が微かに手を動かす度に、金色の髪がわずかに揺れる。ふわりとほのかに、香水の香りがした。いつも彼女が使っている、甘くて重い、男物の香水だ。

ふと、ありもしない想像をしてしまう。

もし……私と彼女が、同じ歳だったなら。

学園のクラスメイトだったなら。

こうして一緒に勉強をする日常が……当たり前だったり、したのだろうか。

そうだったなら……彼女は。

私に手紙を、くれたのだろうか。

「……ねぇ、リジー」

呼びかけると、彼女が顔を上げる。

頬杖を突いた私の顔をきょとんとした表情で見返す彼女に、問いかけた。

「もし、私ときみが同じ年だったら……学園でも、こうやって二人で過ごしていたのかな」

「それは、どうでしょう」

彼女は「なぜそんなことを聞くのか」という顔をして、首を傾げる。

しばらく私を見つめていた彼女が、やがてふっと相好を崩した。

「私は殿下が年上でよかったと思っておりますよ」

「え？」

「さもなければ、ロベルトが王太子になっていたかもしれませんので」

「それは……」

思わず口ごもった。

いたずらめかして笑うその表情に、心臓がどきどきと音を立てる。直視できずに視線をふらふらと彷徨わせて、最終的にはため息をついた。

些細な表情の変化にどきどきしたり、期待をしてしまったり。何となく、悔しくなる。

どうしてこんなに……好きなんだろう。

「ぞっとしないね」

「でしょう」

◇◇◇

成り行きでダイアナ王女を口説くことになったものの……まったく響いている気がしなかった。

ダイアナ王女にも、リジーにも。

何となく自信を失いそうになる。割と女性には好意を持たれやすいと思っていたのだけれど。

それどころかリジーは何故かマリー王女に生暖かい視線を向けていた。

元々女性に優しいいし、彼女の兄曰く「リジーは結構可愛い動物とか好きなんだよ」とのことなので、小動物らしさのあるマリー王女に興味があるのかもしれない。

それでリリア嬢やクリストファーにも甘いのかと、妙に納得した。

二人とも——内面はさておき——外見には小動物のような可愛らしさがあることは間違いない。

……そう言われて考えてみると、彼女の兄も愛嬌があるというか、丸みのあるフォルムは可愛い、と、言えなくも、ない……のか？

もしかして……可愛い方が、好みなのだろうか。

頭の片隅で考えながら表面上はにこやかにボートを漕いでいると、ざぶんと水音がした。

視線を音のした方に向ける。

転覆したゴンドラと、そして……湖に飛び込む彼女の姿が、妙にはっきりと網膜に焼き付いた。

そこから先は、自分が何をしたのか……よく、思い出せない。

完全に気が動転してしまっていた。

冷静になってみれば、並外れた運動神経の持ち主である彼女が溺れたりするはずがないのだけれど……そんな当たり前のことすら、考えられなかった。

気がついたら、彼女を腕の中に抱き締めていた。

ずぶ濡れの身体は、ひどく冷たい。早く、暖めてやらないと。

やっと少しずつ物が考えられるようになった私は、努めて冷静に、言い聞かせるように言った。

「私は、きみの兄さんから、きみを預かってきているんだ。何かあっては困る。……心配させないで」

「はぁ」

まったく響いていない。

気の抜けた返事に、私まで脱力してしまった。

やれやれである。

兄という猛獣使いのいない状態の彼女がいかに危険なのか、……危なっかしいのか。それを改めて理解させられてしまった。

その後、帰りの馬車で妙に彼女に熱い視線を送るマリー王女とダイアナ王女に、非常にやきもきさせられるのだけれど……それはまた別の話だ。

そして夜寝る前に「ハグしてしまった」という事実に気づいてまた鼓動が速くなったのも、別の話である。

◇◇◇

以前勉強をしていた東屋で、また彼女の姿を見つけて歩み寄る。

「リジー」

呼びかけると、こちらを振り向いた彼女が唇に人差し指を当てて「静かに」のジェスチャーをする。不思議に思って歩み寄ると、彼女の腿に頭を乗せたクリストファーに気づいた。

どういうことだ、と一瞬思考が停止する。

何がどうなって、クリストファーが彼女の膝で寝ているのか。

先日、リジーがクリストファーの部屋に勝手に入って兄からの手紙を盗み出したそうで、それを取り戻すのに協力してほしいと頼まれた。

今日彼女の部屋に侍女を差し向けたので、その間彼女を引きつけておくようにと、そういう手筈になっていたのは確かだ。

……けれど。

「…………仲が良すぎるんじゃない？」

「悪いよりはいいでしょう」

こんなことをするとは、聞いていない。聞いていたら絶対に阻止した。

彼女は大して気にした様子もないけれど、これは距離が近すぎる。

恋人同士でもあるまいし、妙齢の姉に弟がしてもらうこととしては不適切だろう。

そもそも続きの間で過ごしていたという話も先日彼から聞いて仰天したばかりだ。弟だからといって、そんなことが許されていいのだろうか。どう見ても、彼女のことを慕っているのに？

どうも彼女には、危機管理能力が欠如している。

……いや、私は弟になりたいわけでもないので、いいのだけれど。

思わず、じっとクリストファーを睨んでしまう。

わずかに彼の眉が動いた気がした。

起きている。これは絶対に寝たふりだ。

目を離すと良からぬことをするのではないかという気がしてならないので、彼が起きるまでここに陣取ることにした。

クリストファーを横目に、彼女と談笑する。

弟を意識する様子もなく普通に応じる彼女に、内心でほっと安堵した。

クリストファーはどうだか知らないけれど、彼女にとっては本当にただの弟、らしい。

私まで彼の存在を忘れかけたところで、クリストファーがわざとらしく声をあげる。

「ううん……」

そしてそのまま寝返りを打つと、彼女の腰に腕を回して、これ見よがしにぎゅっと密着する。

やっぱり起きているじゃないか！

「……ねぇ。きみの弟、起きているんじゃない？」

「え？」

「む、むにゃむにゃ」

寝言があまりにもわざとらしい。

けれど彼女はやはり気にする様子もなく、クリストファーの髪を撫でる。

「寝てますよ」

「……どうだか」

寝たふりをするクリストファーは、どこか勝ち誇ったような表情に見えた。

羨ましい、という感情が一瞬頭に浮かびかけたが、振り払う。

私は弟になりたいわけでも、兄になりたいわけでもない。

だから決して——そう、決して、悔しくない。

一方その頃、ディアグランツ王国では　―アイザック、ロベルト、マーティン―

「アイザック様！　どうしてバートン様について行かれなかったのですか⁉」

バートンが西の国へと発った日、僕は教室でミケーレたちに詰め寄られていた。

「僕が行く理由がない」

「愛に理屈は必要ありませんわ！」

「リリアさんやエドワード殿下にバートン様を取られてしまったらどうなさるおつもり⁉」

「……公務の付き添いだ。旅行というわけではない。お前たちの心配するようなことは」

「起こらないとは言い切れませんわ！」

反論してみたものの、ピシャリとはねのけられた。

ミケーレたちはなおも鼻息荒くまくしたてる。

「いくら親友だからと言って、その油断でリリアさんに奪われかけたのをお忘れですの⁉」

「まぁまぁ、そのくらいにしとけって」

見兼ねたクラスメイトが割って入ってきた。確か、バートンが教官をしている訓練場の一員だったはずだ。

令嬢たちはわずかにトーンダウンして浮かせていた腰を椅子に落ち着けたが、なおも強い語気で言い募る。

「アイザック様はもっとこう、ぐいぐいと行くべきですわ！」

「そうです！　もう女が三歩後ろをついていく時代ではありません！　自分から積極的にアプローチする時代です！」

「いや、そもそもギルフォードは女じゃないだろ」

気づけば男女問わず大勢のクラスメイトたちに囲まれて、やいのやいのと指図を受けていた。

ミケーレたちの言っていることの意味が全く理解できないわけではない。

表向きは視察だが、本来の目的は彼女の兄の結婚を阻止することにあるという。あいつのことだから、何かしらの問題を起こしそうなことも想像に難くない。

だからバートンのことを心配する気持ちも……彼女の周囲の人間が何か行動を起こすのではないかと心配する気持ちも、確かにある。

だが、そもそも僕には一緒に行くという選択肢が存在しなかったのだ。

「バートンが僕に言ったんだ。『戻ってきたら勉強を教えてくれ』と」

「え？」

「は？」

「『君だけが頼りだ』と、……『頼む』と」

僕がこぼした言葉に、クラスメイトたちが目を丸くする。

「だから僕は、こちらであいつが戻ってきた時のために備えておかなくては」

「……アイザック様……」

「ギルフォード、お前……なんつー健気な……」

「バートン様は本当に罪作りなお人ですわね……」

「それだけで？」と呆れられるかと思いきや、彼らは何故かしみじみとため息をついただけだった。

妙にしんみりとした空気が流れる。

「いやしかし、男だったらやっぱこう、ガッと行ったほうがいいんじゃないか⁉」

「そ、そうですわ！　ガッとまいりましょう！」

「擬音で話すな」

空気を変えるようにまたあれやこれやと話し出したクラスメイトたちに、今度は僕が嘆息した。

どうしてこうも口出しをしたがるのかは、理解不能だ。

「あ、手紙はどうだ⁉　女の子って手紙はもらうのも書くのも好きだろ！」

「あら、いいですわね！　わたくしたちもバートン様にはいつもお手紙を書いていますもの。お友達のアイザック様が書かれてもおかしくありませんわ！」

手紙。

そう言われて、少々心が揺らいだ。

僕自身も考えてはいたのだ。長く休むのならば、学園から出る課題だけでは不十分だ。戻ってきたときにろくに授業についてこられないだろう。

だからそのフォローをするためのノートを送ってやる程度なら……そしてそれに付ける添え状の

範疇ならば、友達の僕にも許されるのではないかと。

頼むと言われたのだから、そのくらいはと。

だがそれが友達の範疇を超える行為になりはしないかというのが断定できず、二の足を踏んでいたのだ。

「だが、女同士と、僕とあいつとでは、話が違うだろう」

提案に飛びつきたい気持ちを抑え、努めて冷静に、追加の情報を収集しにかかる。

「……違うか？」

「違いませんわよ」

「むしろ自然」

「それはあいつの見た目の話じゃないのか？」

怪訝そうな顔をしている僕に、バートン隊の候補生が苦笑いをしながら肩を竦めた。

「男だろうが女だろうが、友達から手紙来たって別に変なことなんかないだろ」

「……そうか」

男子生徒の目から見てもそうらしいことに、安堵する。

そうか、いいのか。

僕が……彼女に、手紙を書いても。

「そうと決まれば、まずは書き出しですわね！」

「は？」

「ここは『愛しのエリザベスへ』でいかがかしら?」

「はぁ!?」

「いえいえ、『僕の大切なエリザベスへ』が良いのではなくて?」

「はぁ!!!?」

思わず大きな声を出してしまった。

「愛しの」だの「僕の大切な」だの、考えただけで顔が熱くなる。

それはどう考えても友達への手紙の範疇を超えている。

驚きでずれた眼鏡を直しながら、断固として却下する。

「もっと普通のものでいいだろう!」

「そうそう。『親愛なる』あたりが無難だろ」

「し、ッ!?」

また顔が熱くなった。

親愛、というのはどうなのだろう。「親」は良いが、「愛」という言葉が入っているのがどうにも気になってしまう。

「そ、それはまだ、僕たちには早過ぎないだろうか」

「いや何でだよ……手紙の作法で最初に習うやつだろ……」

「ていうか手紙の内容まで口出すのはアレだろ。プライバシーの侵害だろ」

「だってアイザック様、放っておいたら報告書みたいな手紙を書きそうなんですもの」

ミケーレたちはまだ文句を言っていたが、結局「プライバシーの侵害」という言葉が効いたのか、この話はこれまでとなった。

その日家に帰った僕は覚悟が決まるまで、便箋に「親愛なる」を書いては捨て、書いては捨てを繰り返すことになった。

◇　◇　◇

ざり、と音がした。

身体が勝手に教官室の入り口へと向かう。待っていると、足音が近づいてくる。

ああ、でも、これは。

隊長のものじゃ、ない。

「……ロベルト」

「はい」

「いい加減にしろよ、お前」

ドアの前で肩を落として出迎えた俺に、グリード教官がため息をついた。

「出入りするたびにしょぼくれた顔で出迎えられるこっちの身にもなれって」

「すみません……」

「完全に『隊長欠乏症』だな、こりゃ」

苦笑交じりに揶揄われたが、そう言われても仕方がない状態だというのは自覚があった。

訓練場にいても、教室にいても。

誰かが近づく気配がするたびに、隊長が帰ってきたのではないかと思って身体が勝手に出迎えに行ってしまう。

こんなに長期間隊長に会えないのは初めてのことで……そして、会おうとしても会えない距離にいるというのも初めてのことで、それがこんなにも辛いとは思っていなかった。

「まだ西の国に発って一ヶ月も経ってないぞ？　旅路だけで片道一週間はかかるんだ、そんなにすぐには帰ってこないだろ」

「頭では分かっているんですが、……」

それでも、思ってしまうのだ。

ドアの向こうにいるのがあの人だったらと。

「ただいま」と、そう言ってくれるのではないかと。

そう思うと、ドアの前で待つのを止められなかった。

一方で、だんだんと待つのに疲れてきてしまっている自分もいた。走って西の国に行った方がマシかもしれないと思うほどだ。

こんなことを考えていると隊長にバレたら……堪え性がないと呆れられてしまうだろうか。

ああ、でももし今隊長に会えるなら……呆れられても、怒られてもいいかもしれない。

「やっぱり、無理を言ってでも俺も連れて行ってもらえばよかったです」

「嫁探しにか？」

「よめ？」

「あ」

聞き返すと、グリード教官が隣の教官を小突く。

うっかり口を滑らせたという様子の教官が、気まずそうに頭をかいた。

「いや、王太子殿下が西の国で嫁探しって噂を聞いたもんだから」

嫁探し。

兄上も俺と同じく隊長のことを慕っているようなので、嫁探しに行っているわけではないと思うが――俺は何故、隊長と兄上が一緒に西の国に行ってしまったのか、その理由を知らなかった。

兄上の護衛とは聞いていたが、よく考えてみれば隊長は正式にはまだ騎士ではないし、近衛の所属というわけでもない。

公務のある兄上はともかく、何故わざわざ隊長が、西の国に行くのか。

もしかして……この国で自分より強い者がいなくなってしまった隊長は、更なる猛者との戦いを求めて西の国へと渡ったのではないか。そう考えると、すべての辻褄が合う。

もし、西の国で自分より強い相手を見つけたら。

隊長は……どうするのだろう。

筋骨隆々《きんこつりゅうりゅう》の大男に嬉しそうに寄り添う隊長の姿を想像してしまって、さーっと血の気が引いた。

どうしよう。

もし隊長が向こうで強い男を見つけて、……け、結婚することに、なったりして、帰ってきてくださらなかったら……!?

もしそんなことになったら、俺はどうすればいい？

その男と戦って、俺の方が強いと認めてもらう？

いやしかし、隊長より強い相手に俺が勝てるのだろうか？

だが、いざその状況を目の前にしたら、勝負を挑まずにいられるとも思えない。

もし俺が勝てなくても、この恋が叶わなくても、それでも、俺は、隊長の、お側に。

ぐるぐると回る考えに頭を支配されていた俺は、教官室に入ってきた護衛に気づかなかった。

「ロベルト殿下！」

声をかけられてやっと顔を上げる。慌てた様子で走ってきた護衛が、俺に向かって何かを差し出した。

手紙、のように見えた。シンプルな白の封筒だ。

「エリザベス様からのお返事が届きました！」

「！」

受け取った封筒を手に、固まってしまう。

封筒の表には俺の名前が書いてあって、裏には……隊長のサインがあった。

隊長の字はあまり見たことがなかったが、サインには見覚えがある。間違いない、隊長本人の書いたものだ。

「え……隊長、手紙とか書くのか？」

「……あんま想像つかねぇけど、まぁ書くだろ」

「ご令嬢からはいろいろ貰ってるらしいしなぁ」

グリード教官たちも興味があるようで、俺の手元を覗き込んでいた。

はやる気持ちを抑えて、丁寧に丁寧に、封を開ける。

開けた瞬間、ふわりと仄かに甘い香りがした。

隊長の、香水の匂いだ。

それだけで嬉しくなってしまって、このまま封を閉じておいた方が香りが長持ちするのでは、という思いが頭を掠める。一瞬、便箋を取り出すのを躊躇ってしまった。

しかし結局中を見たいという誘惑には勝てず、出来るだけ丁重に扱うように気をつけながら、そっと便箋を取り出した。

一枚は、俺が書いて送った今度の剣術大会に関する作戦概要だ。そこに赤いインクで、隊長が問題点や改善点を書いてくれている。点数は五十五点だそうだ。

ぎりぎり及第点には届かなかったらしい。

綺麗な字だ、と思った。まっすぐなあの人の太刀筋によく似た、美しい字だった。

もう一枚は、隊長からの手紙だった。

その書き出しの一文は、こうだった。

〝私の〟一番弟子へ。

きゅう、と心臓のあたりが締め付けられるような心地がした。

きっと俺が「俺たちの隊長へ」と書いたから、それを受けてこう書いてくれたのだとは思うが
……それでも。

自分があの人のものになったような気がして……あの人がそう言ってくれたような気がして、ついつい舞い上がってしまう。

しかも、ただの弟子ではない。一番だと書いてくれている。

この手紙は俺の宝物にしようと、書き出しだけでそう決めた。家宝にしたいくらいだ。

どうして隊長は、いつも俺の欲しい言葉をかけてくれるのだろうかと不思議になる。

いつも俺や隊員たち、教官たちのことをよく見て……気にかけてくれているからこそできることだろう。あの人の器の大きさに、改めて感服させられる。

手紙の内容は簡潔だった。

隊長だけでなく、兄上やクリストファー、リリア嬢もみな元気だということ。

西の国の騎士団と一緒に訓練をして過ごしていること。

剣術大会を乗っ取るのはいいが、くれぐれも怪我人を出すなということ。

そして最後は「帰ったら首尾を報告するように」との一文で締めくくられていた。

その最後の一文で、俺はいつまでだってあの人の帰りを待てるような、そんな気分になった。

隊長は約束を違えるようなお人ではない。隊長が帰ると言ったのだから、絶対に帰って来る。

では隊長が帰るまでに、俺にできることは何か。

まずは剣術大会の件をうまくやらなくては。

そして、隊長がいない間に鍛錬を積んで、もっと強くなろう。帰ってきたあの人を、驚かせられるくらいに。

そしてきっと……たくさん褒めてもらうのだ。頑張ったなと言ってもらうのだ。

こうしてはいられないと教官室を飛び出した俺に、教官たちはやれやれと苦笑いしていた。

◇◇◇

「レンブラントくん」

警護のために公爵家の門の前に立っていると、声をかけられた。

まるまるとよく肥え……いや、少々ぽっちゃりとした人影が視界に映る。

透き通るような金髪に、ふにゃふにゃと見ているこちらの気が抜けそうな表情。次期公爵であるところの、フレデリック・バートン伯爵である。

妹とまったく似ていない、と思った。

髪の色は確かに似ているかもしれないが、顔つきから纏う雰囲気から、何もかもが違う。

どうしたらこの人畜無害そうなお人の妹がああいう鬼畜有害になるのか、理解に苦しむ。

「バートン伯。どうされましたか」

「よかったら、中で一緒にお茶でもどうかかな？」

バートン伯がこちらを見上げる。

先ほどまで瞳が細められていたし、そうでなくとも頬の奥に埋もれかけているので気づかなかったが、晴れた空のように見事な青い瞳だ。

色が似ていても、こうも抱く印象が違うのかと驚く。あいつのそれはもっと……こう、澱んでいる気がする。

「いえ、自分は」

「せっかく領地から戻ったのに、リジーもクリスもいないんだもの。何だか寂しくて」

困ったように眉を下げて笑うバートン伯。

貴族には珍しい、表情と言葉と感情が一致しているタイプのようだ。

微笑の裏で怒る我が主や、いつもへらへらと人を食ったような態度のあいつと違って。

「取り寄せていたお菓子も届いたんだよ」

「はぁ」

「おいしいものは、誰かと一緒に食べた方がもっとおいしくなると思うんだ」

にっこりと邪気のない笑顔で言われると、何となく調子が狂う。

結局彼に手招きされるまま、バートン邸に足を踏み入れることになった。


「いつもリジーと仲良くしてくれてありがとう」

別に仲良くはしていない。

非常に不本意な言葉に、知らず知らずのうちに眉間に皺が寄る。

自分の表情の変化を気にも留めず、彼はにこにこと機嫌良く微笑んでいた。

こういうところは少しばかり、妹と似ているかもしれない。

「リジーから、よく遊んでもらってると聞いてるよ」

遊んでいない。

遊んでいるとしたらあいつが勝手に自分をおもちゃにしているだけだ。

取り寄せたという菓子を幸せそうにかじる彼を見て、自分もティーカップに手を伸ばす。

自分の主人である王太子殿下の側近候補だ。執務室ではしょっちゅう姿を見かけている。だが、こうして二人でじっくり話をするのは初めてだった。

もちろん殿下と仕事をしている姿は見ているし、あの方が身近に置いて親しくしているくらいだ、優秀なのだとは思う。

だが、皆が口を揃えて褒めるほどだろうか？

特にあいつからは耳にタコができるほど兄の自慢話を聞かされているが……あれで自他共に認めるブラコンだそうなので、実際以上に兄のことを良く語っている可能性もある。

「リジーはおてんばさんだけど、根は家族想いのいい子だから」

オテンバ？？？？？

一瞬頭の中に言葉が入ってこなかった。

自分の知っているそれとは意味が違うのかもしれない。

「だから、ありがとう。僕の……この家の警護を、引き受けてくれて」

「え？」

「本当はエドと一緒に行きたかったでしょう？」

バートン伯がおずおずと自分を見上げる。

自分は王太子殿下付きの護衛だ。普通であれば主人と共にありたいと思うものだろうが……今回は訳が違う。

だが、お宅の妹さんと殿下に挟まれるのは嫌だから助かりました、などとは口が裂けても言えそうにない。

内心で冷や汗をだらだらかきながら沈黙する自分をどう受け取ったのか知らないが、バートン伯がふと真剣な瞳をした。

「リジーは、結構心配性なところがあるから。君が我が家を守ってくれていなかったら、……安心して国を離れることはできなかったかもしれない」

「はぁ」

「僕も、父も。実はリジーのことを頼りにしているところがあって。僕たち、剣術のほうはリジーと比べたら全然だから」

誰と比べてもあいつのそれは異常なので、それを基準に考えない方がいいと思う。

だいたい貴族であれば護衛を雇うのは当たり前のことで、それを自給自足で済ませようという考えがそもそもおかしいのだ。

「でもね、リジーもいつかは……家を出るかもしれないから。いつまでも頼ってばっかりじゃ、ダメだよね」

瞳を伏せるバートン伯。

……が、おそらく本人に家を出る気はまったくないと思う。

以前も「学園を出たら訓練場で雇ってもらえないかな。家から通えるし」とか何とか言っていた。

就職以外で家を離れるとなると、一般的には結婚なのだろうが……自分の主以外にあれを嫁に迎えたいという物好きがそういるとも思えない。

「ああ、ごめんね、なんだか僕一人で話しちゃって」

「いえ」

「レンブラントくんって、聞き上手だよね」

そう言われて、目がひとりでに開いた。

そんな風に言われたことはなかったからだ。

「だからリジーも懐いてるのかな。ついつい聞いてもらいたくなっちゃう」

「自分は、」

当たり前のように話しながらふにゃりと相好を崩す彼に、つい咄嗟に言い募った。

「つまらないと、よく言われるのですが」

「え?」

目の前の御仁がぱちぱちと目を見開く。

そして悲しそうに……本当に、自分ごとのように悲しげに眉を下げて、自分の顔を覗き込んできた。

「そんなひどいこと、誰が？」

「ええと。見合い相手の、ご令嬢とか、でしょうか」

「うーん。それは単に、相性の問題じゃないのかなあ」

面食らって答える自分に、前のめりになっていた彼は浮かせかけた腰を椅子に戻した。

不思議そうに首を傾げて、顎の辺りに手を当てる。

その仕草は、自分のよく知る誰かに似ていたが……彼女のようなわざとらしさは感じられなかった。

「だって僕はそうは思わなかったもの。レンブラントくんは確かに静かにしていたかもしれないけど……ちゃんと聞いてくれているのも、考えてくれているのも伝わってきたよ」

「え？」

「ああ、きっとお相手も緊張してたんだね。それで、レンブラントくんの様子を見る余裕がなかったのかも」

ぽんと手を打つバートン伯に、今度は自分が目を瞬く。

待ってくれ。

それだとまるで自分がきちんとした人間のようだが、まったくそんなことはない。買い被りだ。

何ならそちらの妹さんがもうしばらく帰ってこなければいいのにと思っている人間だ。

何となく、そわそわした落ち着かない心地がする。

「だとしたら勿体ないよね。きっと緊張せずにお話ししていたら……お互い、良いところに気づいたかもしれないのに」

バートン伯がふわりと微笑んだ。

そんな風に――まるで、自分にも良いところがあるのが当然のように、言われるとは。

そしてその、見るものをほっとさせるような笑顔には、邪気もなければ含みもない。

他人の腹の中を読むのが苦手な自分ですらわかる。

この御仁が、心からそう思って言っているのだと。

あまりの衝撃に慄いた。

この人、まさか本当に……善人、なのか⁉

次期公爵なのに⁉

あいつの、兄なのに⁉

王太子殿下も、殿下の執務室に出入りするような他の貴族も、貴族らしく腹の探り合いや、言葉に裏の裏があるような話し方をする人間がほとんどだ。

そういう人間ばかりを見てきた自分にとって、バートン伯の存在は非常に異質なものに思えた。

どうしてか、庇護欲を掻き立てられる。このまま、善人のままでいてほしいものだと強く思った。

というか国内随一の高位貴族の跡取りが、こんなに掛け値無しの善人で……果たして大丈夫なのだろうか。

いや、あの王太子殿下の側近という意味では……信頼のおける腹心の部下という意味では、これ以上の人材はいないのかもしれない。

殿下が彼を重用する理由の一部を垣間見た気がした。

よかった、好いた相手の兄だからとかいう血迷った理由じゃなくて。本当に。

「なんて、お見合い連敗中の僕が言っても、あんまり説得力がないかもしれないけどね」

気まずそうに頬を掻くバートン伯に、首を激しく横に振ることしかできない。

こんな優良物件を放置するとは、この国の女どもは何を考えているのだろうか。

彼の五億倍ほど――いや、ゼロには五億をかけてもゼロだとは思うが――性格が悪いにもかかわらず女性にモテまくっている男装令嬢を思い出し、ついついため息が出そうになった。

いくらなんでも見る目がなさすぎるのではないか。

やはり顔が良ければ中身など何でもいいのだろうか。

「いけない、また僕ばっかり話しちゃったね」

「いえ、自分は」

「そうだ！　せっかくだからリジーの小さい頃の絵姿とか、見る？」

「え？」

「ちょっと待っててね」

止める間もなく、バートン伯が近くに控える執事に声をかけた。

幼少期のあいつなどどうせ今と大差ない。特に興味はなかった。

だいたい最初に会ったのが確かあいつが十二、三の頃だ。

十分に「小さい頃」の範疇だが、その年でそもそも別に小さくなかった時点でお察しだろう。

だが、執事が持ってきた絵に描かれていた彼女の姿は、そんな自分の予想を大きく裏切るものだった。

絵姿に描かれていたのは、普通の女の子だった。

家族が揃ったところを描いたものだったが、後ろにいるのがバートン公爵夫妻、ころころむちむちしているのはバートン伯だろうから、バートン伯の隣の女の子こそが「エリザベス・バートン」であることは間違いない。

「これがリジーが六歳で、僕が十歳の頃。ふふ、可愛いでしょう」

バートン伯の言葉に、頷く。

金髪で、目が青い。絵姿だから美化されているのだろうが、少々気の強そうな、可愛らしい女の子だ。これなら「お転婆さん」という表現も受け入れられる。

だが、このお嬢さんがああいう仕上がりに成長するなどと、俄には信じ難かった。

「昔は『お兄様と結婚する！』って言ってくれたりしててね。今も可愛いけど……この頃もすっごく可愛かったんだ」

幸せそうに頬を緩ませるバートン伯。

「お兄様と結婚する」は今でも言いそうな気がしたので、どうやら本当に同一人物らしいと諦めがついた。

「それでこれが、クリストファーがうちに来た頃。十歳くらいかな？」

続いて見せられた絵姿にまたも驚愕する。

そこに描かれていたのは、自分の知るエリザベス・バートンを少し小さくしたような少年だったからだ。

隣に立つストロベリーブロンドの男の子が「クリストファー・バートン」だろう。養子の弟がいると彼女から話には聞いていたが……並んでいると彼の方が女の子に見える。

その横に立つバートン伯は変わらずもちもちぽよぽよしていた。それはそれで変わらなさすぎだろうと思った。

六歳から十歳の間に、何がどうなってこれだけの変貌を遂げるのか。

まったく理解できなかった。

呆然としている自分に、バートン伯がにこりと微笑みかける。

「この頃も可愛いでしょう。この頃から一段とおてんばさんで、困っちゃうこともあったけどね」

その言葉に、頭は頷くことを拒否していたが……バートン伯の笑顔があまりににこにこと嬉しそうなものだから、自分は渋々ながら首を縦に振った。

あいつが「お兄様には弱い」と言っていたのを思い出した。

これは確かに……抗い難い。

結局その後もたっぷり弟妹自慢に付き合わされたが、終わってみればそう悪い気分でもなかった。

不思議なものだ。

これが人望というものなのだろうかと考えながら、護衛の任に戻った。

特別書き下ろし

ダイアナ・ノルマンディアスは人生が楽しい

世界がこんなにも美しいものだなんて、わたくしは初めて知りました。


朝、目を覚まします。

とても清々しい朝です。

顔を洗ってベッドから立ち上がり、侍女が開けてくれた窓から胸いっぱいに外の空気を吸い込みます。

白く爽やかな光をたたえた太陽、その光を受けてきらきらと輝く朝露、目に鮮やかな青々とした庭園の木々。

窓辺に飛んできた小鳥に「ごきげんよう」と挨拶したくなるくらい、素敵な朝でした。

少し前までは、朝起きる度にまた一日が始まってしまうと、憂鬱になっていたのに。

顔も知らない誰かを夫に迎えなくてはならない日が近づいてきてしまうと、ため息ばかりついていたのに。

今は、今日という日が始まることが嬉しくて仕方がありませんでした。

夜眠りにつく時からもう、翌朝起きることが待ち遠しくなるくらいです。

だって——朝日が覚めたら、また出会うことが出来るのです。わたくしの胸を熱くするような、どきどきする出来事に。


公務の前に、王城のバルコニーでお茶を飲んで気持ちを落ち着けます。

そして衝撃に備える覚悟をしてから、手にした双眼鏡を覗きました。

離宮と王城の間にある広々とした庭園に視線を落とします。

まるで覗いているようで少し気が咎めますけれど、お部屋の中を見ているわけではありませんし、以前だって季節折々の花や木々の移ろいを楽しむために、庭園をじっくり見渡すことはありましたもの。

これも、その一環。自分の心に言い訳をしながら、双眼鏡の向こうに目当ての人物を探します。

庭園にある東屋で、エリック様の姿を見つけました。そしてそこに歩み寄る人影。弟のクリストファー様です。

もとから可愛らしいお顔つきをされていますけれど、エリック様と一緒にいると一段と可愛らしい表情をされている気がします。

仲の良い兄弟だと伺っていますから、きっと心を許している相手にだけ見せる表情なのでしょう。

にこにこと微笑みながらエリック様とお話をされていて、エリック様も他の誰と接するときとも違う優しいまなざしをクリストファー様に注いでいます。

家族という間柄は、やはり特別なものです。

兄弟の仲が良いというのは素敵なことですわ。わざわざ言葉にはしなくても、きっとお互いのことをよく知って、思いやっているはず。

普段から同じお屋敷で過ごされているわけですし、今も続きの間で過ごされていると伺いました。

続きの間……改めて考えると、すごいことではありませんか⁉

クリストファー様はこちらにいらっしゃる際に、一団を襲おうとした盗賊と対峙して怖い思いをされたとか。ですから、たとえば。


「兄上、今日は一緒に寝てもいい？」

「どうしたの、クリス。今日は甘えん坊だね」

「だってぼく、怖いんだもん」

「やれやれ……しょうがないな。おいで」


お、おお、おいで!!??

こ、これは少し、過激ではありませんこと⁉

ですが、もしかしてこんな夜があったのではと思うと、頭の中で広がるめくるめく想像は止まるどころか溢れるばかりで、わたくしは胸の高鳴りを抑えることが出来ませんでした。

はっ。い、いけません。わたくしったらまた、夢中になって。

双眼鏡に視線を戻すと、エリック様がクリストファー様の頭を優しく撫でているシーンが眼前に広がっていて、わたくしはあまりの衝撃にふらりとよろめきました。

現実はわたくしの想像などよりも、はるかに美しく、尊いものだというのを噛み締めます。

ああ、世界はこんなにも、美しいのですね。

昼下がりに城内を移動していると、エドワード様とエリック様がお話をされているのをお見掛けしました。

特に隠れる必要はないのですけれど、何となく足を止めて、物陰からお二人の姿を見つめます。

お二人は真剣な表情で、書類を覗き込んでいるようでした。

エドワード様とエリック様は、王太子と側近という立場でありながら、ご友人関係でもあると伺っています。

砕けた話し方をされるときには、エリック様もエドワード様のことを「エド」だなんて呼んでいらっしゃいますし、エドワード様がこちらに療養にいらっしゃっていた時にも、エリック様やその妹君のお話をよく伺いました。きっとご家族ぐるみで仲が良いのでしょう。

ああして並んでお話しされているときも、たとえば我が国の王とその側近が話すときよりも、ずいぶんと距離が近くていらっしゃるような気がします。

それだけで見ているわたくしはドキドキしてしまうのですが……あれがきっと、お二人には普通なのでしょう。

そのぐらい、一緒にいるのが当たり前で、心地よい関係で。最初は友達同士だったお二人に、いつの間にかそれだけではない気持ちが芽生えたりして。

ですがエドワード様は王太子、エリック様は公爵家の跡取り。結ばれることは許されない関係。

それでもどうしようもなく惹かれ合うのが恋というものです。

そもそも、今回の訪問はエリック様がわたくしとの婚約を断るために来てくださったものです。

いくら人望の公爵として国内で重用されている方だとしても……それに王太子殿下が随伴されるというのは、少し不自然です。

もしかして、ここに来るまでに、たとえば。


「行かないでくれ、エリック」

「心配しなくても、帰ってくるよ。君のもとへ」

「私はきみなしでは生きていかれない……愛しているんだ」

「……私もだよ、エド」


そして、二人は、ふたりは……!!

「だ、ダイアナ殿下？」

侍女に気づかわしげに声を掛けられて、はっと我に返りました。

慌てて廊下の向こうに目を向けますが、エドワード様もエリック様ももう立ち去った後でした。

見つからなくてよかったような、もっとお姿を見ていたかったような、どちらとも言い難い気持ちになります。

ついつい想像がはかどってしまって、廊下の隅で固まってしまっていたようです。

侍女に問題ありませんと伝えて、再び歩き出します。

ああ、それでも、もしかしたらそんなやり取りがあったかもしれないと思うと……それだけで足取りが軽くなります。

空気って、こんなにもおいしいものなのですね。


夕食後のお茶を楽しんでいると、外で誰かの声が聞こえました。

窓を開けてみると、薄闇の中をエリック様とリチャードが歩いていくのが見えました。

あら。あらあら。

珍しい組み合わせに、ついつい耳を澄ませます。

「だから、侍女に色目使うのやめろって。離宮の執事からクレームが来てんだよ」

「使ってないよ。私はみんなに平等に接しているだけ」

「絶対分かってやってるだろ」

「まぁ、喜んでもらえるならその方が良いとは思っているかな」

あら。

わたくしが知らない間に、ずいぶんと仲が良くなっているようです。

エリック様はとてもスマートでいつも余裕があるような印象ですけれど……どこか、放っておけないような雰囲気を感じることがあります。

何だか危うげな……儚い、というのとは違うのですけれど、ついつい目が離せなくなるというのでしょうか。

わたくしの心の中にある母性というのか、そういったものをくすぐられるような心地がするのです。

エリック様はわたくしよりも年上のはずなのに、と思うと不思議ですけれど……リチャードがそういう方を放っておけない性格であることを、わたくしはよく知っていました。


「アンタ、危なっかしいんだよ」

「……そんなこと言われるの、初めてだ」

「無理するなよ。オレにだけは……素顔で接してほしい」

「……リチャード……」


みたいな。

みたいな!!??

これは……アリ、ですわ。

リリア様に教えていただいた言葉で言うなら「アリよりのアリ」ですわ。

とても、「良き」ですわ。

手ごたえを感じながら、窓の外で小さくなっていく二人の影を見つめます。

リチャードとは、小さな頃からずっと一緒に過ごしてきました。

彼はずっと、わたくしやマリーのことを優先してばかりで、自分の幸せは二の次で。

いつも守ってもらったし、いつも支えてもらいました。

だから、わたくしは……リチャードには幸せになってほしいと、そう強く願っています。

わたくしは恋をしたことがありません。きっと、リチャードも同じではないかと思うのです。

わたくしは自分の幸せを見つけました。誰かの幸せを見守るという、幸せを。

でも、リチャードは？

もしも恋をすることがリチャードの幸せなら、わたくしはそれを応援したいと思います。

誰かと一緒に過ごして幸せになるなら、わたくしはそれを応援したいと思います。

その結果、わたくしたちの傍にいることが出来なくなるとしたら……やっぱり少し、寂しいですけれど。

それでも、わたくしはきっと。

笑顔で送り出したいと、そう思うのです。

◇◇◇

王城の大広間。

王女に呼び出された宮廷画家は、委縮して頭を垂れていた。

王女殿下直々に呼び出されることなど初めてのことだ。

何かしてしまったか、絵の具の匂いか、それとも以前に描いた肖像画のことかとあれこれ考えを巡らせながら、ごくりと生唾を呑み込む。

しばらくの沈黙ののち、ドアが閉まる音がする。人払いがされたようで、何人かの足音が遠ざかっていく。

ますます想像が悪い方へと転がっていき、冷や汗が止まらなかった。

「あの」

王女殿下が口を開いた。

鈴を転がすような、美しい声だ。

特に怒っているような調子ではないが……平淡な声音で、感情が読み取れない。

「お願いがあるのですけれど」

お願い、と言われて、ほっと肩の力が緩む。

よかった、少なくともお叱りではなさそうだ。

画家の自分への頼み事といえば、絵のことしかない。

そういえば近々ご婚約との噂もあるし、見合い相手に渡す新しい肖像画を描いてほしいとか、そういったことだろうか。

それであれば、これほど名誉なことはないだろう。

だが、王女殿下が口にした依頼は、予想とは異なる内容だった。

「今賓客としてお迎えしている、ディアグランツ王国のエドワード様と、フレデリック様の絵をお願いしたいのですわ」

その名前を聞いて、今王城中を賑わせている賓客の姿を思い描いた。

エドワード王太子殿下は以前も留学で城を訪れていた。再度の訪問とあって、マリー殿下の嫁ぎ先として有力視する声が挙がっている。

またフレデリック・バートン次期公爵は、目の前に坐す王女殿下の婿候補として噂になっている人物である。

しかし、何故その二人の絵を、王女殿下が依頼されるのか。彼にはそれが分からなかった。

もしや、婚約の証として贈り物にでもするのだろうか？

いや、それであれば王女殿下とマリー殿下も入れて四人で描くべきだろう。家族でもない男二人だけの絵というのは何となく違和感がある。

「出来ればお二人の距離は近めで、エドワード様の後ろにエリック様が寄り添うように付き従う感じで、エリック様は騎士の制服姿で。背景は王城の玉座の間をイメージして、よくある集合絵のようなテイストで構いません。エドワード様は信頼の眼差しをエリック様に向けていて、でもその視線の中には家臣としての信頼だけではなくどこか特別な相手を見つめるような、けれどそれをエリック様には気取らせたくないような表情で、かつエリック様の方はエドワード様のそんな気持ちに少しだけ気づいているけれども、臣下としてあえて気づかないふりをしているような、それでいて心の内では同じようにエドワード様に特別な気持ちを抱いているのを押し殺しているような、そんな雰囲気でお願いいたします」

「え？」

「その次はクリストファー様とエリック様の絵もお願いしたいのですが」

「え⁇」

「こちらはエリック様がクリストファー様の頭を撫でているような構図で、バストアップで表情がよく分かるように。場所は王城の薔薇園がいいかしら。昼のやわらかな日差しの下で仲睦まじく、お二人がじゃれあっているような絵でお願いいたします。エリック様の表情は、やさしく慈しむような眼差しをクリストファー様に向けている感じがいいですね。クリストファー様は弟らしく無邪気に、それでいて少し照れくさそうに笑っているとよろしいかと思います。ああ、でも待ってください、たとえばエリック様がクリストファー様のお口元についたチョコレートを拭ってあげている、なんて構図も素敵ではありませんか⁉　いえ、でも少し直接的すぎるでしょうか？　どちらも捨てがたいので、描きやすいパターンでまずは一枚お願いできれば」

「え？？？」

「リチャードとエリック様でも一枚お願いしたいのですけれど、こちらはまだ構図も衣装も決まっていないので後日詳細に発注をいたしますわ。一旦ラフで確認させていただいて、すり合わせをさせていただければと思いますけれど、それでよろしいかしら。ああ、もちろんその分納期は遅れて構いませんわ」

「？？？？」

宮廷画家の脳内で大量の「？」が噴き出す。

王女殿下はしばらく立て板に水を流すようにつらつらと語っていたが、対照的に何も言えなくなってしまった画家を前に、はっと我に返った。

そしてそれまでの饒舌《じょうぜつ》っぷりが嘘のように、まるで少女のように頬を染めて恥じらいながら、小さな声で呟いた。

「失礼いたしました。あの……引き受けて、くださいますか？」

目を伏せてもじもじと黒髪を指に絡めながら、上目遣いで宮廷画家に視線を送る。

その可憐な仕草を正面から食らった宮廷画家の返事は、「はい」か「ＹＥＳ」しか用意されていなかった。

あとがき

面白くなりたい、と思いながら日々生きています。

自分で「面白くなりたい」とか言う人間はまぁ大概面白くないだろうというのは重々承知しておりまして、自分があまり面白い人間ではない自覚は人一倍あるのですが、それはそれとして「面白い奴だと思われたい」という欲求には抗えるものではありません。


ウケたい。とにかくウケたい。ドッカンドッカン言わしたい。

何を褒められるよりも「面白いね」が一番嬉しい。そういう人種です。


ですが世の中には天性の「面白い人」がたくさんいます。そういうガチの面白い人というのは生き様からしてもう一分の隙も無く面白いので、私のような面白くなりたいだけの人間が太刀打ちできるものではありません。

何を食べて生きていたらあんなに面白いことが思いつくのか、と、力量の差に愕然とすることのどれほど多いことか。


でもやっぱりウケたい。面白い奴だと思われたい。

熱意だけは人一倍ございます。むしろ熱意しかありません。

そんなただの「面白くなりたい」だけの人ですから、ホームランバッターにはなれません。でも数打ちゃ当たる方式で小手先のテクニックは磨いた結果、バントは結構上達してきたんじゃないかと自負しています。

そんなバントが盛りだくさんのお話でしたが、いかがでしょうか。

私が転がしたボッテボテのゴロが、ひとつでも読んでくださったあなたのツボに入りますように。

今回もすばらしいイラストでホームランを連発してくださった早瀬ジュン先生、コミカライズで変化球すぎるこのお話を見事なコントロールでまとめ上げてくださっているぐっちぇ先生、瑛来イチ先生バッテリーをはじめ、編集部のクリーンナップの皆様、そして応援してくださっているファンの皆様のおかげで球団モブどれは成り立っております。

日頃のご愛顧、誠にありがとうございます。優勝した暁には家電製品のセールとかやろうと思います。

うまいことを言おうとして何となくスベっているような気がしてきましたが、大丈夫でしょうか。感謝の気持ちは本当なので、もしスベっていてもお目こぼしいただけますと幸いです。

そのうちセーフティーバントもできるようになりたいなぁと思いながら、今日はこのあたりで。

巻末おまけ

コミカライズ第四話試し読み

漫画　ぐっちぇ
原作　岡崎マサムネ
構成　瑛来イチ
キャラクター原案　早瀬ジュン

第4話
グッ
エリザベス・バートン
13才
ばさっ
ザッ
門出の春にふさわしく
私は主人公攻略に向け
新たな一歩を
踏み出していた
騎士団の警邏《けいら》に
同行させてほしい!?
訓練場での稽古で
私はまた強くなった
だがまだ
圧倒的に不足している
ものがある

それは実戦経験
ナンパ男からチンピラ果ては暗殺者まで主人公を襲う悪漢は多種多様
それらに対応するためには訓練だけでは心もとない
そこで目をつけたのが王都の城下町を回る警邏の騎士
我が国は非常に平和な国ではあるが
日々街を巡回していればちょっとした揉《も》め事程度日常茶飯事だろう
――そう考えて騎士団に顔の利きそうな教官たちに頼んでみたのである
その警邏同行の初日が今日だった
先日の王太子との邂逅《かいこう》は散々だった―
はぁ…
よく来たね エリザベス・バートン嬢

我が婚約者ロベルトの
腹違いの兄にして
この国の
第一王位継承者
王太子エドワード
わざわざご丁寧に
フルネームで……
私の素性を知っている
という牽制か……
まぁ別に
隠しては
いないけど
すっ
そう思うなら
呼び出さないで
ほしい
急に
呼び出してしまって
驚かせてしまったかな
ああもう
立っていいよ
ちら

愚弟《ぐてい》がずいぶん褒めるものだから気になってね
さらっ
それは光栄です
ご興味がおありでしたらぜひ弟君とご一緒に訓練場へ
遠慮しておくよ
汗臭いのがあまり得意ではないのでね
私は王族として必要最低限のことが身につけば十分なんだ
弟のように剣術にのめり込んでいるわけでもないし
……向こうはどうにも私と自分のことを比べてしまうみたいだけれど
負けたことなど気にしていませんよというポーズか

私は大抵のことは労せずして人並み以上にできてしまうのだけど……それもそれでつまらないものさ
愚弟のように何かに夢中になれるのは羨《うらや》ましい
自慢に聞こえるのは私の心が歪《ゆが》んでいるからだろうか?
…ではどのような御用向きでしょう
剣術指導のご用命かと思い馳《は》せ参じたのですが
…いや一度話してみたかっただけだ
ス…
ニコ
もういいよ
もういいよだと!?
人を呼びつけておいて!?
ではこれにて…

王族でなければ叩きのめしているところだ
バキッ
ビクッ
ぶん
ぶん
せっかくの初日気を取り直して仕事に備えよう…
行ってきます
行ってらっしゃいませ
姉上警邏はどうでしたか？

楽しかったよ
学ぶことがたくさんあった
初日は何事も起きずただ街を流しただけだったが
十分収穫があった
まず町並みがゲームのスチルで見たことのあるものばかりで
普通に感動した
ロベルトルートでアクセサリーを購入する小物屋
エドワードと身を隠した路地裏
クリストファールートで訪れるカフェ
アイザックと鉢《はち》合わせする書店
気分は聖地巡礼
スマホを持ってたら絶対写真を撮ってた

次に
街の人々の視線
「若くてカッコイイ
騎士様」
それだけで
街の女の子たちが
キャーキャー
言ってくれるのだ
何か困ったことは
ありませんか?
マダムたちも
声をかけるだけで
蕩《とろ》けてくれる
モテている…
非常に順調に
モテている
フッ
騎士という
方向性は
間違いでは
なかったのだ
ぼくも一緒に
行きたかったです
しかたないよ
クリス
騎士団のお仕事
なんだから

ぼくも騎士団候補生になります！
そうしたら連れていってくれますか？
さすがに部外者は連れていけないが騎士団候補生になるのはいいいんじゃないかな
私からも教官に頼んでおこう
ありがとうございます姉上……！
ただし
お父様は自分で説得するように
!?
そんなぁ～～～
お父様は案の定クリストファーの騎士団候補生入りを渋りに渋ったが
私の時より渋っていた
最終的にお願い攻撃に負け彼の騎士団候補生入りは認められた
私のほうはその後も何度か警邏に同行させてもらい
夜回りの際揉め事を起こした酔っ払いを締め技で昏倒《こんとう》させた手腕を買われ
今後も参加する許可を得た
終わりましたどうしましょう？
そういうわけで

私は訓練場での教官業務と警邏で
多忙かつ充実した日々を送っている
ザッ
しかし
そんな順風満帆《じゅんぷうまんぱん》に見える私にも順調に進んでいないことがあった
私のキャラクターの個性についてである
騎士プラスα《アルファ》
そのもう一味がなかなか決まらないのだ
主人公の好みがわからない以上最初からニッチなところを攻めるのは得策ではない
とりあえず鬼軍曹は違うのは分かる…
まずは好きな女の子が多そうな要素から攻めていくべきだ
ス…
今だって十分モテている
だが他の攻略対象たちは皆私より顔がいいうえ一味も二味も足されている

ロベルトはひねくれもので
俺様キャラだが
根は素直で
チョロくてかわいい
アイザックは堅物で
真面目な眼鏡キャラだが
女の子が苦手
エドワードは一見
優しげな完璧王子に見えて
厭世的《えんせいてき》でニヒリストという
ギャップ
クリストファーは
いたずらっこな
後輩キャラでありつつ
重い過去を抱え
みんな意外性だったり
隠れた一面だったりを
持っている
そういうものが
私も欲しい…
ブンッ
ばっ
こいつは
たしか——

エドワード殿下がお呼びです
王太子の近衛騎士…
先日愚弟にきみとふたりで話したことを伝えたら
素晴らしい方でしょう！隊長は俺たちの自慢です！
と得意げに言われてね
言いそうだ…
さんざんきみの武勇伝を聞かされた挙句
「兄上も一緒に訓練に参加しませんか！」としつこくて
目に浮かぶようだ

兄に劣等感のあるロベルトはこれまで積極的に王太子殿下と話すことはなかったのだろう
王太子殿下は気まぐれに交流を持ってみて初めて気づいたのだ
想像を遥《はる》かに超える弟のチョロさに
…そこでとある可能性に気づいてしまったんだけど
いや
まさかとは思うのだけど
ロベルトはきみが婚約者のエリザベス・バートンだと知らないのではないかな?
……ええ まあ おそらく
はぁぁぁああ…
ピッコマにて先行配信中!
コロナEXにて順次配信!
コミックス1巻はコチラ!
続きはWEB&コミックスにてお楽しみください!

次巻予告
腐女子王女の企み《おねがい》で
尊みのかたまりですわ!!
NOVEL
モブ同然の悪役令嬢は
男装して
攻略対象の座を狙う 5
著 岡崎マサムネ イラスト 早瀬ジュン
2024年夏発売予定!

仮面舞踏会《マスカレード》に
潜入調査!?
エスコートしてね、リジー♥
殿下、また女装ですか…
コミックス①巻好評発売中!!!!!!!!

モブ同然の悪役令嬢は男装して攻略対象の座を狙う4

2024年2月1日　第1刷発行

著　者　岡崎マサムネ

発行者　本田武市

発行所　TOブックス
〒150-0002
東京都渋谷区渋谷三丁目1番1号　PMO渋谷Ⅱ　11階
TEL 0120-933-772（営業フリーダイヤル）
FAX 050-3156-0508

印刷・製本　中央精版印刷株式会社

ISBN978-4-86794-062-4